神に転生した少年がもふもふと異世界を旅します2
蒼井美紗
illust 成瀬ちさと
ミル
「お待たせしました!!」

スサーナ

「トーゴさん、ミルちゃんはなんでこんなに可愛いのですか？小さい頃からですか？」
アルド
ロサ

「結界！
——トーゴ！
範囲攻撃を
結界で防ぐのは
無理かも……！」
ミレイア

神に転生した少年がもふもふと異世界を旅します2

蒼井美紗
illust 成瀬ちさと

目次

プロローグ

　ナルシーナの街を出発して一時間ほど。新たな冒険に心躍る気持ちもさすがに収まってきて、俺達は獣車に乗っている時間で今後の予定を立てることにした。

「アーネストの街に着くのは今日の夕方だよね？」

「予定ではそのぐらいだって。まず街に着いたら冒険者ギルドに行こうか」

「とりあえず行っておいた方が良いよね。アーネストの街に滞在してるって登録しないといけないし、宿の情報も欲しいから」

「もう一回登録するのか？」

　ミレイアと俺の話を聞いて、ウィリーが不思議そうに首を傾げる。

「冒険者ギルドのこと？　もう一回登録というか、滞在地を移動したら移動先に報告しないといけないんだ。そうじゃないと依頼の受注記録とか付けてもらえないから」

「……そういえば、そんな仕組みだったな」

「うん。だから忘れないうちに冒険者ギルドには一声かけておこうよ。ついでに宿の情報も聞きたいし」

「そうだな」

　宿はずっと滞在する場所だから、かなり重要だ。お金はあるし、少し高くても快適な宿にしたい。ご飯が美味しいこととミルに優しいこと、この二つの条件は絶対に外せないかな。さらに魔道具がある宿ならなお良い。

「アーネストの街に着いたら、まずは冒険者ギルドに向かって、その後で宿を取るって流れだね」

「了解だ！　それで明日からはさっそくダンジョンか？」

「うーん、まずは情報収集からじゃない？　冒険者ギルドでダンジョンに関する情報を聞いて、準備を整えてからじゃないと危ないよ」

ダンジョン独自のルールとかも知っておかないとダメだろうし、知識があれば防げる危険はたくさんあるから、まずは情報だ。

「そうだよ、ウィリー。むやみやたらと突っ込んでいくのは、勇気じゃなくてただの考えなしだからね」

ミレイアがウィリーを諭して、それにウィリーは素直に頷いた。なんだかんだこの二人は、姉と弟って感じで上手くいっているのだ。見た目は完全に妹と兄だけど。

「分かってるぜ。ちゃんと調べてからだな」

そうしてこれからの予定を話しつつ獣車に揺られ、途中でお昼休憩を挟み、俺達は時間通りアーネストの街に着いた。アーネストの街は巨大な城郭都市のようで、街に入る門にはたくさんの人が並んでいる。獣車もたくさんあるみたいだ。

「デカいな……」

「ナルシーナの街とは比べ物にならないね」

ナルシーナの街も城郭都市ではあったけど、少し離れれば壁の端までを見渡せるほどの規模だった。でもこの街はナルシーナの街よりも高くて威圧感のある外壁が、端が見えないほどに続いている。

「そういえば、ダンジョンってどこにあるんだ？　近くの森の中か？」

「ううん。この街のダンジョンは街の中にあるんだって。地中型のダンジョンで入り口は小さな洞窟。ダンジョンの難易度がそこまで高くないのに手に入るものは良いってことで、その周りに冒険者が寝泊まりする小屋を立て始めたのがこの街の起源らしいよ」

「……それって危なくないのか？　街の中に魔物が現れるよな？」

「それを防ぐために入り口は頑丈な壁で囲まれていて、魔物が出てきたとしても常駐の冒険者や兵士がすぐに倒すんだってよ」

ただいくら壁で防がれてるとは言っても、他の街よりも危険なことに変わりはないだろうし、この街に住んでる人達は凄いと思う。商魂たくましいというかなんというか……。

「そろそろ順番が来るから降りてくれ。乗合獣車は街に入る時、一人一人手続きするのが決まりなんだ。今回は利用してくれてありがとな」

御者のおっちゃんの言葉で獣車の乗客は順番に降り、俺達も他の乗客に続いて降りた。そして門番に冒険者ギルドカードを提示して街中に入ると……。

「うわぁ、凄い人だ」

「熱気がすげぇな。屋台があんなにあるぜ！」

「なんか強そうな人ばっかりだね……」

そこにはナルシーナの街とは比べ物にならないほどの人の波と、密集した背の高い建物があった。そして武器や防具を身に付けた冒険者が多く存在するからか、暑苦しい熱気も感じる。

ナルシーナの街がどこか長閑な雰囲気だとしたら、この街はとにかく活気に満ち溢れていた。

「テンション上がるな！　ミル、あっちに美味そうな串焼きがあるぞ！」

『良い匂いですね！　お腹が空きますね！』

ミルの尻尾はぶんぶんと振られていて、今にもウィリーと共に屋台に突撃していきそうだ。

「二人とも待って、まずは冒険者ギルドだから。屋台は宿を決めてから巡ろうよ。それに明日からいくらでも食べられるから」

「そうだったな。じゃあ早く冒険者ギルドに行こう！」

俺とミレイアは二人の様子に苦笑いだ。ウィリーとミルってちょっと似てるところがあるんだよな。主に美味しい食べ物に対する反応が。

「まずは、どこにあるのか聞かないと」

マップを見れば場所は分かるんだけど、知らない街のマップから目的地を探し出すのは意外と難しいし、何よりなんでもマップで調べてしまったら面白くない。

「私が聞いてくるよ。ちょっと待っててね」

ミレイアは軽い足取りで門に戻ると、隙を見て門番さんに声をかけた。門番さんは忙しい時に声をかけられても全く嫌な顔をせず、優しく丁寧に場所を教えてくれているようだ。

最近のミレイアは自分の容姿を最大限に活用していて、本当に頼もしい。

「聞いてきたよー。この大通りをまっすぐ進んで広場を右に曲がって、またしばらく進むとあるんだって。かなり大きな建物だからすぐに分かるって」

「ミレイアありがと。じゃあ行こうか」

大通りを進んでいくと、通りの両脇にはたくさんの店が立ち並んでいる。たまにある広場にはいくつもの屋台が出店しているし、興味を引かれるものばかりだ。

「ダンジョン産の薬草で作った魔力回復薬だよ～。普通のやつよりも効果が高いよ～」

小さな屋台からは、そんな声が聞こえて来る。魔力回復薬はシャルム草から作られるものだけど、ナルシーナの街周辺では魔力がなくなるようなこともなく、使ったことはなかった。

でもダンジョンに入るなら、何本かは持っておいた方が良いのかもしれないな。いや、せっかくアイテムボックスがあるんだし、できる限り多く貯めておいた方が良いのかも。魔法使いにとって魔力は生命線だから。

「ダンジョンの五層に出るレッドカウの肉が入荷したよー！」

今度は肉屋から、そんな声が聞こえてきた。レッドカウは確か火魔法を使うカウだったはず。カウの肉よりも赤身が多くて味が濃くて美味しいらしいんだよな。後で絶対に食べよう。

そうしていろんなお店や屋台に目移りしつつも歩き続けると、やっと冒険者ギルドが見えてきた。

「トーゴ、俺はもう腹が減ってヤバい」

「ふふっ、美味しそうなお店がたくさんあったもんね」

ウィリーの訴えに、ミレイアも苦笑しつつ同意している。

皆で屋台の料理に後ろ髪を引かれながら冒険者ギルドの扉を開けると……そこは、むさ苦しい筋肉の巣窟だった。俺は思わず扉を一度閉めた。

これはヤバい、ナルシーナの街なんて穏やかだったんだな。やっぱりダンジョンがあると、むさ苦しくて血の気が多い冒険者が集まるのだろうか。

「皆、覚悟は良い？」

「おうっ」

「……なんとか頑張るよ」

『大丈夫です！』

俺は皆の返事を聞いてから深呼吸をして、意を決して冒険者ギルドの扉をもう一度開けた。

うわぁ……やっぱりヤバい。とにかく暑苦しい。人は多いけど歩けないほどじゃないのに、なんでこんなに暑苦しいんだろう。皆から熱気が出てる気がする。

「ちょうど夕方で混んでる時間なんだな」

「タイミングが悪かったね。皆が荷物を持ってるから、より狭い気がするし」

確かにそれもあるな……かなり大きな角や毛皮を持っている人もいて、それがよりギルド内を狭くしている。ただ見たことがない魔物素材が多くて、見ているだけで楽しいのも事実だ。

「トーゴ、あの人が持ってる白い毛皮、綺麗じゃない？」

「本当だ。ホーンラビットよりも触り心地良さそう」

「だよね！　あの毛皮で作った服とかあるかなぁ」

ミレイアはもうこの熱気から、服に意識が向いたらしい。ミレイアは外に出られるようになっておしゃれに目覚めたらしく、自分で使えるお金は大部分を服に注ぎ込んでいるのだ。

その服のほぼ全てが俺のアイテムボックスに入っているので、ミレイアには毎日のようにトーゴが特殊なアイテムボックスを使えて良かったと感謝されている。

「ミル、あのおじさんが持ってる肉、美味そうじゃねぇか？」

『本当ですね。ステーキにしたら絶対に美味しいです！』

「ステーキにしたら美味しそうだって」

俺がミルの言葉を伝えると、ウィリーはその感想に嬉しそうな笑みを浮かべて、ミルの頭をガシガシと撫でた。

「やっぱり気が合うな！　あのステーキでパンが十個はいけるぜ」

『僕もです！』

暑苦しさにダメージを受けながらも新しい場所を楽しみ、仕事受付の列に並んだ。

そしてしばらく時間を潰していると……俺達の順番がやってきた。受付はいかにも仕事ができそうな美人の女性だ。

「仕事受付です。ご用件は何でしょうか？」

「今日ナルシーナの街から移動してきたので、その報告に来ました」

「かしこまりました。ではそれぞれの冒険者ギルドカードとパーティーカードを提出していただけますか？」

俺達がカードを手渡すと、女性は裏表をしっかりと確認してから、登録用紙らしき紙にパーティー名や名前を書き込んでいく。そして女性がペンを置くと、今度はその紙を手渡された。

「魔法属性や武器などを記入していただけるとありがたいです。任意ですが、アーネストの街にいる冒険者の力量を把握するために、ご協力いただけたらと思います」

「分かりました」

どうするかな……四属性を記入したらかなり目立つだろうけど、隠すのも微妙な気がする。

そもそも登録の時に四属性が使えるって書いたんだから、冒険者ギルドに対して隠したって今更だよな。

俺はそう考えて、少し悩んだけど四属性と両手剣と書き込んだ。そしてミレイアが弓、ウィリーが斧と書いて受付の女性に紙を戻す。

「これでお願いします」

「かしこまりました。……ご協力、ありがとうございます」

女性は俺の属性を見て目を見開き一瞬固まったけど、その後は何もなかったかのように対応を続けてくれた。この人はプロだな、ありがたい。

「依頼の受注記録も作成しておきますので、本日からさっそく依頼を受けていただけます。依頼作成日が早いものから受けていただけるとありがたいです。よろしくお願いいたします」

誰も受けない依頼を消化して欲しいってことか……そういう依頼って依頼料が少ないか難易度が高いかのどちらかだろうから、受けてみるのもありかもしれないな。俺達はお金に関しては困ってないから。

それに冒険者ギルドからの印象が良ければ、ランクアップも早まるかもしれないし。

「他に何かご用件はございますか？」

「宿の情報を聞きたいのですが、従魔も一緒に泊まることができて、ご飯が美味しくて、できればお風呂がある宿が良いです。値段は多少高くても構いませんので、教えていただけないでしょうか？」

「立地はそこまで気にしません」

俺が出した条件にミレイアが少し付け足して、受付の女性に要望を伝えた。すると女性は少しだけ悩んだ後に、三つの宿を提示してくれる。

「ありがとうございます。順番に向かってみます」

「いえ、また何かありましたらお気軽にお尋ねください。では、これからよろしくお願いいたします」

報告を済ませて冒険者ギルドを出ると、外は薄暗くなっていた。早めに宿を決めないと今夜泊まる場所がなくなりそうだ。

「宿はどこにする？」

「俺は二つ目が良いと思うぜ。冒険者向けって言ってたしな。他の二つは商人向けっぽくなかったか？」

「私も聞いててそう思ったかな。二つ目のところは立地が路地を奥に入ったところだから人気がないって言ってたけど、私達なら治安は気にしなくて良いと思うし」

二つ目か……確かに俺もそこが一番良さそうだと思ったんだけど、治安が悪いとミレイアが心配なんだよな。本人は大丈夫って言うんだろうけど。

『ミルも二つ目で良い？』

『はい！　ミレイアさんが大丈夫ならですが……』

『やっぱりそこが心配だよね』

『ミレイアさんは、可愛らしい容姿ですからね。強そうには見えませんし、狙われそうです』

『そうなんだよなぁ……まあでも、しばらく出かける時は俺達が一緒に行けば大丈夫かな』

『そうですね！　とりあえず見に行ってみましょうか』

俺とミルがそう結論づけたところで、ウィリーにミルの意見を聞かれた。

「ミルも二つ目で良いって。でもミレイアが心配だから、外を歩く時は一緒に行くって」

「ミルちゃん、私を心配してくれてるの⁉　ありがと～」

ミレイアはミルにぎゅっと抱きついて頬擦りをしている。ミレイアが心配だっていうのは、俺が言うよりもミルが言った方が圧倒的に効果があるのだ。

「じゃあ早く行こうぜ。腹減ったし早く宿を決めたいからな」

「そうだね。行こうか」

「まずは大通りに出て……」

パン屋があるところの角を曲がるんだったはず。赤い大きな看板が目立つから、すぐに分かるって言われたんだけど……。

「あっ、あれじゃない？　赤い看板のパン屋って」

「すげぇな、確かにあれは目立つ」

「ははっ、予想以上に目立ってる。じゃあその手前を左に入って」

先頭を歩くウィリーに声を掛けると、ウィリーは楽しそうに片手を上げてパン屋まで駆けて行った。そして路地を覗き込んで、またこちらに視線を戻す。

「思ったよりも暗い路地じゃないみたいだぞ。いくつか店もあるし」

俺達も早足で路地に向かってみると、確かに雑貨屋など看板が掛かっている建物があった。これならミレイアだけでも大丈夫そうかも。

「この路地をまっすぐ行くんだよね？」

「うん。しばらくまっすぐ進んで、途中で一度だけ左に曲がるって言ってたよ」

その曲がり角が分かりづらくて、ただの住宅しかないらしいのだ。一応窓の外に鉢植えがいくつもある家って教えられたけど、それで分かるかどうかは微妙な気がする。さっきから鉢植えを置いてる家はいくつもあるのだ。

「なぁトーゴ、さっきの家じゃないのか？」

「多分違うと思う。まっすぐ五分は歩いてからって言ってたし。……あっ、あそこじゃない？」

視線の先には今までにないほど鉢植えが所狭しと並べられ、さらに綺麗な花が咲いている住宅があった。

「綺麗だね……ここを左に行ってみようか。左に曲がって比較的すぐだって言ってたし、違ったら戻れば良いんだから」

「そうだな。行こうぜ」

そうして俺達は迷いそうになりながらも路地を進んでいき、なんとか目的の宿に辿り着けた。

暁の双子亭、掲げられた看板に大きく書かれている。ここで合ってるみたいだ。

「そういえば、ナルシーナの街で泊まってた宿屋は名前なんてあったか？」

「確かなかったと思う。だから新鮮だよ、名前があるのって」

あの宿屋は魔道具があって値段も高くないのにそこまで流行ってないのは、名前がなかったからっていうのも理由の一つなのかもしれない。名前がないと人に薦めるのも、難易度が一段階は上がるだろうし。

「入ろうか」

ミレイアが宿屋の扉を開くと……カランカランッと綺麗な鐘の音が響き、中から一人の女性が出てきてくれた。

「おかえり！　……と、違ったか。新規のお客さん？」

「うん。三人と従魔なんだけど、泊まれるかな？」

「もちろん泊まれるよ！」

ミレイアの問いかけに、パーカーのような服を腰で巻いているお姉さんが、弾ける笑顔で答えてくれた。二十代前半ぐらいの綺麗な人だ。

「皆、ここで決まりで良い？」

「俺は良いぜ。さっきから良い匂いがするしな」

「俺も良いと思う」

『僕もです！』

お姉さんの雰囲気は凄く良いし、建物も綺麗で問題はなさそうだ。とりあえず初見でここは止めようとはならない宿屋だな。

「ありがとな！　じゃあこの宿帳に名前を書いてくれるか？　料金はそこに書いてある通りだ。読めなかったら読み上げるけどどうする？」

「読めるから大丈夫」

料金は二食付きで一泊銀貨三枚、さらに従魔は同じ部屋ならお金はかからないけど、食事が二食で銀貨一枚みたいだ。ホセの宿屋よりはかなり高いけど、あそこは特殊な事情で安かったし、このぐらいが相場なのかな。

「ソフィア、新しいお客さんだぞ～」

お姉さんが奥に呼びかけると、廊下の先から別の女性が顔を出した。

「イレーネ、声が大きいわよ。皆さんようこそ、暁の双子亭へ」

最初に俺達を迎え入れてくれた、赤い髪をポニーテールにしている女性がイレーネさん。そして後から来た、同じく赤い髪を肩あたりで切り揃えている人がソフィアさんみたいだ。

イレーネさんが活発な雰囲気なのに対し、ソフィアさんからは落ち着いた印象を受ける。でも顔はめちゃくちゃ似てるな……。

「あの、ソフィアさんとイレーネさんって、双子？」

「おう、そうなんだ。私が妹でソフィアが姉だな」

やっぱりそうなんだ。本当に似てるな……そういえば宿の名前は双子亭だったけど、双子の姉妹がやってるからなのか。

「この宿は私達が二人でやってるのよ。だから女性がいるパーティーは大歓迎。長く利用してくれたら嬉しいわ」

「もちろん。気に入ったらこの街にいる間はずっと使わせてもらうね」

ミレイアは笑顔でそう答えている。完全にこの宿をというよりも、この二人を気に入ったみたいだ。これはずっとこの宿で決まりかな。

「とりあえず何泊にする？」

「うーん、トーゴどうする？」

「いったん三泊ぐらいで良いんじゃない？　イレーネさん、延長っていつでもできる？」

「もちろんできる。最後に泊まった日の朝にでも言ってくれれば大丈夫だ」

それならあんまり長期のお金は払わない方が得だな。ダンジョンに入り始めたら、二日は戻らないとかありそうだし。その場合は宿を借りていても仕方がない。

「じゃあ、とりあえず三泊で」

「はいよ。従魔の食事も付けるか？」

「もちろん」

「それなら合計で銀貨三十枚だな」

お金をパーティーの資金から払って、宿は決定だ。すんなりと決まって良かったな。

「食事はそこの食事スペースで食べて欲しい。時間は朝の鐘から二時間と夜の鐘から二時間だ。時間を過ぎると基本的には食べられないから気を付けてくれ。それから宿を出る時は鍵は預けて欲しい。あと風呂は自由に使ってもらって構わないけど、他の宿泊客と譲り合ってくれ。注意事項はそのぐらいかな……何か質問はあるか？」

「大丈夫かな。また何かあったら聞くよ」

「おう、そうしてくれ。じゃあ部屋に案内するな」

「皆さん、あと少しで夕食ができ上がるから、部屋で少し休んだら下りて来てね」

ソフィアさんはそう言ってにっこりと綺麗な笑みを浮かべると、廊下の先に消えていった。

「ソフィアさんが食事担当？」

「基本的にはな。ソフィアの方が料理が上手いんだ。皆の部屋は二階だから、この階段から上がってくれ」

案内された部屋は角部屋から続きの三部屋だった。俺がミルと一緒なので角部屋をもらい、隣がミレイアでその隣がウィリーだ。

「十分後ぐらいに下に行こうか」

「了解」

「分かったぜ！」

いったん二人と別れて部屋に入ると、部屋の中はシンプルながらもかなり綺麗だった。ベッドは大きくて寝心地が良さそうだし、荷物を入れる棚まである。さらに一番良いポイントは、魔道雷球が付いていることだ。

ナルシーナのホセの宿屋では各部屋に付いてたんだけど、あの宿は特殊だからここではランタンを使うのかと思っていた。

「かなり良い宿だったかも」

「そうですね。居心地が良さそうです。ソフィアさんとイレーネさんも良い人そうでした」

「分かる。ミレイアも気に入ってたみたいだし、ずっとこの宿になりそうだよ」

俺は部屋の隅にある小さなテーブルに備え付けられた椅子に座り、両手を広げてミルを呼んだ。

「ミル、おいで」

するとミルは嬉しそうに尻尾を振って、小型犬サイズに一瞬で姿を変えて俺の腕の中にダイブしてくる。はぁ……癒しだ。どんなに疲れてても、ミルをぎゅっとすればとりあえず元気になれる。

「トーゴ様、これからが楽しみですね！　新しい街はやっぱり楽しいです！」

「分かる。ナルシーナを離れるのは寂しいと思ってたけど、やっぱり新しい街ってわくわくするね」

　それから俺は時間いっぱいまでミルに癒しをもらって、十分くらい経ったところで部屋から出た。するとミレイアとウィリーもちょうど廊下に出てきたところだった。

「凄く良い部屋だったよね」

「うん。ずっとここで良いかも」

「俺もそう思う！　あとはご飯の美味さだな」

「ははっ、確かにそれは重要だ。じゃあ下に行こうか」

　俺達は廊下に漂う美味しそうな食事の香りに食欲を刺激され、足早に一階へと下りた。

　一階の食事スペースに向かうと、さっきまでは誰もいなかった食事スペースが結構埋まっていた。冒険者のような格好をしている人がほとんどで、女性客も多いみたいだ。

「そこの三人、席は空いてるところを早い者勝ちだからな～」

　俺達が顔を出すと、忙しそうに給仕をしているイレーネさんが声を掛けてくれる。

「はーい。あそこの端の席にする？　ミルちゃんがいるから真ん中は微妙だよね」

「うん、そうしよっか」

　席に着くと、すぐにイレーネさんが食事を持ってきてくれた。メニューは決まっているみたいだ。

「美味そうだな！」

「本当だね。凄く良い匂い」

「なんの肉だろう」

見た目はゴロっと大きな肉が入っている、熱々のビーフシチューって感じだ。パンを付けたら絶対に美味しいやつ。ヤバいな……お腹が鳴る。

『美味しそうですね！　凄く良い匂いです‼』

ミルは大興奮で尻尾を高速で振りながら、ビーフシチューの匂いを嗅いでいる。今にも皿に顔を突っ込みそうだ。

「これはレッドカウの肉なんだ。味が濃くて煮込みにすると美味い肉だな」

「これがレッドカウなのか！　途中の屋台で売ってたぜ」

「この街ではメジャーな肉だからな。赤身が絶品だぞ」

赤身が美味い肉なんて最高だな……俺は脂が多い部位より赤身肉の方が好きなんだ。アイテムボックスにたくさんストックしておきたいし、ダンジョンでたくさん倒そう。

「パンは一度だけならお代わり無料だから言ってな。ビーフシチューも有料だけどお代わりできる。今日は飛び込みの宿泊だから確定はできないが、基本的に数回までなら可能だ」

「おうっ！」

イレーネさんが他のお客さんに呼ばれて席を離れたところで、俺達は全員で食前の祈りをしてさっそくスプーンに手を伸ばした。まずはシチューだけで一口。

これは……美味すぎる。めちゃくちゃ濃厚なソースに肉と野菜の旨味が溶け出していて、絶品としか表現できない。自分の語彙力がないことが悔やまれるほどの味だ。

さらにそんなソースの中でトロトロに煮込まれたレッドカウの赤身肉は、噛めば噛むほどに旨味が出てくる。歯応えはあるのに全く硬くはなくて、とにかく美味しい。

「美味すぎる！　もうこの宿で決定だ、ずっとこの宿にしよう！」

ウィリーは瞳を輝かせて、ビーフシチューを飲み物のように口に運びながらそう言った。ミレイアも頷いてるし、ミルも首を縦に振って尻尾を高速で振っている。

「この宿はかなり当たりだったね。私もこの宿で良いと思う」

「俺もそう思う。この宿にしようか」

「おうっ」

定宿が決まるとちょっと安心するな。これからは毎日ここから冒険者ギルドに通って頑張ろう。

話が終わったところで次はパンをちぎってビーフシチューにつけてみると、パンにシチューがたっぷりと染み込んで最高に美味しかった。口の中でジュワッと幸せが広がる。

『トーゴ様、僕のパンもシチューにつけてくれませんか？』

『もちろん良いよ。ちょっと待ってて』

俺はミルの前にしゃがみ込み、パンを一口サイズにちぎってシチューにつけていった。たまに浸したパンを口元に運んであげると、幸せそうな表情で食べてくれるミルが可愛い。

それからウィリーがビーフシチューを有料で三回お代わりして、俺達もパンをお代わりしてお腹いっぱい夕食を食べた。

「マジで美味かったぜ……」

「本当に美味しかった。この味なら毎日食事が楽しみだね」

「既に明日の朝が楽しみだよ」

いつか米料理も出てこないかな……ナルシーナの街では結局一度も米に出会えなかったのだ。この街で食べられたら嬉しい。

「明日は情報収集だったか？」

「うん。それが良いかなと思ってるんだけど、皆はどう思う？」

「私は賛成かな。やっぱり情報は大切だからね。あとは必要なものの買い出しもしたいな」

「俺も賛成だ。ただ俺は屋台巡りもしたいぞ」

『僕も屋台を巡りたいです！』

ウィリーとミルは本当に食欲が凄いよな……今食べたところなのに、もう屋台巡りがしたいとか俺からしたら信じられない。今はお腹がいっぱいすぎてイメージが湧かない。

「ミルちゃんもウィリーと同じこと言ってるでしょ」

「凄い、ミレイア大正解」

「最近は顔を見ればなんとなく分かるようになってきたよ」

そう言いながら苦笑を浮かべるミレイアと、俺は同じような表情を浮かべて顔を見合わせた。

「じゃあ明日はまず冒険者ギルドに行って、その後にお昼ご飯を屋台で買って食べようか」

「それ良いな！」

「何時に宿を出る？」

「うーん、混んでない方が情報を集めやすいと思うから、十時過ぎにしようか。そのぐらいなら朝の混雑も収まってるだろうし」

さっきの冒険者ギルドはヤバかったからな……依頼を受けないのにあの混雑に突っ込んでいく必要はない。

「了解。お昼ご飯の後は買い物の時間ね」

「もちろん。俺は魔力回復薬が気になってるんだ。ダンジョンだと必要になるかもしれないと思って」

「確かにそうかも。アイテムボックスに入れておけば邪魔にはならないからね」

「魔力回復薬とかテンション上がるな！　冒険者って感じがするぜ！」

ウィリーはそう言って瞳を輝かせた。その気持ち凄く分かるな……ダンジョンとか魔力回復薬とか、心が浮き立つ。今までも冒険者をやってたんだけど、ここからが本番って感じだ。

「じゃあ今日は早く休もうか。ずっと獣車に乗ってて疲れたし」

「確かになぁ。動いてるのより疲れた気がする」

「お尻が痛いよね。街の外は整備されてるとは言っても結構揺れたから」

「性能が良い獣車なら揺れないらしいけど、安い獣車だったたから仕方ないよ」

貴族が乗るような獣車は魔道具となっていて、揺れがかなり軽減されてるらしいのだ。

俺達もお金を稼いだら高くて良い獣車を買いたい。獣車持ちのパーティーとか良いよな。移動も楽になるし。

「もっと稼ぎたいな。美味い飯をいっぱい食べれるように」

「ははっ、ウィリーはそこが一番大事か」

「本当に凄い食欲だよね。やっぱりその力の強さを維持するためなのかな？」

「そうなんじゃないか？」

『僕もたくさんご飯を食べたいです！』

ミルが念話でそう言って、俺の足に顔を擦り付けてきた。

「ミルにはご飯をいくらでもあげるよ」

『ありがとうございます……！』

「ミルちゃんもよく食べるよね」

「俺には勝てないけどな」

「ウィリーに勝てる人はいないよ。そんなに食べたら逆に心配になる」

「確かにそうか」

ウィリーの言葉に皆が笑い、俺達は楽しく会話をしてそれぞれの部屋に戻った。

明日からの新しい街での活動が楽しみだ。

第一話

初めてのダンジョン

　朝起きると、ミルが小型犬サイズになって俺の隣でお腹を出して寝ていた。お腹を指先でくすぐると、くすぐったそうに少し動いてパチっと目を覚ます。

「ミル、おはよ」

「ふわぁ〜。トーゴ様、おはようございます」

「このベッド寝心地良いよね」

「はい！　ふかふかで最高です」

　ベッドから下りて窓の外を見てみると、今までと景色が違って心が浮き立つ。ナルシーナの街より朝から賑やかだな。

「朝ご飯を食べに行きますか？」

「そうしようか。お腹空いたなぁ」

「僕もです！」

　ミルが中型犬サイズに戻ったのを確認してから部屋のドアを開けると、ちょうどミレイアも部屋から出てきたところだった。

「トーゴ、ミルちゃん、おはよう」

「ミレイアおはよう」

「わんっ！」

「ふふっ、ミルちゃんは朝から可愛いねぇ」

ミルはミレイアにぎゅっと抱きつかれて、ご満悦だ。

「ウィリーは下かな？」

「多分そうだと思う。ドアが閉まる音がしたから」

「じゃあ行こうか」

階段を下りると、昨日の夜に夕食を食べた席でウィリーがイレーネさんと話をしていた。

「おうっ、皆来たか！」

「ウィリー、イレーネさん、おはよう。何の話をしてたの？」

「もちろん朝食の話に決まってるだろ！　今日はオムレツらしいぞ！」

オムレツか……想像するだけでお腹が空くな。俺は中に色々と具材が入ったやつが好きなんだけど、ここのはどうだろう。

「持ってくるから、ちょっと待っててな」

「イレーネさん、ありがとう」

それからすぐに給仕されたお皿には、山盛りのポテトサラダと大きなオムレツが載っていた。さらに籠にはたくさんのパンが入れられている。

「凄く美味しそう」

「めっちゃ良い匂いだな！」

「お腹が空くね。オムレツが凄く綺麗」

『幸せな香りがします！』

食前の祈りをしてからさっそくスプーンでオムレツを掬うと、熱々の湯気が立ち昇った。中には細かい肉や野菜がたくさん入っているようで、俺が好きなタイプのオムレツだと分かる。

　上に掛かってる赤いソースと一緒に口に入れると……。

「うわっ、めっちゃ美味い」

　口の中に幸せな美味しさが広がった。上に掛かってる赤いソースは、ケチャップよりも複雑な味みたいだ。トマトベースだけどいろんな香辛料が入れられているようで、凄く美味しい。本当にこの世界の料理は美味いな。

『トーゴ様、神界で食べたオムレツより美味しいかもしれません！』

『それ分かる』

　俺は苦笑しつつミルの念話に返事をした。神界で再現できるのは俺が地球で食べた記憶がある料理だけだから、よく覚えてるのはコンビニやファミレスの料理ばっかりで、凄く美味しい絶品料理って感じではなかったのだ。

　全部が一定の美味しさだからそれはそれで凄いんだけど、やっぱりより美味しいものを追求するとなると下界の料理に軍配が上がる。

「本当に美味いな！　もうおかわりしたい！」

「ウィリーはもう少しゆっくり食べなよ。美味しいのは分かるけどね」

　ミレイアのそんな言葉に、ウィリーは口の中にオムレツを詰めながら頷いた。そんなウィリーにミレイアは苦笑いだ。

「ウィリーは実家にいる時ってどうしてたの？　一人前で食べるのを止めてた？」

「ああ、一人前より少ないぐらいの時もあったな」

「それでも活動に支障はないんだ」

「そうだな……でもすっごく腹減ってたぞ」

あの村の、さらにあの家族の状況では、ウィリーのお腹を満たすのなんて無理だったのだろう。だからあんまり筋肉がついてないっていうのもあったのかもしれないな。最近のウィリーは、前よりもガタイが良くなった気がするし。

「イレーネさん！　オムレツっておかわりできるか？」

「有料でいいならもちろんできるさ！　どうする？」

「じゃあ二つ頼む！」

ウィリーは俺達がまだ半分も食べてない段階でオムレツを食べきり、一気に二つも追加で頼んでいる。本当に、この量のご飯がどこに入ってるのか不思議だ。

「ミルちゃん、美味しいね」

「わんっ！」

そうして俺達は朝から賑やかな朝食を済ませ、少しだけ食休みをしてから宿を出た。路地を進んで大通りに出ると、朝から大勢の人達が行き交っている。

「アーネストの街は凄いな」

「本当だよね。見てるだけで楽しいよ」

「屋台から良い匂いがしてくるな！」

子供達だけで歩いてるグループもいくつかあるし、明るい時間なら治安もそこまで悪いわけではなさそうだ。

「まずは冒険者ギルドに行こう」

「おうっ！　こっちだよな？」

ウィリーが張り切って先頭を歩いていくのにミルが付いていき、その後に俺とミレイアが続く。

「この時間なら混んでないかなぁ」

「ちょっと遅い時間にしたし、そんなに混んでないはずだけど、朝に行くのは初めてだから分からないよね」

「話を聞くのなら空いてないと大変だし、もし混んでたら空いてる時間を聞いて出直そうか」

そんな会話をしながら歩いていると、すぐ冒険者ギルドに到着した。宿からは普通に歩いて十分ぐらいみたいだ。あの宿、立地面でも当たりだったな。

ナルシーナの街でもそうだったけど、路地に入ったところにある宿の方が思わぬ良い宿があるのかもしれない。

「じゃあ開けるぞ？」

「お願い」

ウィリーが少しだけ緊張したような面持ちでドアに手をかけ、意を決した様子で腕に力を入れた。すると中は……何人か冒険者はいるけど、昨日とは比べ物にならないほどに空いていた。

「おおっ、このギルドってこんなに広かったんだな」

「ほんとだ……」

昨日は人が多すぎて、もっと狭いと思っていた。ナルシーナの街の冒険者ギルドよりも、一回りは確実にデカそうだ。

皆で中に入ると、併設の食堂で食事中の冒険者グループに、興味深げな視線を向けられる。

俺達は全員が冒険者の割に細身なので、逆にここでは目立つのだろう。ただほとんどの人がミルを見て視線を逸らすので、変な人に絡まれないのはミルのおかげなんだろうな。

「情報を聞くのって仕事受付？」

「多分そうじゃないかな、昨日の人がいるし。とりあえず行ってみようか」

「そうだね」

昨日手続きしてくれた女性は俺達のことを覚えていてくれたみたいで、口元に微笑を浮かべて挨拶してくれた。

「皆様おはようございます。おすすめした宿は問題なかったでしょうか？」

リタさんもそうだったけど、冒険者ギルドの受付にいる人達って有能な人が多いよな。俺はそんなことを考えながら、笑みを浮かべて挨拶を返す。

「おはようございます。お陰さまでとても良い宿に泊まることができました。昨日はありがとうございました」

「それは良かったです。昨日は忙しい時間帯で自己紹介ができませんでしたが、モニカと申します。これからよろしくお願いいたします」

モニカさんか。この街にはしばらく滞在するんだし、できる限り仲良くなりたいな。

「本日はさっそく依頼を受けられるのでしょうか？」

「いえ、今日はダンジョンについての情報を得たくて来たのですが、こちらで聞いても良いので

「しょうか？」

「もちろんです」

モニカさんは笑顔で頷くと、一枚の紙を手渡してくれた。

「こちらはダンジョン内の依頼を初めて受注した冒険者に無料で配布しているものなのですが、ダンジョンでの基本ルールがまとめられています。まずはこちらをご覧ください」

皆でその紙を覗き込んで内容を確認すると、重要なことがいくつか書かれていた。

「ダンジョンって最後のボスを倒すと入り口まで転移？　ってやつで戻れるんだな。なんかよく分かんないけど凄そうだ！」

「宝箱は中身を取り出すと消えちゃうんだ……出現場所は完全にランダムだけど、奥まったところに出現しやすいって。見つけるのも楽しそうだね！」

フロアボスまでいるのか……。このダンジョンは基本的に五階層ずつ中の環境が変わるらしいけど、その環境ごとにそこに住む魔物達の頂点に位置する存在、いわゆるフロアボスと言われる魔物がいるらしい。

運が良ければ出会わずに通り抜けられるけど、出会った時に逃げるのは難しいのだそうだ。それほどに強い魔物ってことなんだろう。ただ倒すメリットもあるらしく、倒すと必ずボーナスの宝箱がもらえるらしい。

それはちょっと倒してみたいよな。倒しても数十分でまたどこかにフロアボスが生まれるらしいから、ボーナスが良いものだったらボスを探して倒すのもありかもしれない。

「ここのダンジョンって何層あるのですか？」

「全部で地下に三十層です。このダンジョンは二十層までは比較的狭い層が続くのですが、二十一層以降は一気に広くなります。ダンジョンクリアを目指すのに申し分ない強さの冒険者パーティーでも、二十一層以降を隅々まで探索するとなると、月単位の時間が掛かるのが普通です。階段までの最短距離を進むとしても……やはり魔物との戦闘などで時間を取られますし、下層ほど魔物が強くなりますので、少なくとも数日は掛かるかと」

二十一層以降はかなり広そうだな。俺はモニカさんの説明を聞きながら、頭の中にマップを開いてダンジョン内の様子を確認した。確かに二十層以降はかなり広くなっている。端から端まで歩くだけでかなりの時間が掛かりそうだ。やっぱりダンジョンって面白いな。

「アーネストのダンジョンは何度もクリアされていますので、三十層までの地図を売っておりますがいかがいたしますか？」

「そうなんですね。……トーゴ、どうする？」

ミレイアが悩むように俺に問いかけた。ただのマップなら必要ないけど、買わないのも不自然かな……。

「サンプルとして少し見せていただくことはできませんか？」

「もちろん構いません」

モニカさんはにっこりと微笑みながら頷くと、一枚の紙を手渡してくれた。

「狭い階層は一枚の紙に何層分も描かれています。そちらは一層から四層ですね」

紙に描かれた地図は予想していたものとは全く違った。正確性は皆無の大雑把な地図だ。しかしよく出現する魔物の種類とか、宝箱が出やすい場所とか、フロアボスがよく生息している場所とか。そういう役立つ情報がたくさん書き込まれていた。

これは……買いだな。

「全階層の地図が欲しいです」

「かしこまりました。全部まとめて購入していただけますと金貨一枚です。それぞれのご購入ですと、地図が一枚で銀貨二枚となります。いかがいたしますか？」

「まとめて買います」

「ありがとうございます。では金貨一枚です」

この地図に金貨一枚はそこまで高くないだろう。初めてダンジョンに潜る身としては、とてもありがたいものだ。あるのとないのとじゃ安全性が桁違いな気がする。

「一つ大切な注意事項なのですが、狭い階段などではすれ違えない場所もございます。そういう場合は地上に向かっている人達が優先となりますので、ご了承ください」

「分かりました。気を付けます」

そんな決まりもあるんだな。確かにかなりの人数がダンジョン内にいたら、地上に戻る人達と下層に下る人達が頻繁にすれ違うことになるんだろう。

「ダンジョンに関する説明はこれぐらいになりますが、他にお聞きになりたいことはございますか？」

「そうですね……とりあえずダンジョンに入ってみて、また何かあったら聞きにきます。その時はよろしくお願いします」

「かしこまりました。いつでも聞きにいらしてください」

フロアボスがどんな魔物なのかとか、色々と気になることはある。でも今一気に聞いても覚えられないし、攻略しながらが一番だろう。あとはこの街の本屋に行けばダンジョンの情報をまとめた本があるだろうから、それを買いたいな。

情報収集を終えた俺達は、まだお昼には早い時間だったので、冒険者ギルド内にある食堂のテーブルに腰掛けた。それぞれ飲み物だけを頼んで、これからのことやダンジョンについて話し合う。

「さっきの地図だけど、全部買うので良かったのか？　地図としてはすげぇ微妙じゃなかったか？」

ウィリーが席に着いた途端、俺達にしか聞こえない声音でそう言った。俺とミレイアはそれに苦笑いだ。

実は俺のマップはウィンドウとして表示すれば誰でも見ることができたので、ミレイアとウィリーは今までに何度も見たことがあるのだ。だからそれと比べてしまったのだろう。

神様チートのマップと比べるのはさすがに可哀想だよな。

「情報は凄くありがたいものばかりだったから、役に立つと思うよ」

「私もそう思う。まあ確かに、地図としては使えないだろうけど」

『そんなに酷い地図だったのですか？』

『うん。地図というよりも……落書き？』

さっきはカウンターの上に地図が置かれていてミルは見れなかったので、俺は周りの人達に不審に思われないよう、何気なく地図を持つ手を下ろした。

『見える？』

『はい。ありがとうございます。……確かにこれは、地図と言えるのか疑問ですね。ただ役に立ちそうです』

「ミルちゃん、何か言ってるの？」

「地図としては微妙だけど、情報としては役に立ちそうって」

俺のその言葉を聞いて、ウィリーは考えを改めたのか再度地図に視線を向けた。

「確かに……魔物の種類とかが分かるのはありがたいな。トーゴでも種類は分からないもんな」

「そうなんだよ。だからこの地図は使えると思う。これに魔物の特徴や弱点が載ってる本を組み合わせたら、ダンジョン攻略がかなり楽になるんじゃないかな」

「確かにね。午後には本屋も行こうか」

「うん。そうしよう」

「なら少し早いけど、そろそろ屋台に行かないか？　お腹空いてきたぜ」

ウィリーがお腹を撫でながら発した言葉に皆が苦笑を浮かべつつ同意し、俺達はジュースを飲み干して席を立った。

ギルドを出ると日差しが強く、暑いぐらいの気温だ。最近は暑い日も増えていて、外に長時間いるのは辛い季節になっている。ダンジョン内は外の気温とは全く異なるらしいから、ダンジョンに挑むには良い時期なんだろう。

「暑いね〜」

「この時期は嫌だよな。ダンジョンの中は涼しいんだろ？」

「涼しいって決まってるわけじゃないみたいだよ。低層階の洞窟フロアは肌寒いぐらいだけど、森林フロアは蒸し暑いみたいだし。それにここのダンジョンにはないけど、砂漠フロアはとにかく気温が高かったり、雪が降り積もるフロアとかもあるらしいよ」

地中型のダンジョンはずっと洞窟ってこともあるけど、その層ごとに全く環境が異なることもあるらしいのだ。地下なのに森があったり砂漠があったり、本当に不思議だよな。

まあダンジョンコアに与えた神力を行使できる権限を考えると、そのぐらいのことは可能だろうなって思うけど。

「ここのダンジョンは洞窟と草原と森林、それから荒野だったか？」

「そうみたい。マップで確認してもそれ以外はないよ」

「厳しい環境のフロアがあるのは、五大ダンジョンがほとんどだからね」

そうなんだよな……五大ダンジョンは魔物の強さも難易度の上昇に寄与してるけど、その環境もなのだ。色々と装備を準備しないと厳しいだろう。

「五大ダンジョンは厳しいんだな。なんか、わくわくするぜ！」

ウィリーは瞳を輝かせて拳を握りしめる。そう思ってくれる仲間がいて幸せだな。

「五大ダンジョンに行けるように、まずはここのダンジョンクリアを目指そうか」

「おう！　あっ、あそこの屋台美味そうじゃないか？」

『いえ、その隣の方が美味しい香りがします！』

屋台が視界に入った途端に、ウィリーの意識は完全に食に向かったらしい。ミルもウィリーと一緒だ。

「ウィリー、ミルがその隣の方が良いってよ」

「あの串焼き屋か？」

「そうみたい」

「じゃあ、まずはあそこで買うぞ！　ミル、行くか！」

「わんっ！」

屋台に向かって駆け出したウィリーに続いて、ミルも嬉しそうに後に続く。俺とミレイアもそんな二人を追いかけた。

「いらっしゃい！　うちの肉はダンジョンの低層階にいるビッグバードを使ってるぞ」

「美味そうだな！」

「坊主、分かってるじゃねぇか。タレと塩の二種類だから好きな方を選んでくれ」

ビッグバードは鶏肉みたいな見た目だった。ナルシーナの街にも鶏肉のような食感の肉はあったけど、それよりもかなり肉厚に見える。とりあえず美味しそうってことは確かだ。

「皆はどのぐらい食べる？」

「私はタレと塩を一本ずつで」

「俺もミレイアと同じで」

『僕は三本ずつが良いです！』

「ミルには三本ずつお願い」

ミルからの念話の内容も伝えると、ウィリーは満面の笑みでミルの頭をガシガシ撫でて、俺もミルと同じ本数にすると口にした。ミルはそんなウィリーの言葉が嬉しそうだ。

「結局全部で何本だ？」

「それぞれ八本ずつだね」

「八本だな。ちょっと待ってな！」

ミレイアが本数を伝えると、屋台の店主であるおじさんはニカっと気持ちの良い笑みを浮かべてみせた。こういう店主だとまた来たくなるんだよな……やっぱり客商売って人柄が大事だ。

「うわぁ、めっちゃ良い匂いするな。やばい、腹が減りすぎて倒れる」

「ははっ、俺の串焼きは美味いぞ」

「もう匂いからして分かるぜ！」

「わんっ！　わうんっ！」

ウィリーの言葉に同意するようにミルが吠えると、おじさんは屋台から顔を出してミルを覗き込んだ。

「随分と頭のいい従魔なんだな。言葉を理解してるのか？」

「ああ、ミルは凄いんだぜ。まあ俺の従魔じゃなくてトーゴのだけどな」

「そうなのか？　他の仲間にもこんなに懐いてるとは、凄いやつだな。この街には魔物使いも割と多いが、主人以外には懐かないのが多いんだ。まあたまに人懐っこいのもいるけどな」

この街には魔物使いが多いのか。街中を歩く時には観察してみよう。一般的な魔物使いと従魔の雰囲気を知りたいし。

「ほらっ、まずはタレが焼きあがったぞ」

「おおっ！　美味そうだな！」

「八本で銅貨八枚だ。塩も合わせると銀貨一枚と銅貨六枚だな」

鞄から銀貨二枚を取り出しておじさんに渡すと、おじさんはお釣りと共に串焼きを手渡してくれた。

ちなみに俺はアイテムボックスを使えるけど、鞄を持っていることも結構ある。実際は必要ないけど、その方が目立たないのだ。アイテムボックスの容量は魔力量に応じてなのでそこまで大きくない人も多く、ほとんどの人は少しでも収納スペースに余裕を持たせられるようにと鞄を持つ。

「はいこれ、トーゴの」

「ありがと」

ミレイアから一本串焼きを受け取ると、暴力的なまでの良い香りが鼻をくすぐった。俺はその香りに誘われて、さっそく串焼きにかぶりつく。

「え、ヤバい。これめっちゃ美味い」

「本当だな！　おっちゃん凄いな！」

「ははっ、自慢のタレだからな」

自慢というだけある。肉もジューシーで肉厚で美味しいんだけど、とにかくこのタレが最高に美味い。

「このタレっておじさんが作ってるの？」

「そうだぜ。何を使ってるかは秘密だけどな」

まあそうだよな……仕方がないけど知りたかった。このタレは売ってたら買い占めるほどの味しい。日本で食べてた焼き鳥のタレよりも、もう少し癖のある味なんだけど、その癖が絶妙に美味だ。

「塩も焼けたぜ」

「ありがと！　また絶対来るからな」

「おうっ、待ってるぜ」

俺達は串焼きを全部受け取り、おじさんの屋台を後にした。俺達の後ろには三人ほど並んでいたので、この屋台はかなり人気だったみたいだ。この味なら納得だな。

「どこかで立ち止まって食べない？　人が多いし」

「そうだな。ミルもその方が食べやすいよな」

「あっ、あそこの端は？」

屋台と屋台の間に、ちょうど何もないデッドスペースがある。

「ちょうど良いな。ミル、あそこに行くぞ！」

「わんっ！」

串焼きを早く食べたいのか駆け出したウィリーに続いて、ミルも尻尾をこれでもかと振りながら後に続いた。この二人は本当に兄弟みたいだ。仲が良くてほっこりする。

ウィリーとミルに少し遅れて俺とミレイアも大通りの端に向かうと、既に二人は串焼きを食べ始めていた。しかし両手に六本ずつ串焼きを持ってミルにも食べさせてくれているウィリーは、かなり大変そうだ。

「ウィリー、何本か受け取ろうか？」

声を掛けると、ウィリーはすぐに頷いて俺に両手を差し出した。

「ありがと。ちょっと大変だったんだ」

「ミルのお皿も出す？」

「いや、それは大丈夫だ。やっぱり串焼きは串から食べてこそ美味いからな」

ウィリーのそんな言葉を聞いてミルはよっぽど嬉しかったのか、尻尾を振りながらウィリーの足に頭を擦り付けた。

『ウィリーさん、ありがとうございます……！』

「ミルは感激してるみたいだよ」

「そうなのか？　ははっ、お前は可愛いな」

ウィリーはそう言って、ミルにまた串焼きを差し出す。するとミルは感激よりも食い気が勝ったみたいで、嬉しそうな表情で串焼きにかぶりついた。

それから数分間は誰も言葉を発さずにひたすら串焼きを堪能し、すぐに串焼きはなくなった。美味しすぎて一瞬だったな……塩味の方も塩だけじゃなくて色々な香草が使われていて、とにかく絶品だった。

あの屋台の串焼きは頻繁に買って、アイテムボックスに溜めておこう。

「次の屋台に行こうぜ」

「うん。次はパンが食べたいかな。ミルちゃん、美味しいサンドウィッチを売ってる屋台は分かる？」

『もちろんです！』

ミルはミレイアからのリクエストに張り切って、ドヤ顔でクンクン匂いを嗅ぎながら大通りを進んでいった。そして串焼きの屋台から徒歩五分ぐらいのところにある、若いお兄さんがやっている屋台の前に止まった。

『ここがとても良い香りがします。なんだか甘い香りです！』

サンドウィッチで甘い香り？　そう不思議に思いつつも品物を見てみると、その理由が分かった。ここは食事のサンドウィッチだけじゃなくて、デザートのサンドウィッチも売ってるみたいだ。

そういえば甘いものって、ナルシーナの街ではあんまり食べなかった気がするな。毎日のように体を動かして疲れてたから、塩味があるものばかり食べていた。

「いらっしゃい。食事系のサンドウィッチは銅貨三枚、甘い方は銅貨四枚だ」

「中身は決まってる？」

「いや、自由に選べる。三つまでなら追加料金なしで、四つ目からは小銅貨五枚の追加料金だ」

そんなに高くないな。ミルが選んだ屋台が外れることはないし、食事系と甘い方を一つずつ食べてみるかな。

「俺はどっちも一つずつにするけど、皆はどうする？」

「俺は二つずつ食うぜ」

「私は甘い方だけにしようかな」

『僕は食事の方を一つに甘い方を二つ食べたいです！』

合計すると……食事の方が四つと甘い方が六つだな。その数をお兄さんに伝えると、大量注文に良い笑顔を見せてくれた。

「ありがとな。順番に中身を言ってくれ」

「おう！　俺からいくぜ」

　美味しそうなサンドウィッチを手に入れた俺達は、大通りを進んだ先にある広場にやってきた。真ん中には立派な噴水が設置してあり、その周りにはベンチが置かれている。俺達は空いているベンチを見つけ、横並びで腰掛けた。

「めっちゃ美味そうな匂いだな！」

「本当だね。早く食べようか」

「おう！」

　ウィリーが満面の笑みでまず手に取ったのは、追加料金を銅貨一枚払ってトッピングを二つ追加した、肉だけが五種類挟まれた肉サンドウィッチだ。見るからに重そうなそのサンドウィッチを、幸せそうに頬張っている。

『トーゴ様、僕も食事の方から食べたいです！』

『了解。ちょっと待って』

　ミルの食事サンドウィッチは、ここ最近のお気に入りであるチーズがたっぷりと入ったものだ。二種類のチーズに味付けされたビッグバードの肉が挟んである。

『はいどうぞ』

『ありがとうございます！』

　地面に台を置いてその上にサンドウィッチが載ったお皿を置くと、ミルは嬉しそうにかぶりついた。尻尾が高速で振られているので、かなり気に入ったみたいだ。

さて、俺も食べるかな。俺が頼んだのは、レッドカウを使って作られたハンバーグと温野菜を二つ挟んだものだ。まだ温かいサンドウィッチに大口でかぶりつくと……ハンバーグからジュワッと肉汁が溢れ出た。

これ、めちゃくちゃ美味い。ハンバーグは塩と香辛料で濃いめに味付けされていて、レッドカウの肉が普通のミンチよりも粗めに作られているみたいだ。なんて言うんだろう……ステーキを食べてるような歯応えがある。凄く不思議な食感の料理だ。

「うわぁ、このデザートサンドウィッチ美味しいよ！」

「本当か⁉　次はそっちを食べてみるぜ」

ミレイアが食べているのは、たっぷりの生クリームに果物を二つ挟んだサンドウィッチだ。いわゆる日本で流行っていた、フルーツサンドみたいなやつ。

「そんなに生クリームたっぷりで重くない？」

「全然！　これなら何個でも食べられるかも」

そんなに美味しいのか……俺はミレイアの様子を見て甘い方のサンドウィッチも気になり、食事の方はいったん置いて、甘い方を食べてみることにした。

俺の甘いサンドウィッチは、生クリームとカスタードを両方挟んでもらい、果物は一種類だけだ。かなり分厚いので大口でかぶりつくと……生クリームがとにかく美味かった。

日本で食べてた生クリームをもう少し重くして味を濃くした感じだ。生クリームが苦手な人は嫌かもしれないけど、生クリーム好きの俺からしたら凄く美味しい。果物の酸味と合わさって絶品だ。

「どっちも最高に美味しい」

「本当だな。あの屋台もまた行こうぜ」

「そうだね。他の組み合わせも試してみたいし」

『行きましょう！』

そうして俺達は美味しいサンドウィッチを堪能し、お腹が満たされたところでベンチから立ち上がった。

「次は買い物だな」

「うん。まずは魔力回復薬から買いに行っても良い？　さっき通ってきたところにお店があったから」

「もちろん良いよ。じゃあ行こうか」

広場から出て大通りを少し戻ると、目的のお店が見えてきた。他のお店と比べるとかなり大きな店構えで、並べられている商品を見るとちょっと、いやかなりわくわくする。

従魔の入店も可と書かれていたので全員で中に入ると、薬草の香りが鼻を刺激した。このお店は魔力回復薬を始めとして、薬草を使った商品全般を売っている薬屋みたいだ。

「いらっしゃいませ〜。ごゆっくりどうぞ〜」

入り口近くで商品の整理をしていた店員さんが、笑顔で声をかけてくれた。なんだか日本によくあったチェーン店みたいだ。ちょっと懐かしい雰囲気がある。奥のカウンターにはお客さんが並んで、順番にお金を払っているのも日本のレジカウンターを思い出させる。

「魔力回復薬以外にも色々あるんだな」

「薬も売ってるんだね」

「おおっ、これ体力回復薬って書いてあるぞ⁉」

ウィリーが持ち上げた瓶を見てみると、ヒーリング草が使われていると書かれていた。効能は体力回復っていうよりも疲労軽減って感じみたいだ。ヒーリング草って風邪の時に使うって聞いたことがあったけど、疲労軽減効果もあるんだな。

「本当だね。これもいくつか買っておこうか」

「おうっ！　ただこれって、瓶入りのやつしかないのか？」

「多分そうじゃないかな。前に魔力回復薬について本で読んだことがあるんだけど、必要な成分を抽出してすぐに効果が出るように、そして効能が薄れないようにするには、この形が一番良いんだって。液体ってところが重要で、さらに液体の効能が一番薄れずに不純物が混じらないのが、このガラスの瓶だって書いてあったよ」

そうなんだ……俺はミレイアの説明を聞いて初めてその事実を知った。やっぱりミレイアは博識だな。俺は知らないことばかりだ。もっと本を読んで勉強しないと。

「そうなのか。それならこれを買っていこうぜ。十本ぐらいにするか？」

「金額は……銀貨一枚か」

決して安くはないけど、そこまで高くもない。

「この値段なら十本ぐらいがちょうど良いかも」

「じゃあウィリー、そこにある籠に十本取ってくれる？」

「任せとけ」

「後は魔力回復薬だね。こっちは銀貨一枚と銅貨五枚だけど何本買う？」

魔力回復薬の方が高いんだな。どうするかな……こっちの方がたくさん欲しいんだけど。これからは強い魔物も増えるし、今までよりも魔法をたくさん使うことになるだろうから。

魔法使いにとって、魔力がなくなるのは一番避けたい。

「とりあえず、三十本ぐらい買っておこうかな」

これで足りなかったら、また買いに来れば良い。そう思いながら本数を伝えると、ウィリーが俺の言葉に頷いて籠に入れてくれた。

「これだけで良いか？　他にも色々とあるけど」

「解熱剤は持っておいても良いんじゃない？」

「確かにあっても良いかも。あと消化促進剤っていうのがあるけど、ウィリーに必要なんじゃない？」

あんなに食べてるんだから胃もたれすることもあるだろうと思ってそう聞くと、ウィリーはすぐ首を横に振った。

「俺は胃もたれってしたことないぞ？」

ウィリーのその言葉に一番反応したのはミレイアだ。俺とミルはこの体になって病気にならないから、付随して胃もたれもなくなったけど、ミレイアにとってはウィリーってめちゃくちゃ羨ましい体質だろう。

「ウィリー、良いなぁ。私は消化促進剤、買っておこうかな……」

ミレイアがそう呟き、薬を三つ籠に追加した。

そしてそれからもいくつか必要そうな薬を選び、お金を払って店を後にした。かなりの金額になったけど、必要なものだから後悔はない。

「次はどこに行くんだ？」

「あと行きたいのは本屋と食料品を売っている店、それから野営道具を売ってる店かな」

「食料品ってどういうもの？」

「俺達にはアイテムボックスがあるから、できたてを買って保存しておくので問題はないんだけど、一応他の人達が周りにいる時のためにも、保存の効く食べ物を買っておきたいと思って」

俺が小声でそう伝えると、二人は真剣な表情で頷いてくれた。

「じゃあ食料品は市場で買うことにしようか。でもその前に、まずはあそこに本屋があるから行かない？」

「あっ、本当だ。寄っていこうか」

それから俺達は本屋に寄ってこの街のダンジョンについてまとめた本を買い、さらに道具屋も訪れて野営に使う調理器具やそれ以外の便利な道具、さらにテントなどを購入した。

そして最後にやってきたのは市場だ。まずは屋台でサンドウィッチや串焼き、調理パンなど一般的には日持ちしない食品をたくさん買い込み、次に穀物を売っている店へ向かう。

「いらっしゃい。何をお探しかな？」

「麦粥にできる麦を買いたいんだけど」

「それならそこの袋に入ってるやつだよ。うちのは押麦と大麦を混ぜてあるんだ」

これか……これを少量のお湯で茹でて食べるんだよな。美味しい想像はあまりできない。ただこれが冒険者の間で一番メジャーな保存食なんだそうだ。マテオ達に話を聞いたことがあるし、野営の基本の本にも書かれていた。

「一袋もらっても良い？」

「もちろんさ」

「ありがと。これって粥にする以外に食べ方はある？」

「そうだなぁ。水がない時に焼いて食べたっていうのは聞いたことがあるけど、粥にした方が美味しいし食べやすいだろうな。それに膨らむから腹も膨れるし」

やっぱりそうなのか。まあここは潔く粥にして食べるしかないな。でも極力美味しいご飯を食べたいし、できる限り周りに他の冒険者がいない状態で食事をしよう。

「そうだ、一つだけ聞きたいんだけど、米ってどこで買えるか知ってる？　外国から輸入される穀物らしいんだけど……」

穀物を売ってる店の店主なら在処を知ってるんじゃないかと思って聞いてみると、店主は少し考え込むそぶりを見せてから口を開いた。

「どこかで売ってた気がするけどな……とりあえず、うちでは扱ってない。この辺の市場じゃなくて、輸入品を扱う店にあるんじゃないか？」

「そっか。ありがとう」

やっぱり輸入品店なんだな。この街ではまだ見にいってなかったし、時間がある時に訪れてみるか。

穀物を売ってる店を離れた後は他の保存食を扱う店を回り、塩漬けにされた干し肉と完全に乾燥させたドライフルーツを購入し、今日の買い物は終了とした。

「やっと終わったな～」

「結構疲れたね。もう夕方だよ」

「今日はもう宿に戻る？」

「うん。それが良い気がする」

新しい街に移動してきて初日だし、その初日に朝から歩き回ってればさすがに疲れるよな。

ミレイアはミルの隣を歩いて、ミルの頭を優しく撫でて癒されてるみたいだ。ミルも嬉しそうに尻尾を振っている。

「明日からはさっそくダンジョンに挑むので良い？」

「もちろんだ！」

「私も良いよ～」

『もちろん僕もです！　ダンジョン楽しみです！』

「ミルも良いって。明日からダンジョンに行くのなら、なおさら今日はもう帰ろうか。早く休んで明日に備えないと」

「そうだな。そうするか」

それから俺達は茜色に染まり始めた空を楽しみながら、ゆっくりと宿に向かって歩みを進めた。

明日からのダンジョン攻略、楽しみだな。

次の日の朝。俺達がいるのは冒険者ギルドの掲示板前だ。今日は朝早くに宿を出て、冒険者ギルドが開いたと同時に中に入った。その甲斐あって最前列は確保できてるんだけど、後ろからの筋肉の圧が凄い状態だ。

「どの依頼にする？」

「まずは簡単なやつからが良いと思う」

「じゃあこれとかどうだ？　ビッグバードの肉の納品だ」

確かビッグバードは一層でも出てくる魔物だったな。それなら先に進めなくても依頼に失敗することはないだろうし、受けても問題なさそうだ。

「今日はそれ一つにしておこうか。俺達がどのぐらいダンジョンで通用するのかを確かめて、ダンジョンの深層にはどれほどの時間を掛ければ行けるのか、それが分からないと依頼を達成できるのか予測もできないよ」

最初は一層の広さがかなり狭いからどんどん下層に行けるとは言われてるけど、やっぱり実際に体験してみないとイマイチ想像できない。多分俺達はマップがあるから圧倒的な速さで進めるだろうけど、最初は色々と見て回りたい気もするし。

「そうだな。じゃあこれにするか」

「うん。私も賛成かな」

『僕もです！』

そうして俺達は一つの依頼を受注し、さっそくダンジョンに入るべくダンジョンの入り口に向かった。入り口は冒険者ギルドすぐ近くの、頑丈な建物の中にある。建物の入り口で冒険者ギルドカードを確認されて、さらに実際の入り口に繋がる二重扉を通る前に、もう一度カードを確認された。

凄く厳重な体制になってるんだな。それだけダンジョンとは冒険者以外には危ない場所で、さらに万が一魔物が街中に放たれてしまったら大変なことになるのだろう。扉を開いて中に入るように言われ、俺達が入ってきた扉がしっかりと閉まると、前にある扉が開いた。

目の前に現れたダンジョンの入り口は、ごく普通の洞窟みたいだ。

「こんな感じなんだな」

「入り口は結構普通だね」

「おっ、初めて見る顔だな。俺は入り口の管理をしてるギルド職員だ。ここは二十四時間やってるから数人の職員が交代で管理してるんだが、たまには会うこともあるだろう。よろしくな」

洞窟の脇で椅子に座っていた男性が立ち上がって、挨拶をしてくれた。かなり体格が良くて、腰には剣が差してある。ここで魔物を倒す役割もしてるはずだし、強い人なんだろうな。

「よろしくな！　これってもう入って良いのか？　まだ何か手続きとかあるか？」

「いや、ここでは特にないぞ」

「じゃあ、ついに入れるんだな！」

「ははっ、楽しそうだな。まあ頑張れよ。無理はせずにな」

俺達は男性に見送られ、ダンジョンの中に足を踏み入れた。ダンジョンの中は薄暗いけど壁が光を放っていて、活動するのに問題がない程度の明るさは保たれているようだ。

「予想以上に明るいんだね」

「ランタンはいらないな」

「これなら戦いにも支障がなさそうで良かったよ」

『僕も問題なく辺りを認識できます！』

初めて入るダンジョンの中を注意深く観察しながら、一本道を奥に進んでいく。今のところ他の冒険者は近くにいないみたいだ。……そうだ、マップを見てみるか。

実はダンジョンの中の様子はマップで詳細まで確認できるんだけど、生体反応があるかないかはダンジョンの外からでは表示できなかったのだ。

「あっ、見れるようになってる」

「何がだ？」

「マップだよ。えっと、今俺達がいる階層の生体反応は表示できるみたい。他の階層は無理かな」

「ちゃんと表示されるんだ。ダンジョンの中でも使えて良かったね。範囲は外と同じで一キロなの？」

「それはまだ分からないかな。この階がそんなに広くないから。もう少し下りてからまた確認してみるよ」

そんな話をしつつ歩みを進めていると、すぐに下り階段を見つけることができた。今まで俺達が通ってきた一本道はまだ地上で、ここを下りたところが一層と言われるフロアらしい。

「なんか、ちょっとだけ不気味だな」

「本当だね……魔物が登ってくることもあるんだよね？」

「うん。ダンジョンではその層の魔物しかマップで確認できないから、階段は一番注意すべきかも。あとは階段を下りてすぐの場所も」

「了解。慎重に行かないとだね。あっ、ミルちゃんは魔物の匂いとかどうなのかな？　下層の魔物について分かる？」

ミルは階段に近づいて鼻をクンクンとさせたけど、しばらくして首を横に振った。

『下層からは何の匂いも感じられません。階層ごとに空間が遮断されているような……そんな感じです』

『そうなんだ。じゃあ本当に慎重に行かないとだ』

『はい。気を付けましょう』

ミルとの念話を終えてから二人にもその内容を告げると、二人は真剣な表情で頷いた。ダンジョンでは今まで以上に気を引き締めないとだな。

「じゃあ行くか」

「うん。昨日決めた通り狭い場所の先頭はウィリーで、その後ろにミル、ミレイア、俺の順番にしよう」

ウィリーは少し緊張した様子で、いつもより慎重に歩みを進めた。階段の広さは二人ぐらいなら問題なく横に並べる程度なので、武器が振れないということはなさそうだ。

階段を下りることしばらく、やっとダンジョンの一層に到着した。目の前に広がるのは端がかろうじて見えるほどの、だだっ広い空間だ。天井は二階まで吹き抜けの建物のようにかなり高く、洞窟の中なのに開放的に感じる。

「ダンジョンの中はこんな感じなんだな。マップで知ってはいたけど、実際に見ると感動する」

「本当だね」

「何人か冒険者と……魔物がいるよ」

階段の近くに人はいないけど、奥で魔物と戦っているグループが二つある。三人組のパーティーと五人組のパーティーだ。そしてそれ以外にも、魔物の群れがいくつかある。

「他の魔物は人間を襲わないんだな」

「多分食事中なんだよ。あの草みたいなやつを食べてるんじゃない？」

「本当だ。どうする、魔物を倒してくか？　あれってビッグバードの群れだよな？」

「うん。依頼を受けたし倒して行こうか。これから先で遭遇しない可能性もあるし」

俺達はビッグバードを討伐することに決め、気合を入れて一歩を踏み出した。

隠れる場所はないし風もないので、ビッグバードに気付かれてしまうのは仕方がないと判断して近づいていくと、まだかなり遠い段階でビッグバードの群れが一斉に俺達の方を向いた。

全部で五匹だ。ビッグバードは飛ぶことはできないけど、走ってスピードをつけてから羽を広げ、かなりの速度で突進してくるので注意が必要だ。

「ビッグバードは魔法を使えないよな？」

「うん。基本的には突進してきて嘴《くちばし》で攻撃してくるだけ」

「じゃあ俺ができる限り後ろに行かないように抑えるから、援護を頼む」

「了解」

「わんっ！」

ここからは強敵も増えるだろうから、俺達の能力は無理に隠さなくても良いということは話し合って決めてある。だからミレイアの結界もミルの魔法も、俺の明かしていない属性の魔法も使うべきと判断したら個々の判断で使う予定だ。

ただあくまでもそれを使わないと危険だと判断した場合のみ。できる限り隠す方針は変わらない。

「いくぞっ！」

その掛け声を皮切りにウィリーとミルが同時にビッグバードに向かって距離を詰め、ミレイアは弓を構え、俺はアイススピアの発動準備をした。

ウィリーが一番先頭のビッグバードの首を落とすと、次の瞬間にはミルがその隣のビッグバードを爪で切り裂き絶命させる。そして少し遅れてミレイアの矢が頭を貫きもう一匹が地に伏し、俺のアイススピアが首元に命中したビッグバードも、血を噴き出しながら倒れた。

本当に、一瞬だった。最後に残った一匹も危なげなくウィリーが一撃で倒し、全く苦戦することなくダンジョンでの初戦闘は終了だ。

やっぱり俺達ってかなり強くなってるな。こうして力が通用すると嬉しい。

「ビッグバードなら問題なく倒せるね」

「相当大規模な群れじゃない限り大丈夫かな。でも油断はしないようにしよう」

「そうだな」

「じゃあアイテムボックスに仕舞うよ」

五匹のビッグバード全てをアイテムボックスに収納し、アイテムボックス内で一瞬で解体して戦闘後のやるべきことは終了だ。

　他の冒険者は魔物の襲撃に警戒しつつ素早く解体し、しかし全てを持って帰ることはできないので高く売れる部位だけを厳選して、その厳選したものを背負うなどして持ち帰る。さらに鮮度も気にしなければならない。

　それと比べたら、本当にありがたいなんてものじゃないよな。特にダンジョンではアイテムボックスの恩恵を強く感じる。

「そういえば、このダンジョンでアイテムバッグって出るのか？」

「今までクリアボーナスで一度だけ出たことがあるらしいよ。でもその一度だけだって。多分かなり確率は低いんだと思う」

「そっか。じゃあアイテムバッグを手に入れられるのはもっと先か〜。まあ俺達はトーゴがいるから、なくても支障はないんだけどな」

「でも私は早く欲しいよ。自分の荷物を全部トーゴに持たせるのは悪いと思ってるんだよね」

　確かにミレイアの荷物はかなりの量だからな……容量無限だからいくらでも持つんだけど、ミレイアは女性だから俺には預けられない荷物とかもあるだろうし、アイテムバッグがあったらかなり便利になるだろう。最初に手に入ったアイテムバッグはミレイアにあげるかな。

「もう次の階に行くか？　ここは広くないし、今はビッグバードしかいなそうだぞ？」

「そうみたいだね。ビッグバードは簡単に倒せることが分かったし、二層に行こうか」

「了解。階段は向こうだよ」

　階段は大きな広間の右奥にある。他の冒険者パーティーとぶつからないように、少し遠回りして向かう。

俺達より先に戦っていた二つの冒険者パーティーは、まだ戦いが終わってないみたいでビッグバード相手に苦戦しているようだ。多分ダンジョンに憧れて、実力が伴ってないのにこの街に来たんだろう。

『トーゴ様、壁際に生えているのはヒーリング草だと思います。採取していかなくて良いんですか？』

『え、本当⁉　……遠くてよく分からないな』

『匂いは完全にヒーリング草です』

『さすがミル、凄いよ。じゃあ採っていこうか』

ミルの助言によってヒーリング草を採取した俺達は、一層の広間を抜けて二層への階段を下った。そして二層に着くと……目の前に広がっていたのは、さほど広くはない通路だ。

このダンジョンは五層まで洞窟フロアが続くけど、広場は一層だけらしい。俺のマップで軽く確認しても冒険者ギルドでもらった地図を見ても、二層から五層は通路型みたいだった。

「おおっ、なんかダンジョンって感じだな。わくわくするな！」

「通路は曲がり角があるから気をつけようね。曲がった瞬間に魔物と鉢合わせるなんてこともあるかもしれないし。トーゴのマップに頼りきりは良くないよ」

「もちろん分かってるぜ。じゃあさっそく行くか。ミル、魔物の匂いがしたら吠えて知らせてくれるか？」

「わんっ！」

二層に生息している魔物はビッグバードとウォーターラビットがほとんどだ。ビッグバードは一層にもいたあいつで、ウォーターラビットはホーンラビットが水魔法を使えるようになったようなやつ。ホーンラビットよりも凶暴で肉食なのが少し怖いけど、攻撃力はさほど変わらない魔物だ。

「わうんっ！」

「ウィリー、その角の先に魔物が三匹いる」

「了解だっ」

ウィリーは斧に手を掛けて、楽しそうな表情を浮かべながらミルと共に魔物の下へ向かった。通路が狭くて大きな群れというのがないので、さっきから二人が全ての魔物を倒してしまう。俺とミレイアはただ歩いているだけだ。

俺達が強くなってるんだから喜ぶべきことなんだけど、もうちょっと張り合いのある魔物が出てこないかな。

「初心者ダンジョンに行かなくて良かったね」

「ははっ、確かに。行ってたら一日でクリアしてすぐこっちに来てたかも」

「それも楽しかったかな？」

クリアボーナスがもらえることを実感するという点では、行っても良かったのかもしれないな。クリアした時だけの、最奥から入り口への転移も体験してみたいし。

「おーい、トーゴ。倒したぞ！」

「今行くよー」

俺はミレイアと共にウィリーの下へ向かいながら、油断しすぎるのは止めようと自分に言い聞かせた。大体はこうして油断してる時に怪我をしたりするのだ。

ダンジョンに入ってから数時間後。俺達は五層に辿り着いていた。ここまでは宝箱もなく魔物も俺達にとっては弱かったので、かなりのペースで進むことができた。

「ここが洞窟フロア最後の層なんだよな！」

「うん。今までフロアボスはいなかったし、ここにいるのかもね」

「おおっ、フロアボス倒してみたいな！」

「洞窟フロアのフロアボスはビッグレッドカウらしいし、レッドカウは基本的に五層にいるみたいだから、ここにフロアボスがいる可能性は高いよ」

端から端まで捜索してフロアボスを探そうかな。フロアボスを倒した時にもらえるという、ボーナスの宝箱に凄く興味があるのだ。

「レッドカウはめっちゃ美味いし、できるだけ討伐して肉を持ち帰ろうぜ！」

「わうんっ！」

ウィリーが拳を掲げて発した言葉に、ミルが嬉しそうに同意を示す。本当に二人とも食いしん坊だよな。

「レッドカウは高く売れるらしいし頑張ろうか。でもその前に昼食にする？　ちょうどお昼を少し過ぎた時間だけど」

「たくさん動いたしお腹空いたよね」

「昼飯、もちろん食べるぜ！」

『僕もです！　美味しそうな魔物をずっと倒していたので、お腹が空きました！』

魔物を倒してお腹が空くって……まあちょっとだけ分かるけど。俺もこの世界に完全に染まってきたな。

「休める場所を探そう。ダンジョンの本によると、洞窟フロアは行き止まりの場所で休憩するのが定石なんだって。行き止まりなら一方向だけを見張れば良いから」

「そうなのか。確かに左右どっちも見張ってるのは大変だよな」

「良さそうな場所を探そうか。トーゴに案内してもらう？　それとも自分達で探す？」

ミレイアはウィリーに向かってそう問いかけた。

実はここに来るまでの間、マップに頼りすぎないようにと、マップを封印して自分達で歩いて階段を探し回ったのだ。一応宝箱があるかないかだけは各フロアで一度だけ確認したけど、それ以外でマップは使っていない。

俺はマップが自分の能力だからマップありきでも良いけど、ミレイアとウィリーは俺とはぐれてしまう可能性がないとは限らないし、俺の能力に頼りすぎないようにと気をつけている。

もちろんミルの力にも頼りすぎないようにと、ミルの鼻にも頼っていない。俺のマップがあまりにも優秀だからミルの実力が霞んでるかもしれないけど、ミルの鼻はかなり遠くの魔物にも気付くし、人の匂いの流れから階段がある方向を大まかに絞ったりもできるのだ。

「うーん、もうかなり腹減ったから、トーゴに頼るのでも良くないか？」

ウィリーがお腹を摩りながら発したその言葉に、ミレイアは苦笑を浮かべて頷いた。

「お腹が空いたなら仕方ないね。じゃあトーゴ、お願いしても良い？」

「もちろん。案内するよ」

マップがない場合のダンジョンについてはもう十分に体験できただろうし、ここからは普通に使っても良いかな。ただこれからも、たまにはマップなしでダンジョンを進んでもらおう。

それから十分ほど歩みを進めて、運良く魔物とは遭遇せずに目的の場所に辿り着くことができた。通路と繋がる方向を全員で見張りながら、横一列に座って昼食を食べる。

「何を食べたい？　色々アイテムボックスに溜まってるから、なんでもあるけど。あっ、他の冒険者に見られても問題ないやつでお願い」

アイテムボックスは闇属性持ちなら使えるとはいえ、ここで鍋にたっぷりのカレーを出して食べてたり、熱々のパスタや煮込み料理なんかを食べていたらさすがに目立つ。

「それなら俺はサンドウィッチだな」

「了解。俺もサンドウィッチにするかな」

アイテムボックスの中を探って今の俺の気分でサンドウィッチの種類を選び、ウィリーには四つ、俺には二つのサンドウィッチを取り出した。

「おおっ、美味そうだな！」

「足りなかったらまた言って。ミレイアは何が良い？」

「私はパンが良いかな。ベーグルと甘いパンでお願い」

「ベーグルは食事系の方で良い？」

「うん。よろしくね」

ミレイアの要望に応えて、ハムと野菜が挟んであるベーグルサンドと、ふわふわのコッペパンに砂糖がまぶしてある揚げパンのようなものを取り出した。

「ありがとう！　この匂いだけで元気でるよ」

「最後はミルだけど何が良い？」

『僕はお肉が食べたいです！　串焼きはダメでしょうか？』

『串焼きか……まあ大丈夫かな。肉を串から外すからちょっと待ってて』

『ありがとうございます！』

俺はさすがにいつもの台やお皿を出すのは自重して、サンドウィッチなどを包むのによく使われる葉を地面に広げた。そしてその上に、串焼きの肉を何本も串から外して盛っていく。

『良い匂いですね！』

『お腹空くね。一つもらっても良い？』

『もちろんです！』

ミルの了承を得て串焼きの肉を一つ口に入れると、口の中にジュワッと肉の旨みが広がった。動いた後の肉は最高だな。

『これぐらいで良いかな。はいどうぞ』

『ありがとうございます！』

そうして俺は皆に昼食を渡し、自分もサンドウィッチにかぶりついた。おおっ、このサンドウィッチも美味いな。本当に食事が美味しい世界に設定しておいて良かった。硬い黒パンに塩漬け肉しかない世界とかだったら、マジで耐えられなかったと思う。

「この後はレッドカウの討伐だよな？」

「そうしようか」

「それでビッグレッドカウも探すんだよね。ボーナスの宝箱楽しみだなぁ」

『僕が開けたいです！』

「ははっ、ミルが開けたいってさ」

俺がミルの声を二人に伝えると、二人は優しい笑みを浮かべてミルの頭を撫でた。

「仕方ないな。ミルに譲ってやるよ」

「もちろんミルちゃんが開けて良いよ！　ミルちゃんは、やっぱり可愛いねぇ〜」

「ミル、良かったな」

「わんっ！」

あっ……魔物が来るかも。頭の中に広げていたマップに映る魔物が、ちょうど俺達がいる行き止まりの脇道に入ってきた。

「皆、魔物が来たよ。一匹だけだけど」

「わはったせ！」

ウィリーは食べかけのサンドウィッチを口に詰め込みながら素早く立ち上がった。ウィリー、残りは魔物を倒してから食べるのでも良いんだよ。

「ミル、行くぞ！」

サンドウィッチをなんとか飲み込んだウィリーは、ミルに声をかけて二人で通路の先に駆けていく。もうそこに魔物の姿が見えていたのだ。

魔物はレッドカウで、カウやフォレストカウよりも体が大きいみたいだ。これで火魔法を使うんだから、他のカウよりもかなり強いよな。

「ウィリー、火魔法に気をつけて」

「分かってる！」

レッドカウは俺達に気付くと、すぐに標的を一番前にいたウィリーに定めて突進を仕掛けてきた。しかしウィリーはその突進を冷静に見極め、斧で軽くいなして突進を止める。

「カウより力が強いな」

「ウィリー、矢いくよ！」

ウィリーに突進を止められて少しだけ動きを止めているレッドカウに対して、ミレイアが隙を見逃さずに矢を放った。するとその矢は吸い込まれるように、急所である首元に突き刺さる。

「さすがミレイア！」

しかしまだ絶命していないらしい。レッドカウは最後の力を振り絞るようにファイヤーボールを放ってきたので、俺はアイスボールを放ちファイヤーボールを打ち消した。そしてその間にミルが爪の攻撃で、レッドカウの首元を切り裂いて完全に絶命させる。

「今の連携は完璧だったね！」

「おうっ。最近は特に良い感じだよな」

「なんとなくだけど、皆が考えてることが分かるようになってきたよ」

俺達は良い戦いができたことに皆が上機嫌で、倒したレッドカウの下に集まってハイタッチをした。

「この調子でレッドカウをどんどん倒していくか」

「そうだね。残りのお昼を食べてから探索に戻ろうか」

「そうしよう」

「わんっ！」

それからの俺達は凄かった。マップの力を駆使して他の冒険者と鉢合わせないように気をつけつつ、とにかく端からレッドカウを倒しまくった。もう俺のアイテムボックスの中には、数十匹分のレッドカウの素材が収納されている。

「フロアボスに出会わないね」

「もっと楽に出会えると思ってたんだけど」

「本当だよな。早く戦いたいぜ」

そろそろこのフロアを全て回り切るんだけどな……まあ相手も動いてるんだし、運が悪かったら全てを回っても出会えないってこともあるだろう。

「あっ、また魔物がいるよ。今度は……三匹が一緒にいるみたい」

「珍しいね。今までは群れになってることってなかったよね？」

「そうだよな。てことは、もしかしてフロアボスか⁉」

『僕の鼻では今までの魔物と少し違う気がします！』

それはかなり可能性が高い。俺がミルの言葉を二人に伝えると、二人は期待のこもった瞳を浮かべて進む足を速めた。

そうして五分ほど進み、俺達の目の前に現れたのは……明らかに今までのレッドカウよりも一回り以上は大きい個体だった。

「絶対フロアボスだぜ！」

「凄く強そうだよ。矢が通るかな？」

「油断せず慎重に行こう。まずは側にいる普通のレッドカウ二匹から」

「了解だ！　ミル行くぞ！」

「わんっ！」

ウィリーとミルが二匹のレッドカウに向かっていったので、俺とミレイアはビッグレッドカウを牽制するために矢と魔法を放った。するとミレイアの矢は少しだけ刺さったけどほとんどダメージは通っていなく、俺のアイススピアも少しの血を流させただけだった。

「かなり硬いね」

「皮が分厚いみたいだ。急所を狙おう」

「了解。……結界！」

レッドカウと戦っているウィリーの下にビッグレッドカウが突進しようとしたので、ミレイアが結界で攻撃を防いだ。結界にぶつかったビッグレッドカウが少し動きを止めている間に、俺は魔力をいつもの倍以上込めてアイススピアを放つ。

「いけっ！」

急所である目を狙ったその攻撃は、吸い込まれるように狙い通りの場所に向かっていった。そしてビッグレッドカウの目から脳にまで突き刺さり、一撃で絶命させる。

ふう……当たって良かった。魔法も練習の成果が出てるな。

「トーゴさすが！」

「やったな！」

『トーゴ様、カッコ良いです！』

ミレイアに続き、レッドカウを倒したウィリーとミルまでもが全力で褒め称えてくれて、俺は少し恥ずかしくなりながら倒した魔物を全てアイテムボックスに収納した。

すると……地面に宝箱が一つ残る。

「おおっ、これが宝箱か！」

「本当に宝箱が出るんだ。ちょっと感動する」

「早く開けてみようよ。ミルちゃんが開けるんだよね？」

『本当に良いんですか⁉』

ミルが嬉しそうに尻尾を振りながら念話で叫んだその言葉は、俺が伝えるまでもなく二人に伝わったようで、ミレイアとウィリーはミルの頭を優しく撫でて頷いた。

「ミル、良いよ」

『ありがとうございます。ではいきます！』

木製に金属で縁取りがされている宝箱の蓋をミルが器用に鼻で開けると……中には、一枚の何の変哲もないハンカチが入っていた。

『これは何でしょうか？』

「ハンカチか？」

「いや、多分違う。確か本に稀に出る宝箱の中身って項目があって、書いてあったはず」

読んだ記憶はあるけど内容を思い出せなくて、皆に見張りを頼んで本を取り出し、記憶を頼りにページをめくった。

「あっ、これだ！　布肉って名前らしいよ。えっと……ビッグレッドカウを討伐した際の宝箱から稀に出現する布で、燃やすとビッグレッドカウの塊肉ステーキに変わる、だって。フロアボスの宝箱はそのボスの素材が出ることが圧倒的に多いから、これは当たりかも」

燃やすとステーキに変わる布とか、めちゃくちゃテンション上がるな。

「だから布肉って名前なのか。面白いな！」

「これってかなり凄いものだよね。私達はトーゴのアイテムボックスがあるから良いけど、他の冒険者にしてみたら軽くてコンパクトに畳めて、燃やすまではどんな環境でも保存できるステーキってことでしょ？」

確かにそう言われると……めちゃくちゃ使えるアイテムだな。

「高く売れるかもしれないよね」

『やりましたね！』

「ミルのおかげだな。凄いな！」

ミルが尻尾をピンっと立ててドヤ顔をしているのに気付いたウィリーが、ミルの頭をガシガシ撫でて褒めまくっている。ミルはウィリーからの称賛に満面の笑みだ。

「これでフロアボス討伐もできたし、この層は終わりかな」

「そうだね。次の層に行く？」

「うーん、それも良いけどもう結構な時間だよ。帰りは魔物に出会わないように最速で帰るとしても一時間以上はかかるから、そろそろ戻った方が良いかも。初日から無理しすぎない方が良いと思うし」

「確かにそうだな。ちょうどフロアボスを倒せたところだし帰るか。依頼も達成できてるしな」

ウィリーのその言葉にミレイアとミルが頷いたので、俺達は地上に向かうことになった。

帰りは俺のマップを駆使して魔物に出会わないように気を付けつつ、階段までの最短距離を足速に歩く。

管理人の男性に挨拶をしてダンジョンの入り口がある建物から出ると、ちょうど日が沈み始めた時間だった。すぐ隣にある冒険者ギルドに向かうと、ギルドの中は冒険者でごった返している。

やっぱりこの時間は一番混み合うみたいだな。

「凄い人だな」

「本当だね……でもちょっと慣れてきたかも」

「分かる。もう動きづらいなーぐらいにしか思わなくなったよ」

皆でそんな話をしながら仕事受付の列に並び、十分ぐらいで俺達の番が来た。受付はもちろんモニカさんだ。やっぱり顔見知りの受付が良いということで、モニカさんがいる時にはそこを選んでいる。

「仕事受付です。依頼達成ですか？」

「はい。こちらの依頼です」

「ビッグバードの肉の納品ですね。こちらのトレーに依頼の品をお願いいたします」

モニカさんは依頼票を一目見るとすぐにトレーを準備して、俺達が肉を載せている間に依頼達成記録への記入を済ませてくれた。モニカさんも凄く仕事ができる人だよな。

「ありがとうございます。依頼の品、確かに受け取りました。報酬をお持ちしますので少々お待ちください」

「分かりました」

それからすぐに報酬が支払われ、俺達は受付を後にした。かなり混んでる時間だからか全く無駄がない手続きだ。世間話をしたい時や情報を得たい時は、絶対に空いてる時間じゃなきゃダメだな。

「トーゴ、次は買取受付に行くよね？」

「うん。今日討伐したレッドカウの素材をいくつか買い取ってもらおうと思って。あとは布肉の買取金額も聞いてみたいなって」

「確かに気になるな！」

買取受付も仕事受付と同様に混んでいたので並んで順番を待ち、同じく十分ほどで俺達の番が来た。買取受付は重いものを運ぶからか男性が多いみたいで、俺達の並んだ受付も男性だ。

「買取受付です。こちらのトレーに買取を依頼したい品を置いてください」

ナルシーナの街では魔石は宿で売ってたから買取に出さなかったんだけど、ここでは使い道がないし売ってしまおう。あとは……やっぱり皮や毛皮、それから角、爪かな。肉は食料になるからとっておきたい。

「これでお願いします」

「かしこまりました」

一般的な人のアイテムボックス容量を考えて素材を出すと、少し驚かれはしたものの普通に受け取ってもらえた。

「それからこれなんですけど、ビッグレッドカウの宝箱から出た布肉です。これはいくらになるのでしょうか？」

「おおっ、布肉が出たのですね。それはかなりの幸運ですよ。そちらは買取価格、金貨一枚となっております」

「え、金貨一枚ですか⁉」

高いのだろうと予想はしてたけど、予想の倍ぐらい高かった。

「はい。焼かない限りはいつまでも保存できますし、食べる時には焼きたてのステーキ肉が食べられます。ダンジョンの奥に挑む時など、高いお金を出しても欲しいという冒険者はたくさんいますので、買取金額は上がっております。それから珍しいものが好きな貴族にも買われていきます」

貴族も興味を示すのか……確かに布が肉になるなんて、かなり珍しいものだもんな。

「どうする、売っちゃう？」

「いや、俺は食べてみたい！」

『僕もです！』

「私は二人の意見に従うよ」

ミレイアが食い気味に売ることに反対したウィリーとミルの意見を尊重してくれたので、布肉は取っておくことに決まった。特にお金に困ってるわけでもないからな。

「ではこちらの品物だけ査定いたします。パーティー名でお呼びしますので少々お待ちください」

「分かりました。よろしくお願いします」

受付から離れて併設の食堂に向かうと、少しだけ人混みが緩和された。意外と食事をしてる人は少ないみたいだ。

「宿で食事が出るから空いてるのかな」

「確かにそうかもね。もう少し遅い時間になると、お酒を飲む人達で賑わうのかもよ」

そうか、この食堂って夜は居酒屋になるのか。お酒って美味しいのかな……少し気にはなるんだけど、飲んでみようとまでは思えない。

「二人ともお酒は飲んだことないんだっけ？」

「私はないよ」

「俺もないな。だって酒って高いよな？　高い金を出して飲み物を買うんなら、ステーキとか串焼きを買った方が良くないか？」

「ははっ、確かに」

ウィリーは全くブレないな。でも的を射た意見な気がする。お酒って飲み物だし、空腹を満たすものではないだろう。ウィリーはガッツリ食べたい人だからお酒にはハマらないのかも。

「トーゴは飲んでみたいのか？」

「うーん、ちょっと気になるぐらいかな。でももう少し大人になるまではいいや」

「大人になるまでって、トーゴはもう成人だよね？」

そうなんだけど……俺にとってはやっぱり十五歳で成人というのには慣れない。成人と言ったら二十歳だ。

「そうだけど、もうちょっと稼げるようになったらというか、大人の余裕が生まれたら？　みたいな感じ」

「確かに大人の余裕はないな。じゃあ数年後ぐらいに皆で飲んでみようぜ」

「そういう約束も面白いかもね」

そこまで話をしたところで、受付から俺達のパーティー名が呼ばれた。

「光の桜華の皆さん、こちらまでお越しください」

「はい。今行きます！」

混み合っているギルド内で目立つように声を張り上げて、受付の横にある受け渡し専用の窓口に向かう。するとさっきの男性とは別の人が、お金と買取金額の詳細が書かれた紙を渡してくれた。

「こちらで問題がなければお受け取りください。金額が合っているかはこの場でお確かめください。後から間違っていたというクレームは受け付けておりません」

「分かりました」

詳細を見てみると、ナルシーナの街で素材を売る時よりも全体的に一割ほど価格が上がってる感じだった。まだ浅い層でこれだけ稼げるのなら、これからが楽しみだ。

全員で中身が合っているかを確かめて、報酬を受け取って冒険者ギルドを出た。

「結構な金額じゃなかったか？」

ギルドから出ると、ウィリーが興奮の面持ちでそう声を発する。それにミレイアとミルも嬉しそうに頷いた。

「やっぱりダンジョンは凄いね」

「この調子ならもっと金が貯まりそうだよな。そしたら食事にかけられる金額が増えるぜ！」

『高級料理も食べられるようになりますね！』

ミルの念話を二人に伝えると、ウィリーが瞳を輝かせてミルの頭を撫でた。

「ミル、良いこと言うな！　今度の休みにでも高い肉を買ってみるか」

『そうしましょう！』

俺達は心地良い疲れと、初めてのダンジョン攻略が上手くいった達成感を味わいながら、宿に向かって足速に歩みを進めた。

第二話

依頼と隠し部屋

初めてダンジョンに潜った次の日。俺達は昨日と同様に、朝早くから冒険者ギルドに来ていた。

「今日はどの依頼にする？」

「とりあえず五層までは最短距離で進んで、今日は六層から探索するから……この辺の森林フロアでこなせる依頼にしようか」

ここアーネストのダンジョンは、六層以降は長く森林フロアなのだ。ただ六層から十層まではまだ鬱蒼と木々が生い茂った森というわけではなく、低木も多い草原と森の間ぐらいの環境だそうだ。

「あっ、これとかどう？　痺れ蝶の鱗粉の採取だって」

「良いかも。じゃあ一つはこれにしよう。あと一つぐらい……」

「これはどうだ？　結構報酬が高いぞ」

ウィリーが指差した依頼は、幻光華の採取という依頼だった。幻光華って確か、稀にしか見つからないって本に書いてあったよな。依頼達成期日は一週間後か……それならミルがいるし、いける可能性はある。ここは挑戦するかな。

「俺は良いと思う。ミレイアとミルは？」

「私は賛成かな。たまには難易度が高い依頼にも挑戦しないとね」

『僕も賛成です！　もし見つからなくても僕の鼻があれば、お店で売っている幻光華の香りを嗅がせてもらえれば見つけられます！』

「じゃあ、この二つにしよう」

依頼を決めた俺達は、依頼の受注手続きを済ませてギルドを出た。そして昨日と同じ順序を踏んでダンジョンに入る。

「もうダンジョンにも慣れたな」

「まだ二日目だけど昨日よりは慣れたよね。でも油断は禁物だよ？」

「分かってるって。ちゃんと警戒は怠らないから大丈夫だ」

ダンジョンの一層には、昨日よりもたくさんの冒険者がひしめき合っていた。こんなに冒険者がいたら、ビッグバードはダンジョンから生み出されない限り姿を消しそうだな。

「五層までは戦わずに行くんだよな」

「うん。できる限りだけど」

「じゃあ、どんどん階段に向かおうか」

「おうっ！」

それからは俺のマップを駆使したことで、六層に続く階段まで一時間ほどで辿り着くことができた。昨日の帰りもそうだったけど、洞窟フロアはどんなに頑張っても一時間は抜けるのにかかるみたいだ。

「この先が六層なんだな」

「そうだよ。ここからは未知の領域だし、気合を入れ直そう」

俺達は階段を前にして、皆で顔を見合わせて頷き合った。そして少し緊張しながら階段を下りると……目の前に広がったのは、どこまでも続いているかのような草原と木々と青い空だ。

「情報としては知ってたけど、いざ空が現れると驚くなぁ」

「本当だね……地下に潜ってるのに空があるとか混乱する」

「なんか、ダンジョンって凄いな！」

『本物の空みたいですね……雲も浮かんでます』

ダンジョンコアは神力を行使できるんだからこのぐらいは可能だろうけど、いざ目の当たりにすると本当に驚く。食料があるならここに住めるな。

「森というよりも、木が多い草原って感じだね」

「うん。そっちの方がしっくりくるかも」

少なくともナルシーナの周辺にはなかった環境だ。初めての場所だし気をつけないと。明るくてそこかしこに花も咲いてるし気が緩みそうになるけど、ここはダンジョンの中で魔物がいるんだから。

「さっそく依頼を達成していくか！」

「そうだね。痺れ蝶と幻光華を見つけないと」

「痺れ蝶は木が密集してる暗い場所にいることが多くて、幻光華は反対で日当たりが良い場所に稀に咲いてるって」

俺は皆に見張りを頼んでマップも注視しつつ、本を広げて依頼の魔物と植物の特徴を調べた。

「ちなみに痺れ蝶は俺達が両手を広げたぐらいの大きさだけど、闇魔法のステルスを使えるから近づかれたことに気付かないらしいよ。気付かずに近づかれて鱗粉を浴びちゃうと、しばらく体が痺れて動きづらくなるって」

「マジか、結構危険なんだな」

痺れの程度は弱いから痺れ蝶自体が危険というよりかは、体が痺れてる時に他の魔物に襲われたら危ないって感じだろう。

「採取はどうやってするの？」

「羽を傷つけないように討伐して、羽をそのまま持ち帰るか、鱗粉だけを何かの容器に入れて持ち帰れば良いって」

アイテムボックスを持ってなければ鱗粉を容器に入れる一択だけど、アイテムボックスがあるなら羽ごと持ち帰るので良いのかもしれない。

「幻光華は紫色の小さな花がいくつも咲いてる手のひらサイズの植物で、採取は根元から切り取っちゃって良いらしいよ」

「そうなんだ。どっちから狙うことにする？　採取が大変なのは痺れ蝶だけど、見つけるのが大変なのは幻光華だよね。私達にはトーゴのマップがあるから、魔物ならすぐに見つけられるだろうし」

「それなら痺れ蝶からにしようぜ。簡単な方から達成した方が難しい方に集中できそうだしな」

ウィリーのその提案に誰も反論しなかったので、俺達は痺れ蝶から見つけることになった。まずは俺がマップを展開して、魔物の位置を確認する。

「どう？　魔物はたくさんいる？」

「一キロの範囲内に五つ反応があるよ」

「それを端から倒していくしかないな」

「そうなるかな」

「あれ、そういえばダンジョン内でも範囲は一キロだったんだね」

俺はミレイアにそう言われて、初めてその事実に気付いた。ダンジョン内での生体反応を示すマップの範囲を、後で確認しようと思っていたのに忘れてた。

「ダンジョン内でも一キロみたい。ちなみにこのフロアは端から端までで二キロ弱ぐらいかな」

「そんな空間が地下にあるとか驚きだよな……」

本当に不思議だよな。まあ地下にあるというよりも、ダンジョンは異空間にあるって感じだろうけど。

「このマップに植物や虫型の魔物が映るのかはまだ確認できてないから、何匹も倒して痺れ蝶に出会わなかったら、また方針を変えようか。一番近くの魔物は……あっちだよ」

「じゃあ行くか！」

「わんっ！」

ウィリーとミルが張り切って先頭を進み、俺達は六層に本格的に足を踏み入れた。

魔物がいるだろう方向にしばらく進んでいると、魔物が目視できるところまで来たようだ。草原の先にいるあの魔物は……あれってもしかして。

「白狼じゃない？」

「僕がなりきってる魔物ですね！」

ダンジョンではいつ他の冒険者が近づいて来るか分からないからと言葉を話さないミルが、思わずと言った様子でそう口にした。

六層によく生息している魔物一覧にはなかったのに、白狼がいるのか。初めて見たな。

「あれが白狼なんだ。……白狼って、ミルちゃんと全然違わない？」

「全然違うな……全く別の魔物に見えるぞ？」

確かに全然違う。ミル、全く白狼にはなりきれてないな。白狼が凶暴な狼だとしたら、ミルは野生をなくした忠犬だ。これは突然変異で誤魔化せてるのだろうか……大丈夫だと思いたいけど。

「とりあえず倒すか。これならミルに似てるからって躊躇することもないから、良かったな」

「確かにそれはそうかもね」

白狼は群れで行動しないのか、たまたまこいつがはぐれてるのか、一匹だけみたいだ。

「白狼は土魔法を使うから気をつけて」

「分かったぜ」

ウィリーとミルがリラックスしながらも隙は見せずに白狼へと近づいていくと、白狼は一匹だけだから近づいたら不利だと思ったのか、まずは土魔法で攻撃を仕掛けて来た。いくつかの石の塊を宙に作り出し、狙いを定めているわけではなく無差別に放ってくる。

しかしそんな石の攻撃はミレイアの結界に阻まれて一つも俺達には届かず、そうしているうちにウィリーが白狼の近くまで辿り着いて首を落とした。全く危なげのない、完璧な戦いだ。

やっぱりこの辺の魔物には余裕で勝てるな。まあそうじゃないとダメなんだけど、俺達が目指すのは五大ダンジョンの制覇なんだから。

「トーゴ、アイテムボックスに収納してくれ」

「了解。今行くよ」

白狼をアイテムボックスに仕舞ってマップを確認すると、さっき表示されていたよりも魔物が二匹増えている。やっぱり外よりもダンジョンの方が魔物の数は多いな。

「次はこっち方向かな。今度はちょっと遠いかも」

「こっちだな」

それから俺たちは他の冒険者を避けつつ、六層にいる魔物を倒しながら階段に向かい、一つ下の層に下りてからもしばらく魔物を倒し続けた。しかしまだ痺れ蝶には出会えていない。出会う魔物のほとんどが、ロックモンキーという土魔法で石を投げてくる猿の魔物だ。

「またロックモンキーかよ。もうロックモンキーしかいないんじゃないか？」

「さすがにうんざりだよね……」

ロックモンキーはほとんどが群れで行動し、さらには素早いので意外と倒すのに時間がかかるのだ。もうアイテムボックスの中には、三桁に迫る勢いでロックモンキーの素材が溜まっている。

「次がロックモンキーだったら作戦を変えようか」

もしかしたら、植物や虫型の魔物はマップに表示されないのかもしれないな……それだとかなり厄介だ。その場合はどうやって痺れ蝶を見つけるか、そんなことを考えながら次の魔物に近づいていくと……マップ上では既に魔物を目視できるところまできているはずなのに、魔物がどこにいるのか分からない。

「トーゴ、もう魔物の近くだよな？」

「そのはずなんだけど……皆集まって。ミレイアの結界の中にいよう」

少しでも危険度を下げるために俺達の周囲を結界で覆ってもらって辺りを観察していると、突然空から黄色の粉が降って来た。これってもしかして、痺れ蝶の鱗粉じゃない⁉

「皆、痺れ蝶かも。ステルスで隠れてるはずなんだけど、見える……？」

「いや、俺には見えないぞ」

『トーゴ様、あちらにいます』

『ミルは見えるの？』

『匂いで位置が分かったので、そこに対して目を凝らしたら見えるようになりました。今はあちらに飛んでいっています』

ミルのその言葉に従って目を凝らしてみると、少しして俺にも痺れ蝶を目視することができた。ミレイアとウィリーにもミルの言葉を伝えると、問題なく見えたみたいだ。これはマップがなくて、さらにミルがいなかったらと考えると強敵だな。対策なしに姿を捉えるのは難しいだろう。

「どうやって倒す？　羽を傷つけないようにしないと」

「俺の斧はダメだな。あの胴体だけを狙うのはさすがに難しい」

『僕も飛んでいる魔物は苦手です。魔法は……コントロールが少し不安です』

「了解。じゃあ俺かミレイアのどっちかだ。俺は魔法なら当てられると思う。痺れ蝶は防御力が弱いから、威力に魔力を割かなくて良いし」

「私は……多分当てられると思うけど、羽の羽ばたきで風が起こってるだろうから、一度は外れるかもしれない」

確かにあの大きな羽で羽ばたいてるんだから、風が起こっているのは当たり前だろう。初見でその風の流れまでを読んで矢を放つのは不可能だな。

「俺が魔法で攻撃するよ」

風の抵抗を受けないように形をいつもと少し変えて、できる限り俺から遠くで魔物に近い場所にアイススピアを作り出した。そして羽ばたきの合間を狙って……魔法を放つ。

するとアイススピアは、吸い込まれるように痺れ蝶の胴体部分に突き刺さって、痺れ蝶を絶命させた。

「よしっ」

思わずガッツポーズをすると、皆が俺を笑顔で讃えてくれる。本当に良い仲間だよな。俺は改めてそんなことを考えて、心が温かくなるのを感じた。

地面に落ちた痺れ蝶を拾いにいくと、上を飛んでいた時よりも倍ぐらいの大きさに感じる。俺が両手を広げたよりも大きな蝶だ。蝶って小さいと可愛いけど、大きいと気持ち悪さが勝るんだな。

「アイテムボックスで解体できた？」

「ちょっと待って……あ、できるみたい」

「虫型の魔物も問題なくできるんだな。じゃあ、あと数匹は痺れ蝶を倒すか！　鱗粉が足りないとか言われたら最悪だしな」

確かに余裕があった方が確実ではあるな。まだまだ時間はあるし、最悪はダンジョン内で野営もできるからもっと見つけて倒そう。マップに映ることも確認できたし。

『そうだミル、痺れ蝶の匂いを覚えられた？』

『はい。ただあまり強い匂いではなくて、近くにいないと気付けないかもしれません』

『そっか。じゃあ今までと同じように、マップの魔物を端から倒していくしかないかな』

『そうなりますね……お役に立てず、すみません』

ミルがしゅんっと尻尾を下げて耳をへにょんと垂れ下がらせたのを見て、俺は思わずしゃがみ込んでミルに抱きついた。

「そんなに落ち込まなくて良いから。ミルは十分役に立ってるよ」

思わず声に出してそう伝えると、ミルは一気に嬉しそうに表情を変化させて尻尾をピンと立てた。感情が分かりやすくてめちゃくちゃ可愛い。

可愛すぎるミルをぎゅっと抱きしめていたらミレイアに羨ましがられ、それからミレイア、ウィリーともミルが戯れて、束の間の休息を楽しんだ。

「次の魔物を倒しに行こうか」

「そうだな！」

「次はどっち？」

「まっすぐ進んで五百メートルぐらいかな」

次の魔物は一匹だけだ。群れじゃないとロックモンキーの可能性が下がるから嬉しいな。まあはぐれロックモンキーも結構いるんだけど。

しばらく進むと、魔物の表示があるのは木々が密集している中だった。既にかなり近づいているけど、まだ目視はできない。

『ミル、魔物の匂いする？』

『いえ、ロックモンキーも白狼の匂いもしません。痺れ蝶の匂いもしないので、多分そのどれでもない魔物かと』

『じゃあ、何の魔物だろう……』

「皆、ちょっと止まってくれる?」

魔物の正体が分からないことを二人に伝えて、近づく前に本で確認することにした。ウィリーとミルが見張りで、俺とミレイアが調べる係だ。

「どれかな……よく出現する魔物には、ロックモンキーと痺れ蝶しか載ってないみたいだ」

「でもその二つじゃないんだよね?」

「ミルはそう言ってる」

「白狼もこれには載ってなかったし、そういう魔物も結構いるのかもね」

確かに白狼もそうだったな。そう考えると、本は参考にする程度が良いのかもしれない。

それからしばらく本を調べたけど有益な情報はなさそうだったので、俺達は警戒しつつ近づいてみることに決めた。

四人で陣形を組んで、いつでも攻撃ができるように構えながら少しずつ前に進む。しかし魔物まであと数メートルのところまで来ても、魔物を目視できなかった。

「他にステルスを使える魔物がいるとか、擬態が上手い魔物がいるとか、それか地下に魔物がいるとかかな……」

俺のその呟きを聞いて、俺以外の皆がギョッとした様子で足元に視線を向けた。しかし地面から何かが出てきているなんてこともない。

「あと数メートルだから、もっと近づいてみる？」

「そうだな……」

ウィリーが斧を構えながらまた一歩足を前に出すけど、何も現れない。静かすぎて怖いぐらいだ。

「なあ、この黄色い花綺麗じゃないか？　採取したら高かったりしないのか？」

「本当だね。なんか良い匂いもしない？」

ウィリーが指し示した黄色い花は、一輪だけ大きく咲いていた。あれ、なんかこの花って見たことある気が……。

「ウィリー！　その花は魔物だ‼」

「え……うわっ‼」

魔物図鑑でチラッと絵を見た記憶があったのを思い出してすぐに叫んだけど、魔物は既に大きな口を開けてウィリーを飲み込もうとしていた。

「あっ、危なかった……」

しかし間一髪、ミレイアの結界に守られてウィリーが飲み込まれるのは回避できた。マジでギリギリだった、危なかった。

「こいつは人喰い花だ。花の下についてる大きな袋の中で、獲物をそのまま消化するんだったはず」

「うわっ、マジかよ。ミレイアほんとにありがと」

「間に合って良かったよ。トーゴ、この花って動くことはできないの？」

「ちょっと待って、調べるから」

とりあえず距離を取れば大丈夫そうだったので、ウィリーに警戒してもらい、素早く魔物図鑑をめくって人喰い花を調べた。

「えっと……その場から動くことはできないけど、蔦を触手みたいに動かして攻撃してくるから注意だって。でも一番危ないのは最初の不意打ちだから、それを避けられたらそんなに怖くないらしいよ」

「そうなんだ。じゃあ遠距離から倒しちゃおうか」

「袋を破けば消化液が外に流出して、すぐに倒せるらしい」

ミレイアがその言葉を聞いて矢を放ち、人喰い花はすぐに絶命した。アイテムボックスに入れると、魔石や蔦、それからあの綺麗な花に解体することができる。

「植物に擬態してるやつは危ないな。もっと気をつけないとだ」

「本当だね。でもトーゴのマップには表示されてたってことだよね？」

「うん。これでこのマップには、虫系や植物系の魔物も全部表示されることが分かったよ。だからそこまで警戒する必要はないかな。少なくとも俺のマップで何かがいることは分かるから、不意打ちは避けやすいし」

このマップは本当に便利だ。これがなかったら五大ダンジョンのクリア難易度が倍ぐらいに跳ね上がっただろう。神様チートに感謝だな。

『さすが神の力ですね』

『このマップがあれば、ダンジョンクリアも夢じゃない気がしてくるよ』

『確かトーゴ様は、この世界の才能ある人達がパーティーを組んで努力すればクリアできる難易度って仰ってましたよね。ということは、神様チートがある僕達なら必ずクリアできるってことですね！』

『確かにそうかも……仲間もいるし、後はちゃんと努力さえすればクリアできるのか』

そう考えたらめちゃくちゃやる気が出てくる。今まではどこか半信半疑で努力してたけど、ちゃんとクリアできるはずなんだ。

『頑張りましょう！』

『うん。アルダリティエフの好きなようにはさせないよ』

俺は久しぶりにあの忌々しい邪神の名前を思い出した。絶対にあいつを宇宙の根源に引き渡して、消滅させてやるんだ。

「なあ、そろそろ昼飯にしないか？」

「あれ、もうそんな時間？　……本当だね。続きはお昼を食べてからにしようか」

ウィリーとミレイアのそんな会話で我に返り時計を見てみると、ちょうどお昼の時間になったところだった。もう少し見渡しの良い場所に移動してお昼かな。

「とりあえずここからは出よう。木々が密集してて危ないから」

「そうだね。お昼を食べるのに良い場所を見つけようか。確かこういうフロアでは、視界を遮る木があんまり生えてないところが良いんだよね」

「本にはそう書いてあったよ。俺達はマップがあるからどこでも良いんだけど、一応俺が見逃す可能性もあるし、ちゃんと安全な場所を探そう」

俺は自分の能力を信じていないので、マップがあることはありがたいし、どんどん使っていくけど、それに頼りきりになるのは極力避けるようにしているのだ。マップがなかった場合にとる安全策を、俺達には必要なくてもとるようにしている。

「あの辺とかどうだ？」

「確かに良さそうだね。トーゴ、あの辺に魔物はいる？」

「今のところいないみたい」

「じゃあ、あそこで決定ね」

昼食の場所を決めた俺達は、大きめな布を敷いて休息を取りつつお昼ご飯を楽しんだ。途中で二回ほど魔物に襲われたことから、やっぱりダンジョンは魔物の数が多いみたいだ。ダンジョンの中で野営をするようになったら、対策を考えないとダメかな。


昼食をとって休憩した俺達は、また午後の活動を始めていた。今は九層まで下りていて、痺れ蝶は追加で二匹倒すことに成功している。これで痺れ蝶の鱗粉採取の依頼は完璧なはずだ。

さらにもう一つ、八層で大きな収穫があった。

「ミルちゃん、嬉しそうだね」

「あの首輪、かっこいいもんな」

ミレイアとウィリーが視線を向けた先のミルは飛び跳ねるように歩いていて、その首にはいつものオレンジ色の布ではなく、お洒落な首輪がハマっている。革製のベルトに金属の留め具で作られたその首輪は、さっき宝箱から手に入れたアイテムだ。

ダンジョンの本で軽く調べたら、アーネストのダンジョンで稀に手に入る首輪と載っていて、使用者に合わせてサイズが自動で変化するらしい。

『ミル、似合ってるよ』

『本当ですか⁉　ありがとうございます！　いつもの布とこの首輪で、その日の気分によって替えられますよね！』

ミルはよっぽど嬉しいのか、尻尾が高速で振られ瞳はこれでもかと輝いている。こんなに喜ぶのなら、サイズが自動調節される首に巻けるものは端から買ってあげたいな。

『今なら幻光華も見つかる気がします！』

ミルのそんな言葉に俺は苦笑を浮かべつつ、頭の中に開いたマップに意識を向けた。

もう九層まで下りてきてるのに、まだもう一つの依頼、幻光華の採取を達成できていないのだ。

幻光華が育つ条件に当てはまる場所は念入りに見て回ってるんだけど、一向に発見できない。

「あれ、この部屋って地図に載ってない……？」

俺のマップだけじゃなくて冒険者ギルドで買った地図も見てみようと何気なく開いたら、マップとの思わぬ差異に気づいた。いや、マップとの差異だらけではあるんだけど、それでも今までは大まかな地形は全て記されていたのだ。

だけど俺のマップに載っている隠し部屋らしき部屋が、この地図には載っていない。

俺は周りに冒険者がいないことを確認して、皆にも見えるようにマップを広げた。

「どうしたんだ？」

「ちょっとここ見て。ここに半地下みたいな隠し部屋があるらしいんだけど、地図には載ってないんだ」

「本当だね。もしかして……今まで誰も見つけてない場所とか？」

「それ凄いな！」

その可能性はあるかもしれないな。……ただ、隠し部屋の情報提供をしたら冒険者ギルドから情報提供料をもらえるけど、それよりも隠して独占している方が利益がある場所という可能性もある。まあ何にせよ……。

「行ってみようか」

『そうしましょう！　楽しみですね！』

誰も発見していない隠し部屋かもしれないという事実に、さらにテンションが上がったミルを先頭に、俺達は隠し部屋まで向かった。

隠し部屋があると示されているのは……何の変哲もない木の根元だ。

「パッと見ただけだと、部屋への入り口なんてないよね？」

「そうだけど……なんだろう。木の幹にスイッチがあるとか？」

「とりあえず、斧で突いてみるか？」

「そうしようか。でも罠があるから気をつけて。隠し部屋までの階段のところに、矢が飛んでくる罠が表示されてるんだ」

俺のその言葉にウィリーは神妙な面持ちで頷き、恐る恐る斧で木の幹を数ヵ所突いた。しかし特に何も起きない。それから幹じゃなくて木の根元とか枝とか、いろんな場所を探ってみても特に何も変化はない。

「全く分からないな」

「もしかして、この木にスイッチはないのかな。周辺の木にあるとか」

「確かにその可能性はあるかもね。後は少し掘ってみるとか？」

『それなら僕が！』

ミルはミレイアの掘ってみるという言葉に反応し、嬉しそうに耳と尻尾をピンと立てて木の根元に向かった。そして前脚で器用に穴を掘り始める。

こういう動作をしてると、本当に犬だな。俺がミルを作った時に想像したのは犬で、この世界に日本にいたような犬はいないから、ミルが特異に見られるのは仕方がないのだろう。

「わんっ！」

ミルが皆にも伝わるように吠えたのでミルが掘った場所を覗いてみると、そこには石のような硬い素材の四角柱が埋まっていた。その四角柱の上部には手で掴めるような丸い取っ手が付いている。これは……引き上げるのだろうか。

「皆、引き上げてみるから少し下がってて。ミレイア、罠で矢が飛んでくるかもしれないから結界をお願いしても良い？」

「了解」

ミレイアの結界が俺の周りを囲んだのを確認してから、一度深呼吸をして四角柱を思いっきり引き上げた。するとガコッと大きな音を立てて四角柱が引き上げられ、それに伴って木の根元に人が一人通れるほどの穴が現れた。まだ罠は発動してないみたいだ。

「この穴に入ったら罠が発動するのかも」

「結構小さい穴じゃねぇか？　中は階段なんだよな？」

「うん。マップではそうなってるよ」

「じゃあ私が先に入るよ。結界は自分に纏わせるのが一番やりやすいから。罠を発動させたら合図するから、皆も入って来て」

俺達はその意見を採用することにして、まずはミレイアが穴の中に入った。そしてミレイアが中に入って数秒後に矢が放たれた音と結界にぶつかった音が聞こえ、すぐにミレイアの声が聞こえてくる。

「もう大丈夫みたい！　皆も来て良いよー。中は結構広いかも」

ミレイアの声に従って中に入ると、階段は俺達が横に広がれるほどに広かった。中は洞窟フロアのように少しだけ壁が光っていて、光源は必要なさそうだ。

「奥に続いてるな」

「うん。しばらく階段を下りると部屋が……あれ？」

「どうしたの？」

「さっきまでは部屋の中に何も表示がなかったのに、今は魔物が十匹ぐらいと宝箱が表示されてる」

「マジか！　宝箱があるなんて凄いな！」

なんでここに入るまでは表示されてなかったんだろう。考えられる理由として可能性が高いのは、あの四角柱を引いて中に入ると宝箱と魔物が出現する仕組みになってるのかな。後は……隠し部屋は中に入らないとマップでも様子が分からないとか。

どちらにせよ、隠し部屋の中に入らないと表示されないのは同じか。隠し部屋は魔物がいなくても入ったら出現する可能性もある、そう覚えておこう。

「慎重に進もう。十匹の魔物はかなり多いから」

「確かにそうだな。ゆっくり進むぞ」

それからウィリーとミルを先頭に警戒しつつ階段を下りると、すぐに目的の部屋が見えてきた。部屋の中にいるのは……何だあれ。デカい蟻？

「あれって、キラーアントじゃない？」

「え、あの街を滅ぼしたっていう伝説の⁉」

キラーアントの話は俺も本で読んだ。地球にいたアリと全く同じで地中に巣を作るから、人間は巣があることに気付けないんだ。そのうちに巣の中で大量繁殖して、何千匹のキラーアントが街を襲って壊滅させたっていう事件がある。

だから今は一匹でもキラーアントを見つけたら監視して巣を突き止めて、すぐに壊滅させるのが決まりだ。ダンジョンの外にもいる魔物だから、そこまで個の力が強いわけじゃないだろうけど、数の暴力は怖い。これは冒険者ギルドに報告した方が良いかもしれないな……。

それにしても、キラーアントってこんなにデカかったのか。中型犬サイズのミルよりも大きい気がする。これが何千匹もいたら、それは街も滅亡するよ。

「こっちを襲ってこないな？」

「隠し部屋ってダンジョンボスと同じ仕組みなのかもね。ダンジョンボスも部屋に入るまでは襲われないって話じゃなかったっけ？」

「確かそうだったはず。警戒しつつ、戦う前に作戦を立てようか」

俺はウィリーに見張りを頼んで、アイテムボックスから魔物図鑑を取り出してキラーアントを調べた。

「キラーアントは、外殻が硬いから狙い目はお腹側だって。ひっくり返してお腹を狙うのが一番効率が良いって書いてある。外殻も強い力でなら壊せるけど、ツルツル滑るから力を入れるのが大変なんだって。上から攻撃するなら関節を狙うのが良いかも」

「そうなんだ。じゃあウィリーとミルちゃんにはひっくり返す役目をしてもらって、私とトーゴが後ろからお腹を狙う感じにする？」

確かにそれが一番かな。後はやってみて臨機応変に動くしかないだろう。初見の魔物は、実際に戦ってみるまでどうなるか分からない。

「ウィリー、ミル、いけそう？　あっ、ミルはこの隠し部屋の中なら普通に喋って良いよ。他の冒険者はいないし、その方が連携しやすいだろうから」

「分かりました！　僕は爪と風魔法でいけると思います！」

「俺もいけるぜ」

「了解。じゃあその作戦でいこう」

俺達は作戦を決めてから皆で顔を見合わせて頷き合って、息を整えてから部屋に足を踏み入れた。俺達が部屋の中に入るとキラーアントは一斉にこちらを向き、顎をカツカツと動かしながらかなりのスピードで襲いかかってくる。

「顎に気をつけて」

キラーアントは魔法が使えないし顎での噛みつき攻撃だけなんだけど、それがかなり強力らしいのだ。

「分かってる。いくぞっ！」

ウィリーはさっそく一体のキラーアントに駆け寄ると、斧を使って力技でひっくり返そうとして……しかし予想以上にキラーアントが抵抗したのか、失敗して後ろに下がった。

「こいつら、動きが素早くて意外と難しいぞ！」

「アイススピア！」

外殻を狙うとどのぐらいダメージを与えられるのかと思って放ってみると、外殻に当たったアイススピアはほぼダメージを与えずにツルッと滑って後ろに飛んでいった。

「一匹ひっくり返せました！」

ミルのその言葉が聞こえた瞬間にミレイアが放った矢は、キラーアントの腹側にぐさっと深く突き刺さり、すぐにキラーアントは絶命する。やっぱりお腹側が弱点なんだな。

「うわっ、一気に何匹も来られるとやばいなっ」

「結界っ！」

五匹が群がって身動きが取れなくなったウィリーを救うため、ミレイアが結界を発動した。そして結界にぶつかり困惑している様子のキラーアントを、ミルが爪の攻撃で吹き飛ばす。

おおっ、やっぱりミルは強いな。五匹のキラーアントは息絶えてはいないけど、ひっくり返ったり、足がもげたりしている。

『ミル、キラーアントはミル的にどのぐらいの強さ？』

ミルがこの世界でどの程度の強さなのかを知るために聞いてみると、ミルは少しだけ悩んでから口を開いた。

『一人で十匹を倒すのは少し手間取りますが、倒し切れると思います。ただ皆さんと一緒の方が余裕を持って戦えます。今まで戦ってきた印象ですが、僕は硬い魔物や空を飛ぶ魔物、それから群れになる魔物が苦手です』

確かに相性の良さもあるよな。ミルの強さは……とりあえず俺と同じぐらいと思っておくか。

「皆、ありがとな！」

ウィリーがミルの攻撃によってひっくり返ったキラーアントを倒しながら叫ぶ。

「ウィリー、また囲まれるよ！」

「おうっ！」

ミレイアに忠告を受けたウィリーは、今度は上手く包囲されないように、キラーアントの攻撃を受け流しながら立ち位置を変えた。

怪我をしてるのも含めて残りは七匹か……このままでも負けることはないだろうけど、何か一気に倒せる魔法がないかな。硬い魔物に効く魔法を知っておきたい。

例えば……雷魔法とかどうだろう。

「ウィリー、ミル、ちょっと下がってくれる？　雷魔法を使ってみたい！」

「りょーかい！」

「分かりました！」

俺は二人が下がったことを確認して、すぐキラーアントに向けてサンダーボールを放った。するとサンダーボールはキラーアントの外殻を超えてダメージを与えたようで、直撃したキラーアントが焦げ臭い匂いを発しながら、その場に倒れ込む。

「トーゴ、それ強いぞ！」

「さすがトーゴ様です！」

雷魔法は正解だったみたいだ。

そこからは早かった。ウィリーとミルがキラーアントを牽制してくれている間に、俺が一匹ずつ確実にサンダーボールで仕留めていき、数分後には十匹のキラーアント全てが動かなくなった。

「雷魔法ってかなり使えるかも」

「魔力の消費量はどうなの？」

「うーん、氷魔法より消費量は多いけど、そんなに乱発しなければしばらくは使えるかな」

「じゃあこれからは雷魔法も攻撃の選択肢になったな！」

「うん。ただギルドに明かしてない属性ってところが微妙なんだけど」

でもキラーアントみたいに明かしてる属性魔法があんまり効かない場合は、躊躇わず使うことにしよう。そこを躊躇ってたら危ないからな。

「皆さん、宝箱を開けませんか？」

俺達が魔法について話をしていると、尻尾を激しく振って瞳を輝かせたミルがそう声を発した。

俺達はそんなミルの様子に苦笑を浮かべ、皆で宝箱に視線を移す。

「あれ、あの宝箱豪華じゃない？」

「確か豪華な方が、良いものが入ってる可能性が高いんじゃなかったか⁉」

「私もそう本で読んだことあるよ」

「そうなんですね。では早く開けましょう！」

皆で宝箱に向かい、宝箱の周りを取り囲んで外観を観察した。木製じゃなくて鉄製の宝箱みたいだ。それに宝石みたいなものがいくつか付いていて、輝きを放っている。

「誰が開ける？」

「トーゴが開けて良いよ。あっ、罠はある？」

「マップで見た限りではないみたい」

「じゃあさっそく開けようぜ」

「トーゴ様、ドキドキしますね！」

俺は皆の輝く瞳に背中を押され、少しだけ緊張しながら宝箱の蓋に手をかけた。そして開くと中には……。

「何だろうこれ、綺麗なお皿？」

宝箱の中に入っていたのは、どこぞの貴族が使っていそうな綺麗なお皿だった。平で結構な大きさで、パスタとかを食べる時に使うようなやつ。

「何か凄い効果があるのか？」

「どうなんだろう。このアイテムは本には載ってなかったよ」

宝箱の中身はダンジョンコア任せだから、俺も分からないんだよな。手に持ってみても特に何も起こらないし、ボタンやレバーなどを探してみても何もないみたいだ。

「トーゴ、ちょっと貸してくれる？」

「もちろん」

俺からお皿を受け取ったミレイアは、上に物を載せてみたり逆さにしてみたり、地面に置いてみたりと色々試してるけど、やっぱり何も起きないようだ。

そうこうしているうちに宝箱はフッと霧のように消えてしまった。ダンジョンの宝箱は、中身がなくなって一定時間が経つと消える仕組みなのだ。今回も宝箱が消えたということは、アイテムはこの皿だけってことだな。

「分からないね。鑑定しようか」

「それが一番かな」

「詳細はギルドに帰るまでお預けだな」

ダンジョンの宝箱から出るアイテムは、有名なものや出現頻度が高いものは本に載っていてすぐに分かるけど、そうでないものはギルドでお金を払って鑑定してもらう。

鑑定方法は、鑑定板の上にアイテムを置くだけだ。この鑑定板というのはダンジョンの宝箱から比較的高頻度で出るもので、ダンジョン産のアイテムに限り、その使用法や効果を教えてくれるらしい。鑑定するのは初めてだし、ちょっと楽しみだな。

宝箱に入っていた皿をアイテムボックスに仕舞った俺達は、放置していたキラーアントも収納し、もう一度隠し部屋の中を見回した。

「他には何もなさそうだね」

「そうだな。岩の壁しか見えないぞ」

「マップで見ても他には何もないみたい」

「気になる匂いもしないです」

この隠し部屋は宝箱とそれを守る魔物がいるって作りなんだろう。大体こういう隠し部屋はしばらくすると中身が復活するらしいけど、どのぐらいの時間が掛かるんだろうか。

「とりあえず、外に出てみようか」

「うん」

薄暗い地面の中から明るい森の中に戻ってマップを確認してみると、まだ罠は復活してないようだった。すぐに中身が復活するわけじゃないんだな。

「うぅ～ん、やっぱり広いところの方が良いね」

ミレイアが大きく伸びをしながら笑みを浮かべると、ミルも可愛く前足を伸ばしながら『分かります！』と尻尾を振る。

「また幻光華を探しに行くか～」

「そうだね。全然見つからなくてちょっと嫌になってたけど、隠し部屋でリフレッシュできたしやる気十分だよ！」

そう言って拳を握りしめたミレイアは、言葉の通り顔を輝かせている。キラーアント十匹と薄暗い地下で戦ってリフレッシュになるって……逞しいな。冒険者としてはめちゃくちゃ頼もしい仲間だ。

「もう十層に行ってみる？」

「そうしよっか。でもちょっと待って、さっきかなり魔力を消費したから、魔力回復薬を飲んでみたい」

アイテムボックスから魔力回復薬を取り出すと、ウィリーが「おおっ！」と声をあげて俺に近寄ってきた。

「そういえば、そんなの買ってたな！」

「そうなんだよ。これからのためにも効果を確認しておいた方が良いと思って」

「確かにそうだね。じゃあトーゴ、ぐいっといっちゃって」

ミレイアも楽しそうな表情で俺の顔を覗き込んでくる。俺は皆から期待の眼差しを向けられながら、魔力回復薬を口にすると……思いっきり咽せた。

「ご、ゴホッ、ゲホッ……な、なに、これ」

何でこんなに甘いんだ！　多分シャルム草の苦さを抑えようと甘さを足してるんだろうけど、これはさすがにやりすぎだ。それに甘さの後に薬草の臭さと苦さがやってきて、とりあえず美味しくない。いや、マズイ。

「トーゴ大丈夫⁉」

「そんなに変な味なのか？」

『トーゴ様！』

「だ、大丈夫……だけど、めちゃくちゃ苦手な味かも。ちょっと舐めてみて」

瓶に残っている魔力回復薬を皆に差し出すと、皆は恐る恐る瓶に指を入れた。ミルは直接ぺろっと舐めている。

「うぇ～、何これ。確かにこれを一気飲みは咽せるかも」

「何でこんなに甘いんだ？」

『美味しくないですね……』

これって他のお店で買ったら美味しかったりするのかな。とりあえず回復量は二の次にして、せめて普通に飲める味のやつを探したい。

「魔力量はどのぐらい回復してるの？」

「……一割弱かな。回復量は悪くないけど、味がこれだと……」

「もうちょっと美味いやつがあるんじゃねぇか？」

『トーゴ様、これから色々と買ってみましょう』

俺は皆のその言葉に何度も頷いて、空になった瓶をアイテムボックスに仕舞った。

「よしっ、じゃあ切り替えて十層に行こう」

下がったテンションを上げるように明るい声で宣言すると、皆はそれに乗って「おー！」と腕を上げてくれた。

それから俺達はマップを駆使して、最短距離で十層に向かった。階段を下りて十層に下り立つと……そこには九層とほとんど変わらない景色が広がっている。

「このダンジョンは五層ごとにしか環境が変わらないから、ちゃんと数えてないと今何層にいるのか分からなくなるね」

「確かに。俺はマップですぐに分かるけど、他の人達は数えるしかないのか」

「デカい立て札でも建てとけば良いのにな」

「魔物に壊されちゃうんじゃないの？」

「それもそうか」

そんな会話をしながら十層に足を踏み入れ、また幻光華探しだ。

それにしても全く見つかる気配がないな……難しいっていうのは本当だった。そうは言いつつ、俺達の移動速度があれば意外と初日で見つかるんじゃないかと思っていたのだ。あと一時間ぐらい粘ってダメなら、幻光華はまた明日以降かな。

「そういえば、フロアボスとも出会ってないよな？」

「言われてみればそうだね。確かフロアボスはボスロックモンキーだっけ？」

「そうだよ。何匹ものロックモンキーを従えてるって」

フロアボスを倒すと宝箱がドロップするし、できればそっちも見つけたい。でもまずは依頼の品だし幻光華だ。

『ミル、何か気になる匂いとかない？』

探し物にはミルの鼻が頼りになると思ってそう聞くと、ミルは申し訳なさそうに首を横に振った。ミルの鼻は性能が良いから、何か今までと違うものがあったら分かると思うんだよな……となると、近くにはないのかもしれない。

幻光華は魔物が嫌う匂いを発していて、成分を抽出すると魔物除けの香水になる植物なのだ。だから匂いが弱くて分からないってことはないだろう。

「トーゴ、マップで気になるところはない？　例えば冒険者があんまり行かなそうなところとか。他の冒険者がいたら、採取されちゃってる可能性もあるかなって思ったんだけど」

「確かに。ちょっと見てみるよ」

立ち止まって十層を隅々まで調べると、左奥の岩壁に登れるところがあるのが分かった。岩壁の中腹あたりに広いスペースがあるのだ。ここなら日当たりは抜群だし、可能性があるかもしれない。

その場所を皆に伝えるとすぐに行こうということになったので、俺達は魔物を極力避けつつその場所に向かった。

数十分で目的地に到着すると、周りに冒険者は全くいなく、少なくとも採取されてしまっているということはなさそうな場所だ。

「思ってたよりも高いなぁ」

「でも向こうからなら、かなり細い道だけど登れそうじゃない？」

「だけど……相当危険だぞ？　ちょっとでもバランスを崩したら落ちそうだ」

見た限り、広いスペースに続く道は両足を並べられる幅はないほどに狭そうだ。風魔法を使って壁の方に体を押し付けて登ればいけるかな……。

「皆さん、僕が行ってきます！」

「ミルちゃんが？　危なくない？」

「はい。あの程度の広さならば僕には問題ありません」

確かに……ミルの身体能力なら問題はないか。俺は今までのミルの動きを思い出して、大丈夫だと判断してミルにお願いすることにした。

「ミル、頼んでも良い？」

「もちろんです！　では行ってきます」

ミルは道が重さで崩れることを懸念したのか、体を小さくして尻尾をピンと立て、キリッとした表情で駆けていった。ヤバい……小型犬ミルがキリッとしてるの可愛すぎる。ミレイアとウィリーも同じことを思ったのか、ミルを見て頰を緩めている。

そんな可愛いミルは全く危なげなく上まで登りきり、広い足場に辿り着いたようだ。

『トーゴ様、幻光華らしき花があります！』

『本当⁉　採取をお願いしても良い？』

『もちろんです！』

やっと見つけたかもしれないな……こんな場所にあるなんて難易度が高い依頼だった。もっと採取しやすい場所にもあるんだろうけど、そういうところの幻光華は他の冒険者に取られちゃってたのだろう。これから俺達にはこの場所があるし、幻光華の依頼はいつでも達成できそうだ。

それから二人にも幻光華があったかもしれないことを伝えてミルを待ち、数分でミルは口に花の束を加えて岩場から駆け下りてきた。

『お待たせしました！』

俺が差し出した手の上に採取してきたものを載せると、ミルは少し得意げにそう宣言する。

うぅ……ドヤ顔の小型犬ミルが可愛すぎて辛い。俺は幻光華の確認は後回しにしてアイテムボックスに収納し、とりあえず小さなミルを抱き上げた。

「ミル、お疲れ様。ありがと」

『お役に立てて良かったです！』

可愛いミルに皆で悶えて、ミルを可愛がって褒め称えてから、俺達はやっと幻光華の確認をすることにした。アイテムボックスのリストを見てみると、幻光華だと思われる植物という項目に数字が七と書いてあるので、七本も採取できたようだ。

ちなみにアイテムボックスの名称は、俺の認識がそのまま反映される。よってこれから幻光華をしっかりと確認して、これは幻光華で間違いないと判断すれば、アイテムボックスの名称は幻光華と変わるだろう。

だからさっきの宝箱から出たお皿は、宝箱から出現した不思議なお皿となっているし、森の中で見つけて何か分からないけど採取してみた実は、正体不明の赤い実となっている。

アイテムボックスに収納すると名称は必ず正確なものとなる。とかだったら鑑定代わりに使えて便利だったんだけどな……まあそこまで求めるのは酷だろう。今の状態でめちゃくちゃ便利なんだから。

「――幻光華で、合ってると思う」

依頼票とダンジョンの本に載っている幻光華の特徴を確認して見比べると、ほとんど一致するのでまず間違いはなさそうだ。

「これで依頼達成だな！」

「大変だったけど、見つけられて良かったね。でも魔物が嫌う匂いを発してるんだよね？　それにしては変な匂いはしないけど」

「本当だな。どちらかと言えば良い匂いじゃないか？　ミルはどうだ？」

『そうですね……不思議な香りはしますが、別に嫌な匂いというわけではないです』

「ミルも大丈夫だって」

ミルが反応しないのはミルが眷属だからかな。でも魔物が嫌う匂いだって話だから人間にも臭いのかと思ったら、ハーブ系の良い香りなのには驚きだ。

「成分を抽出しないと、そこまで効果はないんじゃない？」

「確かにそっか。これを香水にするんだもんね」

「俺達もその香水を買っておく？　ダンジョン内で野営をするなら、あったら便利だと思うんだ。思った以上にダンジョン内って魔物が多いし」

　魔物除けなしで野営をしたら、一時間に数匹は魔物に襲われるだろう。そんな状態じゃ寝られないと思う。

「そうだね、一度買ってみようか。でも香水になってもミルちゃんは大丈夫なのかな」

「確か村で魔物除けの香水を買うかって話が出た時に、全ての魔物を防げるわけじゃないとか何とか言ってた気がするぞ。だからミルがこれを嗅いで大丈夫なら、大丈夫な可能性が高いんじゃないか？」

　そうなのか。それならミルに効果がなくてもそこまで怪しまれないかな。

　俺は魔物除けを普通に使うことができそうで、ほっと安堵の息を吐いた。

「今度買ってみようか」

「そうするか。じゃあ今日は地上に戻るか？」

「そうしよう。あっ、でも途中でフロアボスがいたら倒していく？」

「もちろん！」

「じゃあフロアボスっぽい魔物以外は避けて地上に戻ろう」

　それから俺達は十層を抜けて九層、八層まで戻ってきた。もうここまで来たらフロアボスはいないかな……そう考えて少し残念に思っていると、突然マップの端に二十個ほどの黒い点が映るのが見えた。さらにその黒い点に囲まれた、三つの緑の点も。

俺はそれを見た瞬間に足を止め、その点全てがマップに入るように足を動かす。

「皆、フロアボスを見つけたかも。あとそれと戦う冒険者も」

場所は八層のあんまり他の冒険者が行かないような、階段からは遠い場所にある森の中だ。

「マジか、先を越されたってことか？」

「いや……」

それにしてはさっきから魔物が一匹も減っていない。それに必死に逃げているような……。

「この冒険者達、結構マズイ状況かも」

周りに人がいないことを確認してから皆にもマップを見えるようにすると、皆はマップをしばらく凝視して……それから真剣な表情で頷いた。

「動きが逃げてる感じだね」

『助けに行きましょう！』

「急いだ方が良いかもしれないぞ」

全員の意見が一致したので、俺達は魔物と三人の冒険者がいる場所に向かって全力で駆けた。

「魔物はフロアボスの可能性が高いよな！」

「うん！　この規模の群れは今までなかったし、その可能性が高いと思う！　もしフロアボスなら一匹はボスロックモンキーで、他は全部ロックモンキーのはず！」

走りながら、これから戦う敵の情報を共有して作戦を練っていく。

「どうやって倒す？　これだけ数が多いと大変だよね」

「とりあえず誰かがボスロックモンキーを抑えて、他の皆でロックモンキーから確実に数を減らしていこう」

「じゃあボスロックモンキーは俺に任せろ！」

「了解！　それならロックモンキーはミルが前衛で、俺とミレイアが後衛かな。いつも通り木の上にいるだろうから気をつけよう」

そこまで話をしたところで、俺達は魔物が目視できるところにまで近づいた。三人の冒険者は……ロックモンキーに囲まれてかなり危険な状態だ。一人地面に座り込んでるから怪我もしてるかもしれない。

「すみません！　助太刀いりますか！」

獲物を横取りしたと思われないように大声でそう聞くと、こっちに気付いた一人の男性が大きく手を振って声を張り上げた。男性一人、女性二人のパーティーみたいだ。

「お願いだ助けてくれ！　自力で歩けない怪我人もいる！」

「魔物は俺達に任せてください！　怪我人を担いで安全な場所へ！」

「ありがとう！　恩に着る！」

そこまで会話をしたところで俺達はロックモンキーの群れに到着し、まずは三人を襲っていたロックモンキーをウィリーが斧で思いっきり薙ぎ払った。するともう勝てると思って地面に下りてきていたロックモンキーが、木の上にザッと凄い勢いで逃げていく。ロックモンキーは木の上に逃げられると面倒なんだよな……。

「ボスがいないぞ！」

「多分森の中にいる！　こっちに来るまでは放置でウィリーもロックモンキーを倒して！」

「おうっ」

俺はロックモンキーが放った石をアイスボールで弾くと、石が飛んできた方向に向かってアイスピアを放った。しかし……ロックモンキーには当たらなかったようだ。本当に逃げ足が速くて嫌になるな。

「結界っ」

「おわっ……危なかった」

ちょうどウィリーの死角から放たれた石が、頭を直撃する寸前だった。ミレイアに助けられたな。

「やっぱり数が多いと大変だね」

俺達のロックモンキーに対する戦い方は、木の上だとすばしっこいロックモンキーに翻弄されるので、とにかく地面に落として、落ちたところを俺とミレイアがトドメを刺すやり方だ。五匹ぐらいならこれで一瞬だったんだけど、二十匹近くいるとさすがに難しい。

「ミレイア、弓の攻撃はしなくて良いから、ウィリーの結界に専念してくれる？　ウィリー、ミレイアが結界で守るから、それを信じてロックモンキーに向かっていって欲しい。ミルは今だけ後衛になって。もうさっきの冒険者は離れていったから、魔法を使って良いよ」

俺のその提案に皆が即座に頷いてくれて、俺達はいつもと少し陣形を変えた。

ウィリーが身軽に木に登ってロックモンキーを落としてくれるのに合わせて、俺とミルが魔法でトドメを刺していく。ウィリーは集中攻撃を受けているけど、ミレイアの結界で無傷で済んでいるようだ。

「ウィリー、あんまり奥まで行かないで！　見えなくなると結界が正確じゃなくなる！」

「分かった！」

ウィリーは本当に凄いよな……まるで重力なんてないかのように、ひょいっと木の上を飛び回っている。怪力スキルって思ってた何倍も万能だ。

とにかく筋肉があり得ないほどに発達してるから脚力が凄いし、握力も腕力も全てが桁違い。ジャンプで高い枝に片手で掴まって、そのまま片手で枝の上に乗ることも、木々の間を飛び移ることもできる。何で片手なのかは、右手には斧を持っているからだ。斧を持ちながらこんな動きができるとか、もう人間なのか疑いたくなるよな。

「ウィリー、多分ボスが来るから迎え撃って！」

陣形を変えたことで着実にロックモンキーを倒していたら、ロックモンキーがあと五匹になったところで、森の奥にあった三つの黒い点が動き出した。多分これがボスだと思うんだよな。

「了解っ！」

それから数秒後、かなりの速度で俺達の下にやって来たのは……やっぱりボスロックモンキーだった。普通のロックモンキーとは比べ物にならない大きさだ。普通のロックモンキーが猿ならボスはゴリラだな。それもめちゃくちゃ素早くて身軽なゴリラ。事前情報によると爪が鋭くて、魔法よりも物理攻撃をしてくるって話だ。

「うわっ、こいつ力強いぞ」

「ウィリー、倒せなくても良いからこっちに来ないようにお願い！　ミレイアはこのままウィリーを結界で援護してあげて。ミルは俺と一緒に残りのロックモンキーを倒そう！」

「分かった！」

『了解です！』

ボスの攻撃がミレイアの結界に阻まれてウィリーが体勢を整えたのを確認してから、俺は他のロックモンキーに視線を戻した。このぐらいの数ならいつも通りだから、油断しなければすぐに倒せるはずだ。

「ミル、前衛をお願いしても良い？」

『もちろんです！』

ミルは軽い足取りで枝を伝って木の上に登り、ロックモンキーを一匹ずつ地面に落とす。ミルが倒してそのまま絶命してるやつは放っておいて、俺が狙うのはミルから逃げようと木の上から地上に下りてきたやつだ。飛び下りた瞬間を狙って、アイススピアを頭か首元に突き刺す。

それから数分で、俺とミルはロックモンキーを全て討伐することに成功した。後はボスロックモンキーだけだ。

「ウィリー、ミレイア、こっちは終わった！　ボスはどう？」

倒したロックモンキーは放置して二人の下にミルと駆けつけると、二人はまだボスを倒し切れてはいないようだ。

「こいつ逃げ足が速いんだ。すぐ木の上に逃げるから攻撃を避けられて、致命傷が与えられてない」

「トーゴ、あいつの動きを止められる魔法ってない？」

「うーん、いくつか思い浮かぶからやってみる。成功したら地面にあいつが固定されるから、そしたらウィリーがトドメを刺してくれる？」

「もちろんだ」

あいつの動きを止めるには……風魔法で上から地面に押し付けるか、氷魔法で氷の蔦を作って巻き付けて拘束するか。ここは障害物が多いから、氷の方が良いかな。

俺は頭の中で一瞬の間にそう考え、木の上からこちらを睨んでいるボスロックモンキーをしっかりと見つめ返した。

「あんまり長時間は動きを止めてられないと思うから、すぐに攻撃をお願い」

「分かった」

「じゃあいくよ。――アイスバインド」

そう唱えたと同時に地面から氷で作られた蔦が出現し、一瞬でボスロックモンキーに巻きついた。ボスは突然の出来事に動揺して、すぐには拘束から抜けられないようだ。

俺はアイスバインドにさらに魔力を注いで操り、ボスロックモンキーを地面に引きずり落とす。

「ウィリー！」

「分かってる！　おりゃあぁぁぁ‼」

俺が魔法を唱えたと同時に駆け出していたウィリーは、地面でもがいているボスロックモンキーに向けて、斧を思いっきり振り下ろした。それによってボスロックモンキーの首が体から離れ、ドスンと大きな音を立てて手足が地面に落ちる。ウィリーが生死を確認すると、ちゃんと倒せて

いたようだ。

ふぅ……やっと終わったか。意外と大変な戦いだった。でも上手く連携できたんじゃないかと思うし、これからもっと経験を重ねていけば良いだろう。

「倒せたな！」

「やったね！　ウィリー、宝箱が出てるよ」

「おっ、本当だな。ミレイアが開けるか？」

「良いの？　じゃあ、ありがたく開けさせてもらおうかな」

二人はもう宝箱に意識が移ったみたいで、周囲を警戒しつつ宝箱の周りに集まっている。まだ宝箱を開けていないのはウィリーとミレイアだけなので、二人に任せよう。

「トーゴ、ミルちゃん、開けるね！」

「わんっ！」

「りょーかい」

興味津々のミルが宝箱に駆け寄ったところで、ミレイアが興奮の面持ちでゆっくりと宝箱を開けた。そして中身を取り出すと……中から出てきたのは、何かの毛皮みたいだ。

「これってもしかして……」

ミレイアはそう呟くと、手の中にある毛皮と側に倒れているボスロックモンキーを見比べた。

「ボスロックモンキーの毛皮？」

「やっぱりそうだよね？　もっと良いものが出て欲しかったのに〜」

「こいつの毛皮かぁ、外れだな」

フロアボスからドロップする宝箱の中身は、そのフロアボスの素材のことが多いって聞いてたけど、ビッグレッドカウの時に布肉が出ちゃったから期待しすぎてたな。

「仕方ないよ。これも高く売れるかもしれないし、爪とかより毛皮の方が当たりじゃない？」

「そうかなぁ」

「確かに毛皮の方が使い道はありそうだな」

俺達のそんな慰めにミレイアは早めにショックから立ち直ったようで、ボスロックモンキーの毛皮を俺に手渡してきた。

「トーゴ、仕舞っておいてくれる？　せめて高く売れることを祈ってるよ」

「うん。でもこれ意外と暖かそうじゃない？　もしかしたら寒い環境のダンジョンとかで使えるかも」

頑丈そうだし、地面に敷いたりするのには重宝するかもしれない。一つは売って一つは取っておくのもありかな。

「確かにそっか。寒い環境のダンジョンだってあるんだもんね」

「もしかしたら、そういうダンジョンがある街で売ったら高く売れるかも。後は寒い地方とか国とか」

ずっとこの国にいるわけではないし、これからたくさんの国を巡るのだから、寒い場所に行く機会もあるだろう。寒いのは嫌だけど、雪景色はちょっと見たいかもしれないな……雪景色って神秘的で静かで好きなのだ。

「私達もそういう場所に行くんだよね。楽しみだね」

「本当だな！　俺はずっとあの村だから寒い場所にも行ったことないんだ」

「私もだよ」

それからは二人が寒い場所への憧れを語っている間に、俺は倒した魔物を全てアイテムボックスに収納した。これで解体まで完璧だ。

「さっきの冒険者は大丈夫かな」

ミレイアのその言葉を聞いてマップを確認すると、ここから数百メートル離れた場所にまだ留まってるみたいだ。

「怪我人がいるって話だったし、まだ近くにいるから様子を見にいこうか」

「そうだな」

『大きな怪我じゃないと良いですね……』

皆で三人の冒険者の下に向かうと、一人の女性冒険者が布の上に横たわっていた。

「あ、無事だったのか！　良かった……」

「魔物は倒したから安心して良いぞ」

ウィリーのその言葉に男性はほっと安堵の表情を浮かべて、心からの感謝を口にした。

「本当にありがとう。俺はアルドだ。こっちがロサで、怪我をしたのがスサーナ。三人でパーティーを組んでる」

「俺達も三人で俺がトーゴ、こっちがミレイアとウィリー。それから従魔のミルだよ。スサーナさんは大丈夫そう？」

俺のその言葉に表情を曇らせたアルドは、スサーナを見つめて曖昧に頷いた。

「ロックモンキーの投げた石が足に直撃して、多分この腫れ方は骨折してると思う。もう少し休んだら俺が抱えて地上に戻るつもりだ。戻れば治癒院があるからなんとか……治ったらいいんだが」

「骨折か……それなら多分俺でも治せるから、ここでヒールを使おうか？」

俺は確実に治せると思いつつ、ここはなんとか治せる程度という印象を与えたくてそんな言い方をした。するとすぐに食いついたのはロサっていう名前の女性だ。

「本当にヒールを使えるのか!?　それならぜひ頼みたい、スサーナを治してやって欲しい！」

ロサはそう言うと、その場で深く頭を下げた。そしてそんな態度のロサにアルドが困惑していると、ロサはアルドの頭を掴んでぐっと地面に押しつける。

「お前も頭を下げろって！　私達の命の恩人で、ヒールまで使ってくれるって言うんだから！」

「お、おお、そうか」

この国で頭を下げるのは、基本的に富裕層や貴族が関わる場所でのみって話だったのに、このロサって子はそういう場所に出入りする機会があったのかな。

「そんな頭なんて下げなくて良いよ」

俺はそう言って二人に頭を上げさせると、スサーナという女性の側に膝をついた。

「今からヒールを使うよ」

「本当に、ありがとう……お願いします」

痛みが強いのか顔を歪めながらそう言ったスサーナを見て、俺はとにかく早く治そうと足に手を翳《かざ》した。そして、ゆっくりとヒールをかけていく。

　それから数十秒、スサーナの足の腫れは完全になくなり、表情を見ても痛みはなくなったようだ。俺はその様子にホッと安堵して、その場で立ち上がる。するとスサーナも恐る恐るだけど立ち上がって、足を動かした。

「痛くない……元通りに動く。トーゴさん、本当にありがとうございます！」

　スサーナは瞳に涙を浮かべて、感動した様子で頭を下げた。敬語を普通に話してるし、この子が良い家の生まれなのかな。

「気にしなくて良いよ。ちょうどヒールが得意だっただけだから。元通りに治って良かった」

「お前凄いな！　マジでありがとな……！」

「トーゴ、それからトーゴの仲間も本当にありがとう！」

　アルドとロサにも凄い勢いで感謝され、俺達は照れ臭くなりながら笑みを浮かべた。

　骨折を治すだけでここまで感謝されるとなると、平民が治癒院で受けられる治療のレベルが心配になる。魔力がたくさんある優秀な光魔法の使い手は、ほとんどが貴族や国に召し抱えられてるんだろうか。

「魔物は全部倒したのか？」

「もちろんだぜ。もう心配はいらないぞ」

「あの数を倒すとか……お前達は強いんだな。多分あれってフロアボスの群れだろ？」

「そうだったよ。森の奥にフロアボスのボスロックモンキーがいた」

　ミレイアのその言葉を聞いて、三人は納得するような恐ろしいものを見たような、そんな表情を浮かべる。

「この階層でも問題なくやっていけると思ってたけど、まだ私達は実力不足だったようね」

「そうだな」

「もっと力をつけないとダメだね」

三人はそう言って、神妙な面持ちで頷き合っている。この三人はこれから強くなっていくかもしれないな。そもそもここにいる時点で、この町では有望な冒険者なのだ。実力不足の人達は、基本的に洞窟フロアを越えることができないから。

「魔物素材とかって分ける？　もらっちゃって良い？」

「そんなの俺達はもらえねぇよ」

「魔物を倒したのはトーゴさん達ですから、それは全てトーゴさん達のものです」

「ありがとう。じゃあ全部もらうよ」

俺はアルドとスサーナの言葉に素直に頷き、魔物素材をアイテムボックスから取り出すのはやめた。そして話も終わったのでそろそろ別れようか……そう思っていたところで、ロサが恐る恐る手を挙げてミルを指差す。

「あのさ、そこにいる可愛い子って従魔なんだよな？」

「そうだよ。俺の従魔……触ってみる？」

「いいのか!?」

撫でたそうな顔をしていたのでそう聞いてみると、ロサは俺のその言葉に瞳をキラキラと輝かせた。ミルの可愛さが分かるなんて……ロサ、めちゃくちゃ良いやつじゃん。

『ミル、撫でるの許可しても良い？』

『もちろんです！　えへへ、可愛いって言われるの嬉しいですね』

ミルはよっぽど嬉しいのか、尻尾をブンブン振ってロサのことを見上げている。ロサはその瞳に完全にやられたようだ。

「撫でて良いよ」

「ありがとう……！」

それからロサはミルを撫でまわし、さらにアルドとスサーナもそれに加わり、俺達はミルの可愛さを共有したことで完全に仲良くなった。もう友達だ。

「ミレイア、ミルは可愛すぎるぞ！」

「トーゴさん、ミルちゃんはなんでこんなに可愛いのですか？　小さい頃からですか？」

三人はミルに骨抜きにされたようで、さっきまでの暗い雰囲気なんて全く感じさせないほどに頬を緩めている。やっぱりミルは凄い、ミルセラピー、本気で稼げるかも。

「ミルは小さな頃からずっと可愛いよ。じゃあ皆、ミルを愛でるのも良いけどそろそろ地上に戻ろう。今から急いで戻っても……かなり遅くなるよ」

「え、本当だ。これは宿の夕食に間に合わないね」

「マジかよ……急いで戻るぞ！　アルド達も一緒に行くよな？」

「ああ、一緒に戻らせてくれ」

それから俺達は全員で協力しながら、最速で地上までを駆け抜けた。しかしどんなに急いでも八層から地上までは、そこそこの時間が掛かる。

ダンジョンを管理している建物から出て空を見上げると、もう完全に真っ暗だった。宿の夕食の時間も過ぎている。

「真っ暗だな……」

「俺の夕食が……‼」

　ウィリーが地面に両手両膝をついて落ち込んでいると、そんなウィリーを苦笑しながら見つめつつロサが口を開いた。

「お詫びに私らが夕食ぐらい奢るよ。無事に帰って来れたのは皆のおかげだからね」

「それいいな！　まだギルドの食堂ならやってるし、食べて帰るか？」

「本当か⁉　今すぐ食べに行こうぜ！」

　ロサとアルドの言葉で一瞬にして元気を取り戻したウィリーは、意気揚々と一番にギルドに向かって歩いていく。そんなウィリーの後ろに俺達全員が続いた。

「アルド、ウィリーの食欲はヤバいからウィリーの分はこっちで払うよ。ウィリーって二十人前ぐらいが通常で、十人前は軽く食べるから」

　俺がこそっと告げたその言葉にアルド達はギョッと目を剥き、ウィリーの分は頼むと口にした。

「了解」

「その代わりトーゴとミレイア、ミルのやつは払うからな！」

「うん。ありがと」

　それから俺達は一緒にギルドの食堂で食事を楽しみ、より仲を深めてそれぞれ宿に戻った。大変なこともあったけど、とても濃くて楽しい一日だったな。

第三話　報告と観光

次の日の朝早く、俺達は冒険者ギルドに来ていた。昨日はダンジョンから帰ってくるのが遅くなり受付が閉まっていたので、まずは昨日の依頼達成報告からだ。さらに隠し部屋のことも報告しないとだし、宝箱から出た皿も鑑定してもらいたいし、素材がたくさんあるので売りたいし、やるべきことがたくさんある。

ちょうどモニカさんの受付が空いていたのでそこに向かうと、モニカさんはにっこりと綺麗な笑みを浮かべて俺達を迎えてくれた。

「皆さん、おはようございます。依頼の受注受付ですか？」

「いえ、実は昨日の依頼達成報告が時間内に間に合わなくて、こちらの二つを達成してきましたので、よろしくお願いします」

俺が依頼票を手渡すと、モニカさんは動揺することなく受け取ってくれた。そして内容をざっと確認して、すぐに木製のトレーを手渡してくれる。

「かしこまりました。こちらのトレーに依頼の品をお願いいたします」

「分かりました。痺れ蝶の鱗粉は羽のまま持ってきたのですが、大丈夫でしょうか？」

「羽ごとなのですね！　その方が綺麗なままの鱗粉が採取できるので、依頼者に喜ばれるのです。ありがとうございます」

そうだったんだ。それなら俺達も楽だし、これからも羽ごと持って帰ってこよう。木製トレーに痺れ蝶の羽と幻光華を一つだけ載せると、モニカさんはすぐに受け取ってくれた。そして状態を確認してから後ろの台に置く。

「依頼の品、確かに受け取りました。受注記録の方にも達成で記録しておきます。それから報酬もお持ちいたしますので、少々お待ちください」

数分後に報酬を受け取って、依頼の達成報告は終了となった。次は皿の鑑定と隠し部屋の報告だ。

「モニカさん、実はダンジョンに関する重要だと思われる情報を入手しまして、ギルドに伝えておこうと思ったのですが、どうすれば良いでしょうか。そしてそれに伴って入手したアイテムの鑑定も頼みたいです」

俺のその言葉を聞いたモニカさんは、真剣な表情を浮かべて少々お待ちくださいと後ろに下がった。そして少し待っていると、奥にある応接室に案内してくれる。

「こちらでお待ちください。担当の者を寄越します」

「分かりました。よろしくお願いします」

それから少しして部屋に現れたのは、若い男性職員だった。たまに買取受付にいる人だけど、こんな仕事もしてたんだな。

「お待たせいたしました。ダンジョンに関する情報提供と鑑定と伺っておりますが、さっそくお聞きしてもよろしいでしょうか?」

「もちろんです。ダンジョンの九層なのですが、ギルドで購入した地図だと……この辺です。この辺りの森の中に隠し部屋があります。この情報って既出でしょうか?」

「……いえ、初めて聞きました」

男性は衝撃を受けたようで、呆然と首を横に振っている。

「どのような構造なのか、お聞きしてもよろしいでしょうか？」

「はい。入り口はごく普通の木の根元にあります。少し土を掘ると丸い取っ手がついた石柱のようなものがあり、それを引き上げると穴が現れます。人が一人通れるほどのその穴の中には階段があって、階段の先に隠し部屋がありますす」

男性は俺のその説明を、一言も聞き漏らさないようにと必死にメモをしている。これってやっぱり、かなり大きな情報だよな。

「隠し部屋にはキラーアントが十匹いて、その奥に宝箱がありました。その宝箱から出てきたのがこちらの皿です。鑑定をお願いしても良いでしょうか？」

俺が皿をアイテムボックスから取り出して机の上に載せると、男性はその皿を興味深げに見つめながら鑑定板を机に載せた。

鑑定板は透明なガラスのような見た目で、複雑な模様が描かれている……というよりも、ガラスの中に浮かび上がっている。凄く神秘的だ。形は平なお皿のような感じで、上に載せたものの鑑定結果が宙に浮かび上がるらしい。

「鑑定料を銀貨一枚頂くことになっているのですが、よろしいでしょうか？」

「もちろん構いません」

忘れそうだからとさっそく銀貨一枚を机の上に載せると、男性はそれを受け取った。

「ありがとうございます。ではこちらに載せていただけますか？」

「分かりました」

慎重に持ち上げた皿を鑑定板の上に載せると……数秒後に皿の模様が光り輝き、その後すぐに鑑定結果が浮かび上がった。

アイテム名『毒除去の皿』

――毒の種類は問わず、皿に載った全ての毒が除去される。

――毒の量やその形も関係なく、全てが除去される。

――毒の除去にかかる時間は約十秒。

それからも続くアイテムの説明を読む必要もなく、これが凄いものだということは分かった。応接室の中はシーンと静まり返り、誰もが鑑定結果を凝視している。

「あの、これって凄いアイテムですよね」

「す、す、凄いなんてレベルで済ませて良いものではありません……！　これほどに有用なアイテム、どんな高値がつくのか。貴族様……いや、王族の方々まで欲しがるかもしれません」

マジか……それは面倒だな。いずれは仕方がないと諦めてるけど、今はまだ権力者と関わりを持つのは避けたい。

「これはどうするべきでしょうか？　売りに出したら出所が探られますか？」

「確実に」

「じゃあ、持っておくしかないですね……」

持っておけば、いざ権力者と関わる時の切り札になるかもしれないし、悪いことばかりではないだろう。

「売られないのですか？　……いや、もちろん個人の自由ですし、私は職務上の守秘義務がございますので口外いたしません。しかし、売れば一生遊んで暮らせると思いますが……」

え、そんなに高いの⁉　それはさすがに予想外だ。でも確かに、これがあれば食事中に毒殺される危険がほぼ完全に排除できるんだから強いよな。

「俺達は冒険者として活動する目的があるので、遊んで暮らすのには魅力を感じないんです。ダンジョン探索は大変なこともあれば楽しいこともありますし。この皿は……とりあえず持っておくことにします」

「かしこまりました。では隠し部屋に関する報告書には、宝箱の中身は秘匿希望としておきます。しかしその場合は基本的に希少なものであると認識されますので、その点はご了承ください」

「分かりました。それでお願いします」

そこで一度言葉を切った男性は、報告書に宝箱に関する事柄を書き加え、俺に報告書の内容確認を頼んできた。事実と違うことが報告されないよう、確認が必須となっているのだそうだ。

「問題ありません」

「ありがとうございます。ではこれからの流れですが、まずは他の冒険者に対して隠し部屋の調査依頼が出されます。そしてその結果が出てから、この事実は広く公表されることになります。発見者とは別の者に調査を依頼するのが決まりとなっておりますので、ご了承ください」

「それは構いません」

「ありがとうございます。また情報提供に関する報酬ですが、そちらも調査結果が出てからのお渡しとなりますので、少しお待ちいただけますと幸いです。目算ですが、今回のような有益な情報の場合は……大金貨二十枚程度が妥当かと思います」

……え、大金貨、二十枚⁉

「それ本当かよ！」

「ま、間違いですよね……？」

俺が衝撃から何も言葉を発せないでいると、ウィリーとミレイアが驚きを声に出した。

『トーゴ様、大金貨二十枚って、日本円に換算すると二百万円以上になるんじゃ……この国は日本よりも食費が安いので、食事換算ならもっと大金ですよね！』

『そうなる……かな』

まさか情報提供だけでこんなに報酬がもらえるとは。マジで驚いた。隠し部屋の情報ってそんなに貴重なのか。

「今まで見つかっていなかった隠し部屋の情報というだけでかなりの金額になりますが、今回はさらに良いアイテムが出る可能性がある宝箱付きですので、このぐらいが妥当かと思います」

「……そうなの、ですね。ありがとうございます」

まだ驚きながらも俺達が頷くと、男性は報告書やペンを手早く片付けてから立ち上がった。

「本日は非常に有益な情報をありがとうございました。また情報がありましたら、ぜひギルドに伝えていただければと思います」

「分かりました。その時は伝えさせていただきます」

俺達は男性に挨拶をして、応接室を後にした。

「マジで驚いたな……」

「本当だよ」

「あんなにもらえるなんてね」

応接室を出てからもまだ驚きから抜け出せない俺達は、さっきまでの出来事について話を続ける。

「それに皿の効果にも驚きだよな」

「びっくりしたよ。でもちょっと面倒事が舞い込んできたとも言えるよね？　……貴族や王族が欲しがるって」

ミレイアが小声で発したその言葉に、俺とウィリーは深く頷く。

「出所が探られるなんて言われたら、売れないよな。自由に活動できなくなりそうだし」

「それは嫌だぜ。俺は今の生活が気に入ってるんだ。これからいろんなダンジョンをクリアしたいからな」

「とりあえず、あれはアイテムボックスに保管で良い？」

「そうだな」

「それが一番だと思う。お願いね」

そこで話が一段落ついたので、俺達は昨日手に入れた素材を売るために買取受付に向かった。あまり混んでいない時間なので、並ばずにすぐ受付ができる。

「すみません。買取をお願いします」

「かしこまりました。こちらのトレーに買取希望の品を載せてください」

今回買取に出したいのは……大量にあるロックモンキーの素材と、二つあるからボスロックモンキーの毛皮を一つかな。あとは途中で採取した薬草類もいくつか出しておこう。それから白狼の爪とかもいらないかな。

俺達には必要ないものをトレーの上に出していき、不自然に思われない程度のところで止める。これって毎回全部を売ることはできないから、俺のアイテムボックスの中はひたすらものが増えていくよな。

「これでお願いします」

「かしこまりました。こちら査定して参りますので、少々お待ちください」

男性が素材を載せたトレーを持って後ろに下がったのを見届けて、俺達は受付から離れて冒険者ギルド併設の食堂に向かった。席が空いていたので座って待つことにする。

「受付の人、ボスロックモンキーの毛皮を見て驚いてなかった？」

「ミレイアも気付いた？　俺も他の素材を出した時と反応が違うなって思ったんだ」

持ち運ぶ前にトレーの上を整える時に、ボスロックモンキーの素材だけかなり丁重に扱ってる感じだった。もしかしたら貴重な素材なのかもしれない。報酬をもらう時に、どんな効果があるのか聞いてみようかな。

「光の桜華の皆さん、お待たせいたしましたー」

受付の男性が声を張って俺達を呼んでくれる。

「もう終わったみたい」

「早いね。行こうか」

さっきの受付に戻ると、男性は袋にいっぱい詰まったお金を渡してくれた。予想以上に金貨が多い。買取の詳細が書かれた紙を見てみると……思った通り、ボスロックモンキーの毛皮の買取金額がかなり高くなっている。

「あの、ボスロックモンキーの毛皮ってどんな効果があるんですか？」

「……知らずに買取に出してしまわれたのですか？」

「はい。もう一つあるので、宝箱からも毛皮が出て」

「そうでしたか」

俺の返答に受付の男性は納得してくれたのか、頷いてから説明をしてくれた。

「ボスロックモンキーの毛皮は、森の中などで魔物に見つかりづらくなる効果があるんです。マントなどにして全身を覆い隠せば、かなりの確率で魔物から逃れられます」

そんな効果があったのか。それは欲しがる人は多そうだ。

でも俺達にはあんまり必要ないかな……マップで魔物からは逃げられるし、魔物は基本的に倒せるから。それに俺達が倒せないような強さの魔物にまで、この毛皮が効果を示すのかはちょっと疑問だし。でも何かの時には役立つかもしれないから、一つは持っておこうかな。

「教えてくださってありがとうございます」

そうして魔物素材の買取を終えた俺達は、少し出遅れながらも依頼を受注し、またダンジョンに向かった。今日は十一層以降を探索だ。

ダンジョンで隠し部屋を見つけ、アルド達と出会った日から三日が経った。この三日間で、俺達は依頼を受けながらダンジョンをどんどん先へと攻略していき、昨日は二十層にまで辿り着くことができた。このダンジョンは全部で三十層なので、クリアまではあと十層だ。

中級者ダンジョンは俺達にとってそこまで難易度が高くなかったみたいで、今のところはほとんど苦戦することなく攻略を進めることができている。ただダンジョンや戦闘に慣れたり、新たな魔物とたくさん相対したり、このダンジョンに来た意義は大いにあったと思う。

でもやっぱり強くなるには適正レベルより低いところにいても仕方がないし、クリアしたらもう一つ上の上級ダンジョンに行こうかなと思っている。まださすがに気が早いけど。

「光の桜華の皆さん、少しお時間いただけますか？」

皆で冒険者ギルドに入って掲示板に向かおうとすると、モニカさんに声をかけられた。

「もちろん構いませんが、何かありましたか？」

「数日前に情報提供いただいたことに関してお話がございます」

ああ、そのことか！　ということは、もう調査が終わったのかな。

「分かりました」

「応接室までお願いいたします」

モニカさんに案内されて入った応接室には、この前対応してくれた男性職員がいた。机にはいくつかの書類とお金が入ってるのだろう布袋がある。

「光の桜華の皆様、ご足労いただきましてありがとうございます」

「いえ、気にしないでください」

俺達がソファーに腰掛けると、男性はさっそく一枚の紙をそれぞれに手渡してくれた。

「こちらが調査結果となっております。皆様からご報告いただいた事実に間違いはございませんでした。さらに加えて宝箱の出現頻度や、魔物が再度出現するまでの時間なども明らかになりました」

　宝箱はキラーアントの討伐を十回行うと、一度だけ出現するらしい。そしてキラーアントが再度出現するのは、討伐をした冒険者が隠し部屋を出てから五分後。ということは、約一時間に一つ宝箱を開けることができるってことか。

「宝箱の中身は今のところごく一般的なものしか出ておりませんが、一時間に一度確実に得られるとなれば、冒険者が殺到する場所となるでしょう。したがって隠し部屋の森の中には、管理する者を派遣することになりました」

「なんだか仕事を増やしてしまったようですみません」

「いえ、冒険者ギルドにとってもダンジョン産のアイテムが定期的に手に入るというのはとても素晴らしいことですから、職員一同感謝しております」

　確かにギルド的にも儲かる話なのか。それなら迷惑かけたとか、そういう心配はいらないな。

　それから俺達は調査隊が手に入れたアイテムの種類や、キラーアントの数が変化するのか、さらにはキラーアントは隠し部屋から出てくることはあるのかなど。現在判明していることは詳細を、まだ調査中であることはその進捗を聞いた。

　そしてなんだかんだ一時間以上は話し込み、報酬をもらって応接室を後にした。報酬は目算通り大金貨二十枚だ。

「この後はどうする？　ダンジョンに潜る？」

　応接室を出たところでかなり微妙な時間だったことから皆を振り返って問いかけると、ウィリーがギルド併設の食堂に視線を向けながら口を開いた。

「もう良い依頼もないだろうし、たまには休みにしないか？　ここで昼飯を食べるっていうのはどうだ？」

『それ良いですね！』

既に体が食堂の方に向いているウィリーにそう提案され、さらに嬉しそうにミルが尻尾を振ったら反対なんてできない。俺とミレイアは苦笑しつつ食堂に足を向けた。

「この食堂のご飯、美味しかったもんね」

「食べながら午後は何するか考えようか」

「おうっ！」

そうして俺達は食堂に向かい、皆で好きなメニューを注文した。俺はレッドカウの肉がゴロゴロ入ったパスタで、ミレイアはミルクシチュー、ミルがビーフシチューとパンとステーキで、ウィリーがパスタ二つにステーキ二枚にカウ煮込みを一つとパンをたくさんだ。

改めてウィリーの食べる量が凄い。運ばれてきたらテーブルに載りきらないほどだろうな。

「それで、午後はどうする？」

「うーん、それぞれ好きなように過ごすのでも良いけど、俺は武器屋に行きたいなと思ってるんだ。二人は一緒に行く？」

「あっ、私も行きたい！　そろそろこの街で贔屓《ひいき》の武器屋が欲しいと思ってたんだ」

「俺も一緒に行くぜ。斧の手入れ剤が減ってたんだよな」

『僕も皆さんと一緒に行きます！』

俺の提案に皆がすぐに頷いてくれて、午後の予定は問題なく決まった。俺も手入れ剤がそろそろなくなるから買わないと。それから剣を新調したい気持ちもあるんだよな。

魔法重視の戦い方になったからあんまり使わないとはいえ、やっぱり性能は大切だ。俺が使ってるのは最初に買った初心者用の剣なので、強度も切れ味も心許なくなってきている。

良い武器屋を見つけられたら、剣の買い替えも検討しよう。まずは武器屋を見つけるのが大切だな。

『トーゴ様、今度こそ僕達が想像した武器屋の店主ですかね！』

『そうだったら嬉しいな。偏屈なお爺さん鍛冶師、一度会ってみたいよ』

『最初は邪険に扱われて、最後は認められるんですね！』

ミルは俺の記憶を全て引き継いでいるから、考えてることが俺と同じだ。俺はそのことに思わず苦笑が浮かんでくる。偏屈なお爺さん鍛冶師に認められる展開、好きだったんだよな。

「お待たせしました～。レッドカウのパスタです」

武器屋の店主に思いを馳せていたら、料理が来たようだ。俺達は次々と運ばれてくる料理を受け取って、まずは腹ごしらえをすることにした。

「このパスタ美味っ！」

「本当だ。めっちゃ美味しい」

「このシチューも最高だよ。夜とはまた違うメニューが多いけど、美味しいのは変わらないね」

『僕のステーキも美味しいです！』

ギルド併設の食堂はレベルが高いよな。この味なら何度でもリピートする。

美味しい昼食を堪能した俺達は、モニカさんにこの街にある武器屋の場所と特徴を全部聞いて、その中から気になったお店を順番に巡ってみることにした。

「まずは大通りを進んで左側にある大きな店から行こう」

「おうっ」

このお店が圧倒的に客数が多くて、いつも混んでいるらしいのだ。俺達が求めてる店ではない気がするけど、それほどに評価が高いならと向かってみることにした。

大通りをのんびりと歩いていくと、すぐに目的のお店が見えてくる。でかい看板が付いているので、遠くからでも分かる目立ち方だ。

「凄く大きいお店だね」

「本当だな。なんか武器屋っていうより、もっとオシャレな店みたいだ」

『この前の薬屋に少し似ていますね』

『確かにそうかも』

店の前から店内を覗いてみると、何人もの冒険者らしき人影が見える。さらに冒険者じゃなくて、小さな子供や一般人もいるみたいだ。

中に入ってみると……そこは武器屋というよりも、刃物屋という感じだった。要するに、武器だけではなく包丁とかハサミとか、生活に使う刃物も売っているのだ。

「ここはちょっと……違わない？」

「俺もそう思ってたとこ。でも一応あっちが武器コーナーみたいだし、行ってみる？」

「そうだな」

　武器コーナーに向かってみると、何人かの冒険者が武器を吟味していた。しかし外見からしてそこまで強い冒険者じゃなさそうだ。まだ駆け出しってところかな。

　ここは駆け出しの冒険者が良く使うお店なのかもしれないな……パッと見て、俺が求めている武器はない。手入れ剤は一応あるけど、どうせなら武器を買うところと同じところのものにした方が良いだろう。

「ミレイア、矢があるけどどう？」

「うーん、悪くはないんだけど、特徴もないって感じかな」

　分かる、まさにこのお店がそういうコンセプトなのだろう。一定の質を担保して大量生産し、一般人や駆け出しの冒険者を相手に商売する。それなら武器の質はそこまで上げる必要はない。逆に質がそこそこでも安いものが喜ばれるはずだ。

「次のお店に行こうか」

「そうだな」

『それが良さそうですね……』

　俺達は少しがっかりしながらお店を出て、しかし気持ちを切り替えて次の武器屋に向かった。

　次の武器屋は一般的な評価が二分する武器屋だと紹介を受けたところだ。腕は良いけど店主の性格が微妙だとか、店主が客を選ぶだとか、そういうことを言われているらしい。

　ここはミレイアとウィリーが却下しようとしたんだけど、俺とミルが無理やり捩じ込んだ。だってこの武器屋……偏屈なお爺さん鍛冶師がいる可能性、高そうじゃない⁉

　ミレイアとウィリーが微妙な表情で武器屋に向かうのと違い、俺とミルは足取り軽くスキップしそうなテンションで足を動かした。

そうして辿り着いた武器屋は、路地裏の奥にあるボロくて流行ってなさそうなお店だった。実物を見ると、さすがに大丈夫かなと心配になってくる。ミレイアとウィリーはだから言ったじゃんとでも言うように、ジト目で俺とミルを見つめてくる。

「トーゴ、ミルちゃん、別の武器屋に行くなら今のうちだよ」

ミレイアのそんな言葉を聞いて少しだけ気持ちが揺れたけど、俺はミルと見つめ合って固い決意を確認した。そしてキリッとした表情のミルと同じタイミングで頷き、武器屋のドアノブに手をかける。

ドアは建て付けが悪いのかギィィと嫌な音を立てて開き、俺達は恐る恐る店内に入った。ミレイアとウィリーも呆れつつ付いて来てくれるようだ。

「すみませーん」

店内には所狭しと武器が並べられていた。しかし狭い店内には店員が誰もいない。もしかして定休日だった？　そう思いながら、もう一度声をかけようと息を吸い込んだちょうどその時、奥の工房から白髪のお爺さんが顔を出した。

吊り目気味の瞳は眼光鋭く、俺達のことを品定めするようにジロジロと見つめてくる。

「何の用だ？」

「あの、武器を新調したくてきました」

お爺さんの鋭い雰囲気に緊張しつつ、それを表に出さないように注意してそう言った。するとお爺さんは鋭い視線をそのままに、顎をくいっと動かして俺の後ろを示す。

「自分で武器を選んでみろ。話はそれからだ」

「分かりました……！」

これは武器を売るか売らないかを見極める試験みたいなやつだ！　俺は理想通りの偏屈なお爺さん鍛冶師の存在にわくわくしてしまい、思わず頬を緩ませた。そして店内を見て回って俺に合いそうな武器を探していく。

『トーゴ様、何だか楽しいですね！』

『分かる。俺もめちゃくちゃ楽しい』

ミルとそんな会話をしながらルンルンで店内を見て回っていると、ミレイアに小声で声をかけられた。

「トーゴ、あのお爺さん怖くない？　ここで買うの？」

「うん。良い武器があったらだけど。ミレイアも見てみれば？　かなり良いものが揃ってるよ」

「本当だな……俺も斧を買い替えようかな」

俺とミレイアの会話が聞こえていたらしいウィリーが、斧を手に取って吟味《ぎんみ》し始めた。さっきから剣を何本か手に持ってるけど、あのお爺さんはかなり腕が良いと思う。俺にはまだ扱えそうにないなっていう、凄そうな剣がたくさんあるから。

「……確かにこの矢、今まで使ってたのよりも使いやすいかも」

ミレイアも真剣に商品を見て回り始めたところで、俺は両手剣に視線を戻した。

今まで使ってきたやつは今の俺には少し軽すぎるから、とりあえずは今のよりも重いものを。それでいて重心が持ち手側に寄っていて、初心者でも扱いやすい剣が良いな。俺はまだ剣に関して、そこまでの実力じゃないから。

『ミル、この剣とかどう思う？』

『少し振ってみてください』

『狭いけど……こんな感じ？』

『そうですね……少し振り辛そうです。トーゴ様にはもう少し短い両手剣が良いのではないでしょうか』

『確かにそうかも。じゃあ……この辺かな』

それからいくつもの両手剣を試して、俺は一本のシンプルな剣を選んだ。俺が選ぶ頃には、ウィリーとミレイアも斧と弓を選んだようだ。

「すみません。この剣が欲しいんですけど」

「ちょっとそこで持ってみろ。素振りもするんだ」

カウンターの近くにあったスペースを示されてそこで剣を構えると、お爺さんは鋭い視線でしばらく俺のことを見つめた後、一つ頷いて俺に剣を渡すよう指示をした。その指示に従って剣を渡すと、カウンターの上でより切れ味が増すように手入れをしてくれる。

「お前はしっかりと自分の実力を分かってるみたいだな。そういうやつはこれから伸びる。この剣で頑張るといい」

「……じゃあ、売ってもらえるんですか⁉」

「もちろんだ。……わしの何を聞いてるのか知らんが、わしはその者に合う武器ならどんなやつにだって売る。自分の実力を過信して無駄にいい武器を欲しがるやつには、自分の実力を認識しろと言うだけだ」

そういう感じの人なのか。だから意見が二分するのかもな。指摘されて自分に合った武器を教えてくれてありがたいと思う人と、実力を貶されたと思って怒る人とに分かれそうだ。

まあ何にせよ、偏屈なお爺さん鍛冶師攻略だな！

『ミル、ついにやったよ！』

『なんだか嬉しいですね！』

「後ろの二人、お前らも手に持ってるものを買いたいのか？」

「おうっ、そうだぜ」

「じゃあお前らもそこで構えてみろ。弓はそこの的に一本撃っていい」

ミレイアとウィリーの二人もカウンター横で武器を構えた。するとミレイアはすぐに合格をもらったけど、ウィリーの様子を見てお爺さんは顔を顰《しか》める。

「……全く合ってないじゃないか。お前にはもっといい斧が必要だ」

「確かにちょっと軽すぎるんだよな。でも今までのより全然良いぜ！」

「それを売るのはわしのプライドが許さん。ちょっと待っていろ」

それから数分待っていると、お爺さんがふらつきながらも台車に載せた斧を運んできた。今までウィリーが使っていた斧より一回りは大きくて、全体的に黒を基本とした色合いがカッコ良い武器だ。

「これは上級ダンジョンの深層から出たとにかく重くて硬い金属を、わしが半年かけて加工して作った斧だ。その性質ゆえに扱える者なんていないないと思っていたが、まさかこれを売る時がくるとはな。持ってみろ」

「分かった」

ウィリーが黒く輝く斧を前にしてゴクリと息を飲み、恐る恐る手を伸ばして……軽々と斧を持ち上げた。

「おおっ！　なんだこれ、めっちゃ良い‼」

「お前は……本当に馬鹿力だな」

「今までのやつより何倍も振りやすいぜ！」

確かに側から見ていても違いは一目瞭然だ。例えるなら今までは発泡スチロールの斧を振ってたけど、それが金属の斧になった感じ。それほどにウィリーは今までの斧を軽々と、重さなんて感じていないように振っていた。

「それを買うか？」

「おうっ！　あっ、でもいくらだ？」

「それほど高くはない。素材の金属は加工したところで誰も使えないと、かなり安くこの街に流れてきていたものなんだ。だから……先ほどお主が持ってきた斧と同じ値段でいい」

「本当か⁉　爺ちゃんありがとな！」

ウィリーは嬉しそうに満面の笑みで斧の様子を確認している。この武器屋に来て良かったな。こういう掘り出し物が見つかるのも、偏屈なお爺さんがやってる武器屋の特徴なんだ。俺の理想の武器屋そのままでテンションが上がる。

「お爺さん、この金属って何か特殊な効果とかあるの？」

「買った時の鑑定書には、とにかく硬くて重い性質を持つとしか書かれてなかった。だからそれ以外は、普通の金属と同じだと思っていればいいだろう」

ミレイアの質問にお爺さんが答えてくれて、ウィリーが隣で頷いた。

「じゃあ普通に手入れすれば良いんだな」

「ああ、手入れは怠るなよ。色が黒いから汚れが見づらいが、ちゃんと毎日やるんだぞ」

「もちろんだぜ」

そうして俺達はそれぞれ武器を選び、さらに手入れ剤も購入して武器屋を後にした。この街で贔屓《ひいき》にする武器屋はここで決まりだな。

「良い武器屋が見つかって良かったな！」

「本当だね。トーゴとミルちゃんはあんなに良い武器屋だって分かってたの？」

「分かってたわけじゃないけど……まあ、直感みたいな感じ？」

「すげぇな！」

俺のその言葉に、ウィリーは尊敬の眼差しを向けてくれる。なんかちょっと罪悪感が……偏屈なお爺さん鍛冶師を見つけてただけだから、良い武器屋だったのはただのラッキーだ。

「別に凄くないよ。運が良かっただけ。……まだ少し時間あるし、屋台でおやつでも買ってから宿に帰る？」

話を逸らそうと思ってウィリーにそう問いかけると、ウィリーは途端に瞳を輝かせて凄い勢いで頷いた。

「それ良いな！　よしミル、美味しい屋台を見つけるぞ！」

「わんっ」

それからの俺達は、ウィリーとミルの勢いに釣られていくつもの屋台を巡り、おやつどころか数日分にもなりそうな料理を買ってから宿に戻った。


次の日の朝。今日の依頼を選ぼうと朝早くからダンジョンに向かうと、掲示板の前で突然知らない冒険者に話しかけられた。

「ちょっといいか？　光の桜華だよな？」

振り返ると三十代前半ぐらいに見える男性冒険者が、友好的な笑みを浮かべている。周りに仲間はいないみたいだ。

「そうですが……」

「ははっ、そんなに警戒しなくても大丈夫だ。俺はこのダンジョンでソロ冒険者をやってるロドリゴって言うんだ。よろしくな」

「……よろしく、お願いします」

俺はロドリゴさんと握手をしようとしたウィリーとミレイアを制して、握手はせずにその場で頭を下げた。

「俺達に何の用ですか？」

「とても優秀な新人だと聞いてな。何か手助けができればと思ったんだ。先日までダンジョンに潜ってたから君達は知らないかもしれないが、俺はBランクでこのダンジョンでトップをやらせてもらってる。だからこのダンジョンに関する知識は色々あるし、役に立てると思うぞ」

そう言って人好きのする笑みを浮かべたロドリゴさんは凄く良い人に見えるけど……俺は最大限に警戒していた。なぜならマップに映っているロドリゴさんを示す点が——黒だったのだ。

俺達とロドリゴさんは初対面のはずなのに、何で黒なんだろう。どこで恨まれたのか分からないけど、とりあえず警戒しておいた方が良いだろう。

「ありがとうございます。でも俺達は自分達の力でどこまでできるのか試したいので、すみません」

「……そうか、それなら仕方がないな。また何かあったらいつでも声をかけてくれ」

ロドリゴさんは最後にまた親しみのある笑みを浮かべて、俺の肩を叩いてから冒険者ギルドを出ていった。

「はぁ……緊張した」

思わず小声でそう呟くと、ウィリーとミレイアは俺の様子がおかしいことに気付いていたようで、心配そうな表情で顔を覗き込んでくる。ミルも俺の手に顔を擦り付けてくれる。

とりあえず……二人には話をしておいた方が良いよな。今の時間のギルド内は騒がしいし、食堂の端で話をすれば誰にも聞かれないだろう。

俺は二人を食堂の端にある席に誘導して、皆の飲み物とウィリーのためにいくつか料理を頼んだ。そして誰にも話を聞かれてないことを確認してから、テーブルの真ん中に顔を寄せて口を開く。ミルにはもちろん、念話で同じ内容を伝えている。

「さっきのロドリゴさんって人なんだけど……マップで、黒の表示だった」

俺のその言葉を聞いたミレイアとウィリーは、瞳を見開いて固まった。しかし少しすると、怖がるというよりも不思議に思っている様子で首を傾げた。

「私達って……あの人と今日初めて会ったんだよね？」

「何で嫌われてるんだ？」

「それが分からないんだ。もしかしたらマップの黒い表示には嫌われてる以外にも他の意味があるのか、それともロドリゴさんに嫌われるようなことを、何か無意識のうちにやらかしてたのか……」

『怖いですね……』

もしマップの黒に悪感情以外があるのなら良いけど、そうじゃない場合は怖いよな……憎んでるのにそれを隠して笑顔で近づいてくるとか、何かを企んでるとしか思えない。

「とりあえず、距離を取るしかないか？」

「そうだなぁ……不審に思われるようなことはしない方が良いだろうし、こっちからは近づかないようにするぐらいが妥当かな」

「分かった、気をつけるね」

「後はさりげなく、ロドリゴさんの情報を得られると良いんだけど……」

アーネストの街でトップのBランク冒険者って言ってたし、有名なのだろうか。さりげなく宿でイレーネさんとかに聞いてみようかな……。そんなことを考えていたら、ギルドの端からこっちに手を振っている人影が見えた。あれって、もしかしてアルド達？

「皆、アルド達にロドリゴさんのこと聞いてみる？」

「確かに、さっき話しかけられたんだけど知ってる？　って聞けば不自然じゃないかも」

「聞いてみるか」

俺達がそこまで話をしたところで、アルド達が席までやってきた。

「おうっ、あれから会うのは初めてだな」

「意外と会わないみたいだな。スサーナは怪我どうだ？」

ウィリーのその言葉にスサーナは、血色の良い顔色に笑みを乗せた。前よりも全然表情が柔らかいし、もう大丈夫そうだ。

「全く問題ありません。皆さんのおかげです」

「後遺症とかも残ってないようで良かった」

そこまで話をしたところで頼んだ料理が運ばれてきて、アルド達は不思議そうに首を傾げた。

「宿で朝飯が出ないのか？」

「ううん。朝食はちゃんと食べたよ。ただ今日はここで話し合いをしようってことになって、ウィリーがおやつに頼んだだけ」

俺のその言葉を聞いて、机の上に並べられた五人前ほどの料理を三人は苦笑しつつ見つめる。

「確かにあの食べっぷりを見た後だと、このぐらいの量はおやつだな」

「ああ、一瞬で食べ切るぜ。アルド達は、これから依頼を受けるのか？」

ウィリーがさっそくステーキ肉を頬張りながら聞いた言葉に、アルド達は顔を見合わせて少しだけ話し合った。

「そのつもりだったんだけどな、せっかくトーゴ達と会えたし今日は依頼を休みにしてもいいかと思ってるんだ。トーゴ達の今日の予定は？」

「依頼を受けようかと思ってたんだけど、休みでも良いかな。二人はどう思う？」

「休みで良いと思うよ。もう良い依頼はなくなっちゃっただろうし」

「俺も良いぜ！」

「なら一緒に遊ぼうぜ。例えば俺達がこの街を案内するとかはどうだ？　俺らはこの街の生まれなんだ」

へえ〜、そうだったのか。俺達はまだこの街の観光ってほとんどしてないし、案内人がいるなら楽しくなりそうだ。

『それ良いですね！』

ミルからの嬉しそうな念話が聞こえてきたことで俺がミルに視線を向けると、全員が尻尾を振って瞳を煌めかせて嬉しそうなミルを見ることになり、観光に行くことはすぐに決まった。

やっぱりミル、最強だ。

「それ食べ終わったらさっそく行こうぜ！　……って、もう食べ終わるじゃねぇか。ウィリーの胃はどうなってんだ？」

「おへにほ、よふわはらない」

「ウィリー、口に食べ物を詰め込んで話さないの」

ウィリーの解読不可能な言葉を聞いてミレイアが注意をすると、ウィリーはすぐに頷いた。そして黙々と食べ進めて数分で全てを食べ終える。

「待たせてごめん」

「別に大丈夫だぜ。それよりも観光ってなったら屋台の紹介もするけど、食べられるか？」

「まだ腹減ってるから大丈夫だ！」

　ウィリーのその返答を聞いたアルド達は遠い目をしてから、ウィリーの食欲に関しては深く考えることを放棄したようだ。「じゃあ行くか」と話を切り替えて、冒険者ギルドの出入り口に向かった。

「そういえば、さっきロドリゴさん？　って人に話しかけられたんだけど、どういう人か知ってる？」

　ちょうど話が途切れたのでさりげなく聞いてみると、アルド達は全員が一斉に頷いた。やっぱりそんなに有名な人なのか……。

「ロドリゴさんはこの街の冒険者、皆の憧れだぜ。エレハルデ男爵様からも頼りにされてるんだ」

「凄く優しくて、この街のために尽力してくれてるいい人だ」

「報酬が低いけど誰かが受けないといけないような依頼も、積極的に受けてくださるそうです」

「そんなに凄い人だったんだ……」

　こうして聞くと、誰かに恨みを持つような人には聞こえないよな……ましてや初対面だろう俺達になんて。でもマップの誤作動……なんてこともないだろうし。さすがにそこは神様チートの能力だから信用している。

　となると、なんで黒なのか本当に不思議だ。

「なんで話しかけられたんだ？」

「何かあったら力になるからな。的な感じだったよ」

「やっぱり凄い人だなぁ」

そこでロドリゴさんに関する話は終わり、アルドにどこへ行きたいかリクエストを聞かれたので、俺達はとりあえずロドリゴさんの黒表示のことは忘れて、観光を楽しむことにした。

「美味しい屋台に行きたいぜ！」

『僕もです！』

「俺は国外の食品を扱ってるお店を見てみたいな」

「私は甘くて美味しいものを教えて欲しいかな」

俺達のその言葉を聞いて、三人は楽しそうな笑みを浮かべて頷いた。

「屋台は俺が色々と知ってるぜ」

「甘いものは私が教えられる！」

「国外の食品に関しては私ですね。扱っている商品の数が多い、おすすめのお店があります」

三人に連れられてまず向かったのは、屋台がたくさん並んでいる広場だった。冒険者ギルドやダンジョンとは全く違う方向にある、冒険者はあまりいない場所だ。

「ここがこの街で一番栄えてる広場なんだが、冒険者はあんまり来ないんだよな。美味い料理がたくさんあるぞ」

「おすすめはあるか⁉」

ウィリーはそこかしこから漂ってくる美味しそうな香りに、いつもの倍はテンションが上がっている。

「そうだな……あれなんか面白いぞ」

そう言ってアルドが指差した屋台は、串焼きの屋台だった。その屋台の看板には……ビッグレッドカウとレッドカウの食べ比べ！　と大々的に書かれている。

「最高の屋台だな……！」

ウィリーとミルは看板を見てテンションが振り切れたようで、二人で走って屋台に向かっていった。そして店主であるおじさんに、身を乗り出して串焼きを注文している。そういえばビッグレッドカウって、まだ食べてなかったな。

「おっちゃん！　食べ比べセットを頼む！」

「はいよー。何個欲しい？」

「俺はとりあえず三つだな。ミルはどうする？」

『僕は二つでお願いします！』

「ウィリー、ミルは二つで良いよ。あと俺とミレイアにも一つずつお願い」

ミルの念話が聞こえてきたのでそう伝えると、ウィリーがおじさんに個数を伝えたようで、さっそくたくさんの串焼きが焼かれ始めた。うわぁ……めっちゃ良い匂い。

「皆は食べ比べしたことあるの？」

「もちろんあるよ。ただ私はレッドカウ派かな」

「私もレッドカウの方が好みです」

ミレイアの質問にロサとスサーナが答えたのを聞いて、俺は意外に思った。ビッグレッドカウの方が希少だし、日本で言う黒毛和牛的な感じで美味しいのかと思ってたんだけど。

皆で話をしながら串焼きが焼けるのを待っていると、おじさんがニカっと人好きのする笑みを浮かべて「焼けたぞ」と串を手渡してくれた。

「こっちがビッグレッドカウ、こっちがレッドカウだ」

「うおぉぉ、めちゃくちゃ美味そうだな！」

「そうだろ？　俺が焼いてんだから当たり前だ」

おじさんは素直な賞賛が嬉しいようで、頬を緩めて力こぶを得意げに叩いている。

「さすがだな！」

「おう、ありがとな。冷める前に食べた方が美味いぞ？」

俺達はまずビッグレッドカウから食べてみようということで、ミルも含めた四人で一斉に串焼きにかぶりついた。すると……口の中で数回咀嚼しただけで、あり得ないほどに肉汁が溢れ出してくる。

「これ、めちゃくちゃ美味いな！　レッドカウと全然違う！」

確かにレッドカウとは全然違う。でも美味しいかと言われると……レッドカウの方が好きって言ってたロサとスサーナの気持ちが分かるな。これはちょっとしつこすぎる。まるで脂を飲んでるみたいだ。

「私はちょっと苦手かも……脂が多すぎて」

「分かる。俺も同じ感想」

俺とミレイアの感想を聞いて、ウィリーとミル、さらにアルドは首を傾げた。

「こんなに美味いのにな」

「ウィリー、お前は分かるやつだな！　俺もビッグレッドカウの方が好きなんだ」

「わんわんっ！」

「おっ、お前もか？　ミルも分かるやつだな！」

ミルはそう言ったアルドに頭を撫でられ、嬉しそうに尻尾を振っている。

「ミルって本当に可愛いな……！」

「こんなに人懐こい従魔は初めて見ました。ミルさんは白狼……ではないですよね？」

「俺も最初は白狼だと思ってたんだけど、多分違うと思う。でもだからってどんな魔物なのかは分からないんだけど。突然変異かなぁと思ってる」

スサーナの疑問に対してそう答えると、スサーナは納得したように頷いてくれた。やっぱり白狼って断定するより、このぐらい曖昧な方が良いのかもしれない。

それから串焼きを堪能した俺達は、今度は甘くて美味しいものがあるというおしゃれなカフェに向かった。さっきの串焼きが重かったので、軽めの昼食も兼ねてだ。

「ここだ。ここのカフェにあるケーキがめちゃくちゃ美味いんだよ」

ロサは常連なのか、慣れたようにドアを開けて中に入った。すると若い女性の店員さんが出迎えてくれる。

「いらっしゃいませ～。あっ、ロサじゃない。また来たの？」

「今日は仲間だけじゃなくて友達も連れてきた」

「本当だ。皆さん、いらっしゃいませ。奥のお席にご案内しますね～」

案内された席に着くと、すぐにメニュー表を渡された。紙のメニュー表があるなんて珍しいお店だ。アルド達は三人とも読み書きができるようで、全員でメニューを覗き込んでいる。

「うぅ……ここで読み書きが必要になるとは」

ウィリーは眉間に皺を寄せてメニュー表と格闘しているようだ。ウィリーはまだまだ読み書きを覚えてないからな……そろそろ本格的に勉強した方が良いだろう。

「ウィリー、今日は私が読んであげる。でもこれからはちゃんと勉強するんだよ」

「……分かった。頑張るぜ！」

「じゃあ上からね」

ミレイアはウィリーの良い返事を聞いて、苦笑しつつメニューを読み上げていった。ミレイアは厳しいところもあるけど、基本的には優しいんだよな。

『ミルには俺がメニュー伝えるよ』

『ありがとうございます！　お願いします』

それから皆でメニューを吟味して、ロサにおすすめを聞いて注文を終えた。

しばらく話をしながら待っていると、店員さんによって美味しそうなスイーツが運ばれてくる。ウィリーとミル、アルド達は、サンドウィッチなどの軽食も一緒だ。

「美味しそうだね」

「そうなんだよ。この店のスイーツは絶品だし、軽食もめちゃくちゃ美味しいよ」

ロサのその言葉を聞いて、ウィリーは食前の祈りをしてからさっそくサンドウィッチを口に運んだ。

「本当だ……！　これは美味いな」

「屋台のやつとは一味違うんだよ」

「オリジナルのソースが使われてるらしいぞ」

そんなに美味いのか。俺も頼んでみれば良かったかな……そう思っていたら、珍しいことにウィリーがサンドウィッチを少し分けてくれた。

「もらって良いの？」

「おうっ、もちろんだ。ミレイアも食べるだろ？」

「うん。ありがとう」

ウィリーから分けてもらったサンドウィッチを口に入れてみると……皆が絶賛するのも理解できた。ちょっとスパイシーな旨みが強い味で、めちゃくちゃ美味しい。カレーとは違うんだけど、そういうものに近い風味がある。

「確かにこれはハマる」

「皆に気に入ってもらえて良かった」

ロサは俺達の感想を聞いて凄く嬉しそうだ。自分が好きなものを皆に認めてもらえるって嬉しいよな。

「スイーツも食べてみようかな」

俺とミレイアが頼んだのは、ロサ一押しのケーキだ。フォークを手に取って、ふわふわな感触を楽しみながら口に運ぶと……すぐに口の中で溶けた。これ、めっちゃ美味しい。

「うぅ～ん、美味しい！　幸せになる味だね」

「これは凄い。フルーツ風味のクリームが凄く美味しい気がする」

苺やラズベリーのような、少しだけ酸味のある味だ。でもどこかナッツみたいな風味もある。

「そのクリームの味が、この店でしか食べられないんだよ」

「私もこちらは気に入っています」

「これはこの店に通わないとかも」

それからはサンドウィッチを食べ終えた皆も各々スイーツを楽しんで、楽しくて美味しい昼食を終えた。

カフェを出て次に向かうのは、俺の要望である国外の食品が売っているお店だ。そのお店までの道をスサーナの案内で歩いていると、俺の隣を歩くミルがとても楽しそうに尻尾を振っている。

『皆さんと観光するの楽しいですね！』

ミル……可愛すぎるって。俺はミルのあまりの可愛さに立ち止まり、ミルにぎゅっと抱きついた。すると他の皆も俺達を振り返って、羨ましそうに俺達を見つめる。

「ミルちゃん、楽しい？」

「わんっ！」

「そっか。良かったよ〜」

ミレイアはミルの可愛さに我慢ができなかったようで、俺がミルと離れた後にミルの側にしゃがみ込み、首元にぎゅっと抱きついた。するとロサとスサーナも寄ってきて、皆でミルを愛でる時間が始まってしまう。

そうして寄り道……というよりも寄りミル？　をしつつのんびりと大通りを進んでいくと、三十分ほどでやっと目的のお店に到着した。店舗入り口の上にある大きな看板には、輸入食料品店と書かれている。

ナルシーナの街ではついに見つけられなかった米、ここにあったら嬉しいな……！　そう祈りながらスサーナに続いて店内に入ると、中には商品が所狭しと並んでいた。

「いらっしゃいませ。あら、スサーナさん。いつもよりお早いご来店ですね」

「今日は友達を連れてきました。こちら、トーゴさんです」

店員の女性は優しい笑みを浮かべていて、スサーナと仲が良さそうだ。スサーナの紹介を受けて俺に視線を向けてくれる。

「こんにちは。トーゴです。探している食材があって、スサーナに紹介してもらいました」

「そうだったのですね。どのような食材かお聞きしてもよろしいでしょうか？」

「はい。米という穀物で、この辺よりも北の方で作られていると聞いたことがあるのですが、取り扱ってませんか？」

「米ですね。もちろんございますよ」

……え、あるの⁉　俺はダメ元で聞いていたので、当たり前のように頷かれたことに驚いて一瞬反応できなかった。

「珍しいものではないんですか？」

「そうですね。確かにこの辺りでは珍しいかもしれません。しかし一定の人気がある穀物ですから、大きな街ではどこでも手に入ると思います。保存も容易で遠くからでも運びやすいものですし」

「そうなのですね」

やっぱりナルシーナの街は田舎すぎたんだな。都会にはあるってことなら、これから行く街では米がある可能性が高いだろう。これは朗報だ。

　アイテムボックスにストックしておけば、米を売ってない街でも楽しむことができるし、とりあえず今日は買えるだけ買っておこうかな。

「米はこちらにございます」

　店員の女性が案内してくれたところには、俺が日本でよく目にしていた米とほぼ同じものがあった。米は変なふうに進化してなくて良かった……とりあえず見た目はセーフだ。

「米はここにあるだけで全部ですか？」

「いいえ、倉庫に大袋で十個ほどございます」

「それって全部買っても良いでしょうか？」

「え……全部、ですか？」

「はい。俺は米が大好きなんです。アイテムボックスがあって持ち運べますし、買える時に買っておきたいなと」

　俺のその説明を聞いて、店員の女性は納得したのか頷いてくれた。

「アイテムボックスが使えるのですね。それならば米はとても良い保存食になると思います。もちろん全てお売りいたします」

「本当ですか！　ありがとうございます！」

『トーゴ様、ついにお米をゲットですね！』

『ミル、やったよ！』

　今ここにあるだけで大袋に五つ分。倉庫のと合わせて十五袋分の米だ。相当な量だし、しばらくは米に困ることはないだろう。ヤバい、早く米が食べたい……！

「倉庫にあるものを持って参りますので、少々お待ちください」

「分かりました。よろしくお願いします」

店員の女性が裏に下がっていき、俺はスサーナに頭を下げた。

「ここを紹介してくれてありがとう！」

「いえ、欲しいものがあったのなら良かったです。探していたのは米だったのですね」

「そうなんだ。前に食べたことがあって、凄く美味しかったからまた食べたいなって」

「確かに私も何度か食べたことがありますが、とても美味しかった記憶があります」

そんな話をしていると、店員の女性はすぐ店内に戻ってきた。ガタイの良い店員さんを連れていて、この人が米の大袋を運んでくれるようだ。

次々と積み上げられて高くなっていく米の山は、壮観としか言いようがない。これが全部米だなんて……幸せすぎる光景だ。

「凄い量だね……本当にこんなに買うの？」

「もちろん。米はめちゃくちゃ美味いんだよ」

「俺は米って食べたことないんだよな。そんなに美味いなら楽しみだ！」

ソフィアさんは米を調理したことがあるかな。あるのなら別料金を払ってでも米料理を作ってもらいたい。もしなかったら……厨房を借りられるか交渉して、俺がやってみるかな。

「全部で金貨二枚と銀貨六枚です」

「分かりました。金貨三枚で」

「ありがとうございます。お釣りをお持ちしますね」

袋の中身を全て確認してからお金を支払い、大袋をアイテムボックスに収納して取り引きは終了だ。

「あっ、そうだ。あの……もう一つだけお聞きしても良いでしょうか？」

「もちろん構いませんが、まだ何かお探しのものがございますか？」

「はい。醤油、味噌という調味料なのですが、ご存じありませんか？」

米が手に入ったことで今まで以上にその二つが欲しくなり聞いたんだけど……店員さんは首を横に振った。

「ショーユ、ミソ、という名前は聞いたことがありません。お役に立てず、大変申し訳ないのですが……」

「いえ、気になさらないでください」

醤油と味噌はないのか……でも俺は確実に二つの調味料となる植物を作ったんだよな。だから名前も聞いたことがないってことは、かなり遠くの国でしか育たないとか、そういうことなのかもしれない。調味料探しはまだ続行だな。

それから俺は店員さん達にまた買いに来ますと挨拶をして、輸入食料品店を後にした。

「うう～ん、今日は楽しかったね」

「うん。久しぶりにリラックスできたよ」

「アルド、ロサ、スサーナ、ありがとな！」

そろそろこの辺でお開きだろうと思ってそう告げると、三人は「こちらこそ楽しかった」と笑みを浮かべてくれる。

「また機会があったら、一緒に飯でも食おうぜ」

「おうっ、ギルドで会うこともあると思うけどよろしくな！」

「じゃあまたね」

「ミルちゃんもまたね！」

そうして三人と別れた俺達は、心地よい疲れを感じながら、ゆっくりと宿に向かって歩みを進めた。

「ソフィアさん、まだ夕食作ってないかな。まだなら米料理にして欲しいんだけど」

「この時間ならまだじゃないかな。帰ったらすぐに聞いてみようか」

「そうする。それにしても本当に米が手に入ったのか……」

俺がその事実を噛み締めるようにさっき見た米を思い浮かべていると、ミレイアが苦笑を浮かべつつ俺の顔を覗き込んだ。

「米ってトーゴが探してたやつだよね？　あんなに買うほど美味しいの？」

「うん。俺の中では毎日食べたいほどに美味しいよ。でもそれ自体が凄く美味しいっていうよりは、主食として優秀って感じかな。パンの代わりになるようなものだから」

「そういう感じなんだ。確かにそれならたくさんあっても良いかもね」

「余るってことはないと思うよ」

俺達にはウィリーもいるからな……ウィリーが米にハマった場合は、いくら買っても足りないだろう。

「米の話を聞いてたら腹減ってきたな！　早く帰って作ってもらおうぜ」

「ふふっ、さっき食べたばっかりだよ？」

もう腹減ったたって、串焼きやサンドウィッチ、さらにはスイーツまで食べたのに。やっぱりあんなに買っても足りないかもしれないな……これから米は見つけ次第買えるだけ買う方針でいこう。

それからも皆で話をしながら足早に宿へと向かい、日が傾き始める前には宿に着くことができた。中に入るとイレーネさんはいなくて、ソフィアさんが奥から顔を出してくれる。

「あら、今日は早いのね」

「今日は依頼を受けずに観光してたんだ」

「それでソフィアさんに相談があるんだけど……これって知ってる？」

さっそくアイテムボックスから一握りの米を取り出して見せると、ソフィアさんはすぐに頷いてくれた。

「もちろん知ってるわ。前に米がよく食べられている地域から来たお客さんがいて、その人に米料理を作って欲しいって頼まれたのよ。それからたまに作るわ」

「そうなんだ！　じゃあ宿に泊まってる全員分の米は提供するから、夕食に米料理を作ってくれない……？」

俺が恐る恐るそう聞くと、ソフィアさんはにっこりと微笑んで頷いてくれた。これで米料理が食べられる！

「今日の夕食はまだ決めてなかったし良いわよ。イレーネが買い出しに行ってるから、買ってきた食材で何を作るか決めましょうか」

「ありがとう……！　米を一袋渡しておくよ。これでお願い」

「ちょっと待ってて、お金を持ってくるから」

そう言ってカウンターの裏に回ろうとするソフィアさんを、俺は慌てて引き留めた。

「お金は良いよ。こっちからお願いして作ってもらうんだし」

「でもそういうわけには……」

「じゃあソフィアさん、今夜の夕食はおかわり自由っていうのはどう？」

俺とソフィアさんの話が平行線になることを感じてか、ミレイアがそんな提案をした。するとウィリーのいつもの食べっぷりを知っているソフィアさんは、苦笑しつつ頷いてくれる。

「分かったわ。じゃあこれをもらう代わりに、美味しい夕食を好きなだけ食べて」

「やったぜ！　ソフィアさん、ありがとな！」

「良いのよ。米の一袋は結構高いもの」

そうしてソフィアさんに米を渡して、俺達は夕食までは自由時間ということで各自部屋に戻った。部屋に入ってベッドに横になると、小さくなったミルが俺の上に尻尾を振りながら登ってくる。

「トーゴ様、やっとお米が食べられますね」

「楽しみだよ。どんな料理だろう」

「リゾットとかでしょうか？」

「その可能性が高いかなぁ。さすがにおにぎりはない気がする。なんだかんだ一番好きなんだけど」

　ただ炊いただけの白米を握って塩をかけるだけなのに、あんなに美味いって奇跡だよな。

「おにぎりが出てきたら驚きますね。米の種類はどうなんでしょうか？」

「確かにそれによっておにぎりは無理か。見た目は日本米と変わらなかったけど」

　見た目と性質が違うって可能性はあるからな……俺が好きなタイプの米だったら良いな。

「夕食の楽しみにしようか」

「そうですね！」

　それからもミルと部屋でまったり過ごして、夕食の時間より少し早いぐらいに部屋を出た。すると、ちょうどウィリーも部屋の扉を開けたところだったようで、タイミングよく廊下で鉢合わせる。夕食が楽しみなのか、ウィリーは満面の笑みを浮かべて楽しそうだ。

「あ、トーゴ！　俺はもう腹ペコだぜ」

「俺もちょっとお腹空いてきたよ」

　俺とウィリーのそんな会話が聞こえたのか、ミレイアも部屋から顔を出す。

「時間早いけどもう行くの？　まだ食べられないんじゃない？」

「もしかしたら、できてるかもしれないだろ？　腹減って俺はもうダメなんだ」

「ふふっ、分かった。じゃあ行ってみようか」

　ミレイアはしょうがないな～と苦笑しつつ、部屋から出てきてくれた。

　皆で下の食堂に向かうと、食堂ではイレーネさんが忙しそうに動き回っているところだった。

　他の宿泊客はいないし、やっぱりまだ夕食も完成してなさそうだ。

「イレーネさん、夕食はまだか？」

「まだもう少しかかるぞ。今日は早いな」

「ごめん。お腹空いちゃって」

「ははっ、そうなのか。じゃあちょっと待っててな」

イレーネさんはカラッと気持ちの良い笑みを浮かべると厨房に向かった。そして一分ほどですぐに戻ってくる。その手にはお皿が載せられていて……そこに載っていたのは、まさかの焼きおにぎりだった。

「こ、こ、これって‼」

「焼きおにぎりだ。さっきソフィアが作っててな。私達が食べる予定だったけど、まだたくさんあるし少しお裾分けだ」

焦げ目が強目についた焼きおにぎりからは、香ばしい香りが漂ってくる。ヤバい、まさか焼きおにぎりが出てくるなんて、感動で泣きそう。

「トーゴは知ってるの？」

「もちろん！　おにぎりはお米料理の定番だったんだ」

『トーゴ様、おにぎりがありましたね！』

『めちゃくちゃ美味しそうじゃない⁉』

『早く食べましょう！』

瞳を爛々に輝かせているミルに背中を押されて、イレーネさんに了承を得ておにぎりを手に取った。そして口に入れると……カリッとしたおこげの食感の中に、もっちりとしてほのかに甘みのあるお米がたくさん詰まっている。

「美味しすぎる……」

「本当だな！　米ってこんなに美味いのか！」

「確かに……これは癖になるかも」

「イレーネさん、これって味付けは何？」

「それは果物や野菜、それから香辛料を煮込んで作る特製ソースを塗ってるんだ」

ソースを塗った焼きおにぎりがこんなに美味しいなんて驚きだ。さすがに醬油には勝てないけど、これはこれでかなり美味しい。

「じゃあそれ食べて待っててな」

イレーネさんは準備に戻っていったので、俺達は一人一つずつのおにぎりを大切に味わった。

『ソースも合いますね』

『驚いたよ。でもこの焼きおにぎりを食べたら、醬油がより欲しくならない？』

『なります。早く醬油を見つけましょう。この世界のどこかにはありますよね？』

『作ったからあるはずなんだ。でも輸入食料品店で知らないって言われたから、もっと遠いところなのかも』

『五大ダンジョンは世界中に散らばってますから、その道中で見つかると良いですね！』

おにぎりを食べながら夕食の時間を待つこと三十分。ついに夕食が完成したようで、イレーネさんがお盆にたくさんのお皿を載せて運んできてくれた。

「お待たせ。今日の夕食はトマトソースのビッグバードドリアと、レッドカウのステーキ丼だ」

うわぁ……何これ。めちゃくちゃ美味しそう。ドリアはまだ焼きたてなのか上にかかったチーズがぐつぐつと音を立てていて、暴力的なまでに美味しそうな香りを放っている。ステーキ丼は上から掛けられたソースが目に毒だ。艶々であまりにも美味しそうで、空腹が刺激される。

「めちゃくちゃ美味そう……！」

「さっそく食べようか」

「ソフィアが自信作だって言ってたから、楽しんで食べてくれ。これはミルのな、火傷するなよ」

イレーネさんがミルの分も床に置いた台に並べてくれたところで、俺達は四人で食前の祈りを済ませてからスプーンに手を伸ばした。さすがにドリアは火傷しそうなので、まずはステーキ丼からだ。一口サイズに切られたステーキを下にあるご飯ごと掬い、ソースが垂れないように気をつけて口に運ぶ。

うわぁ……美味しすぎる。ステーキは噛めば噛むほどに旨みが出てきて、ソースは少し甘めでとにかく絶品だ。そしてそんな二つを下から支えて何倍にも美味しくしているのが米だ。食感もほのかな甘みもソースへの絡み具合も、全てが完璧だ。

「やっぱり米って美味い。ステーキにはパンより米の方が合う」

「本当だな！」

俺の呟きにすぐ同意してくれたのはウィリーだ。ウィリーはよっぽど米が気に入ったのか、かき込むようにステーキ丼を口に入れている。

「そんなに急いだら味が分からなくない？」

「いや、めちゃくちゃ美味いぞ！」

「それなら良いんだけど」

俺はウィリーがドリアも普通に食べているのを見て、そろそろ冷えたのかなと思ってスプーンをドリアに入れてみた。そして一口分だけ持ち上げると……チーズが凄い勢いで伸びて、中から熱々の熱気が溢れ出てくる。

伸びたチーズをスプーンに巻き付けて、息を吹きかけ少し冷ましてから口に運ぶと……かなり熱いけど、それを上回るほどの美味しさが口の中に広がった。

「これは美味しすぎる」

「私もこれ凄く好きかも。チーズが良いね」

「どれも美味すぎるな！」

『最高です。幸せです……！』

トマトソースってなんでこんなに美味しいんだろう。何にでも合う万能なソースだよな。それにチーズも美味すぎる。

「米って美味いんだな！」

「そうなんだよ。買い占めたくなるでしょ？」

「やっとトーゴが探してた気持ちが分かったよ。確かにこれは一度食べたら定期的に食べたくなるね」

それからは皆で言葉少なに、ひたすら美味しい米料理を堪能した。今日はウィリーだけじゃなくて俺もミレイアもおかわりしたほどだ。

めちゃくちゃお腹がキツイけど、久しぶりに米を心ゆくまで堪能できて最高だったな。またソフィアさんに頼んで米料理を作ってもらおう。

第四話　初心者狩り

米料理を堪能してから二日後。俺達は順調にダンジョン攻略を進めていて、今日で二十二層まで潜ることができた。この街のダンジョンは最下層が三十層なので、あと八つ下に下りればクリアだ。

ただこのダンジョンは二十層までは比較的狭いフロアだけど、それ以降は一気に何倍にも一層が広くなるので、二十三層以降の攻略は野営を挟まないと無理そうだ。

「明日からはどうする？　さっそく野営をしてダンジョンクリアを一気に目指すか、日帰りで行ける範囲で依頼を受けるか」

「うーん、私はクリアを目指すので良いと思うんだけど、どうかな。二十一層以降の魔物にも全然苦戦してないし、強くなるにはちょっと微妙な環境だと思うんだよね」

「俺もそう思うな」

『僕もです！』

「じゃあ明日は二十二層辺りで野営して、そのままダンジョンクリアを目指すか」

俺のその言葉に全員が一斉に頷き、俺達の今後の方針はすんなりと決まった。

「宿に帰ったら野営道具の確認をしないと」

「そうだな。トーゴの部屋に集まるか？」

「買い物はいらない？」

買い物は……必要ないかな。最初に買った保存食は結局一度も食べてないからそのまま入ってるし、それ以外の食べ物もいくらでもある。下層はあまり冒険者がいないから、人目を気にしなくて良くてなんでも食べられるだろう。

「大丈夫だと思う」

「テントとか調理器具も買ったんだよな？」

「うん。全部入ってるよ。布とか毛布もかなり多めに」

「それなら買い足しはいらないね。このまま宿に戻ろうか」

『お腹も空きましたもんね！』

ミルのその言葉が二人にも分かったのか、二人は頬を緩めてミルの頭と首元を撫でた。

そうして俺達はいつも通りの和やかな雰囲気で、ダンジョン帰りの心地よい疲れを感じながらも足を進めていると……突然、どこかから叫び声が聞こえてきた。

「……けてっ、だれ……たす……っ！」

誰かが助けを求めてる……？　どこだろう。この辺は路地が入り組んでて場所が分からない。

「トーゴ、マップで何か分からない？」

「ちょっと待って、声が聞こえる範囲にいる人は……え？」

「どうしたの？」

「青い表示の三人が、近くにいる」

この街にいる青色の三人組と言ったら、アルド達しかいないはずだ。

「早く行こう」

「そうだね」

　俺の言葉を聞いて一気に真剣な表情を浮かべた二人は、俺が示した方向に向かって駆け出した。そして俺とミルもその後を追うと……そこにいたのは、足からかなりの血を流しているアルドだった。

「アルド！　おい、大丈夫か⁉」

　ウィリーが駆け寄って傷口を確認しようと太ももの辺りを覗き込むと、ウィリーは一瞬固まって、それから強張った表情で俺を呼ぶ。

「ト、トーゴ、助けてくれ！」

「お願いします！　さっき近くにいた方が治癒院に治癒師を呼びに行ってくださったのですが、ここから治癒院は遠くて……」

　泣きながら頼んできたロサとスサーナに最善は尽くすと頷いて、俺はアルドの怪我の様子を確認した。するとアルドの太ももに、ナイフのようなものが刺さっているのが確認できる。

　これは酷い、相当魔力を注ぎ込まないと治せないかも。とりあえず今ここではナイフは抜かずに止血だけして、場所を移動してから治癒するかな。路地で人が少ないとはいえ、俺たちの声で集まってきた人達がいて人目が気になる。

　そこまでを一瞬で考えた俺は、ヒールをかけてとりあえず血を止めて、アルドを運び込める場所を探すために周囲を見回した。

「ロサ、スサーナ、あの宿のベッドを借りよう。とりあえず血は止まったから、絶対にナイフを動かさないようにして、慎重にアルドを運び込む」

「わ、分かった」

「ウィリー、アルドをよろしく」

ウィリーの怪力があればアルドは楽々持ち上がるし、問題なく運べるだろう。

「ミレイア、俺達は宿に行って事情を説明しよう」

そうして皆で意識が朦朧としているアルドを、宿の一室に運び込むことに成功した。

血でベッドを汚さないようにと俺達が持っている毛皮などをベッドに敷き、その上にアルドを横たわらせる。

「わ、私、治癒師が来たらすぐ案内できるように、外に出てる！」

「ロサ待って」

俺は慌てて部屋から出て行こうとしたロサを止めて、皆の顔を見回した。

「ロサ、スサーナ、これから見たことはできれば秘密にして欲しい」

そしてそう告げてから、アルドに向き直る。あの出血量を見るに、多分このナイフは大きな血管を傷つけてるはず。だから前に俺自身に対して使ったように、いわゆるパーフェクトヒールと呼ばれる魔法を使わなければ、アルドは助けられないだろう。

俺は絶対に助けると決意して、アイテムボックスから取り出した魔力回復薬を何本も飲んで魔力を回復させ——そして、パーフェクトヒールを発動させた。

発動と同時にナイフを思いっきり抜いたことで一瞬だけ血が吹き出したけど、すぐに血は止まって傷口は塞がっていく。それにしても、パーフェクトヒールってこんなに強い光を発してたのか。前に使った時は自分が死にかけてたからよく分からなかったけど、これは周りに人がいたらすぐにバレるな。

それから体が重くなるまで魔力を注ぎ続け、アルドの傷口が完全に消え去り、さらに顔色も良くなってきたところで魔法を止めた。

「はぁ……これ、本当に辛い」

一気に魔力がなくなる感覚も、魔力切れに近い感覚も、頻繁に体験するものじゃないから慣れない。

「トーゴ、やっぱりすげぇな！」

「お疲れ様、大丈夫？」

『トーゴ様、とってもカッコ良かったです！』

俺はキラキラした瞳で見上げてくれるミルの頭を撫でて、ミレイアとウィリーに視線を向けた。

「なんとか大丈夫みたい。ありがとう」

「それなら良かった」

アルドの様子をもう一度見てみると、穏やかな寝息を立てているようだ。

「な……ど、どういう、こと？」

「さっきのって……もしかして、パーフェクトヒール、でしょうか？」

このまま助けられて良かったで何事もなく終わらないかな……そう思っていたけど、そんな思いも虚しくロサとスサーナの困惑顔が目に入った。二人にバレてしまうことは覚悟してアルドを治したんだし、仕方がない。変に隠さないでちゃんと話をしよう。

「騒がれないように普段は隠してるんだけど……実は、俺ってエクスヒールが使えるんだ。さらにその上のパーフェクトヒールと言われてるものに、近いものも」

　俺のその言葉を聞いた二人は数十秒間は固まって、しかしそこでやっと事態が飲み込めてきたのか二人がほぼ同時に頭を下げた。

「申し訳ありません。まずは感謝を述べなければいけないのに忘れていました。アルドを助けてくれて、本当にありがとうございます」

「トーゴ、ありがとう！　隠してる能力を明かしてまで助けてくれたなんて、いくら感謝しても し足りないよ」

「いや、そんな頭を下げたりしなくて良いよ。助けられて良かった」

　慌てて二人に頭を上げてもらうと、二人は安心したのか笑みを浮かべながら涙を流していた。

俺はそんな表情を見て、助けられて良かったなと心から思う。

　これで俺の魔力量が世間にバレたとしても……後悔はない。

「アルドはなんでナイフで刺されたのか、二人は分かる？」

「多分というかほぼ確実なんだけど……初心者狩りだと思う」

「私もそうだと思います。襲ってきた者の風貌は、初心者狩りの特徴と一致していました」

　そう言ったロサとスサーナは、厳しい表情で窓の外を見つめた。

「初心者狩りってなんだ？」

「……この街で数年前から活動してる、最低最悪の犯罪者だっ。街中で将来有望な冒険者ばかりを狙ってる」

　ウィリーが聞いたその言葉に、ロサは吐き捨てるように答えた。そんな存在がこの街にいたのか……怖いな。街中で突然ナイフで刺されるなんて、防ぐのは難しいだろう。

「何年も捕まってないってこと？」

「はい。逃げ足が速くて、一人の犯行なのか組織的な犯行なのかも分かっていないらしいです。ただ大体の被害者は装備やお金を取られているので、目的はお金だろうと言われています」

金が目的ってだけで、冒険者ばかり狙って強盗なんてやるのかな……人を傷つけたら罪が重くなるのは確実だし、普通はスリをしようって思う気がするんだけど。それに冒険者よりもお金を持ってる人なんて、商人にたくさんいそうだ。

「冒険者以外は狙われないの？」

「狙われたという話は聞いたことがありません」

それは本当に変な話だな……冒険者しか狙わないってことは、誰が冒険者なのか把握してるってことだ。たとえそこは外見で分かるということにしても、誰が将来有望かまでは同じ冒険者しか分からないだろう。

俺はそこまで考えて一人の人物が頭に浮かんだ。冒険者で新人のことを把握していて、さらには少し怪しい人物。そう、ロドリゴさんだ。……でも、さすがに突飛すぎる考えか。怪しいといったって、根拠はマップの黒表示だけだ。

「とりあえず、ギルドに行った方が良いかな。ロサとスサーナはアルドに付いていてあげて。報告は俺達が行くよ。呼んだっていう治癒師への説明はお願いしても良い？　通りすがりの別の治癒師が助けてくれたって」

二人はその提案に素直に頷いて、もう一度深く頭を下げた。

「本当にありがとうございました。トーゴさんの魔法のことは絶対に話しませんので、ご安心ください」

「私もだ。本当に助かったよ。ありがとう」

俺達は二人のその言葉に見送られ、急遽借りた宿の一室を出た。あの様子なら俺の魔法のことが広まることはないかな……良かった。世間に知られても仕方がないとは思ってたけど、やっぱり広まらないならそれが一番だ。ロサとスサーナ、良い友達だな。


それから急いでギルドに戻ると、もう遅い時間だからか中は閑散としていた。モニカさんがすぐ俺達に気付いてくれて、受付から声をかけてくれる。

「光の桜華の皆さん、いかがいたしましたか？」

「モニカさん、実は先ほど初心者狩りに襲われた冒険者がいまして……」

さっきの出来事の詳細を伝えると、モニカさんは表情を厳しいものに変えて俺達に少し待つように告げた。

「ギルドも初心者狩りには警戒してるみたいだね」

「そうみたいだな。アルドみたいに突然刺されるなんて、怖いもんな……」

俺達の報告は近くにいた別の職員も聞いていたからか、ギルド内にはどこか緊張感が漂っている。これほどギルドも敵視してるのに、なんで捕まらないんだろう。

「私達も初心者狩りに狙われるのかな」

ぽつりとそう呟いたミレイアの声が、静かなギルドに響いた。俺達はこの街に来たばかりでダンジョンの深層に到達していて……可能性は高いよな。しばらく単独行動は避けた方が良いかもしれない。

『ミレイアさんは僕が守ります！』

「ふふっ、ミルちゃんありがとう」

ミレイアにミルの声は聞こえていないはずなのに、細かく振っている尻尾とミレイアに顔を擦り付けるその仕草で、何を言ってるか分かったようだ。

そしてそんなミルの様子に、ギルドの緊迫した雰囲気が緩む。やっぱりミルは凄いなぁ。俺達のアイドルで癒しで最強の仲間だ。

「皆さん、お待たせいたしました。ギルドマスターがお呼びですので、応接室に来ていただけますか？」

ミルに癒されているとモニカさんが戻ってきた。まさかギルドマスターに呼ばれるなんて……そう驚きながらも、それほどギルドも重要視している事件なのだろうと、素直にモニカさんについていく。

案内された応接室の中にいたのは、かなりガタイが良くて背が高い男性だった。明らかに強そうで、この地位に就く前は冒険者として活躍していたのだろうと推測できる。歳は四十代ぐらいかな。

「よく来たな。突然呼んだりして悪かった。俺はアーネストの街でギルドマスターをしているビクトルだ」

勧められたソファーに腰掛けると、すぐにギルドマスターであるビクトルさんが口を開いた。

「俺はトーゴです。よろしくお願いします。こっちは従魔のミルです」

「私はミレイアです」

「俺はウィリーだ」

「もちろんお前達のことは知っている。この街に来て快進撃を見せているからな」

ギルドのトップがもちろん知っているって言うほどに、俺達は目立ってるのか。

……まあ確かに、自重なくダンジョンを攻略してるからな。下層に行くほど他の冒険者は少なくなったから、ずっとこの街にいても下層に辿り着けない人達もいるのだろう。そう考えたら、この街に来て数週間で二十層を超えてるのは相当なペースだ。さすがに目立つか。

「知っていただけて光栄です」

「俺達ってそんなに凄いのか？」

ウィリーのその言葉に、ビクトルさんは呆れたような表情を一瞬だけ浮かべて頷いた。

「凄いに決まってるだろう？　いくら地図があるとはいえ攻略速度は前代未聞だ。それにここは中級者ダンジョンだから、クリアしているやつらはもちろんいるが、それは数ヶ月から数年かけてこのダンジョンに慣れて、その先でのクリアなんだ。お前達のように来て数週間でこんなに潜るやつらはいない」

数ヶ月から数年……他の人達がそんなに掛かるとはさすがに予想外だ。それは目立つのも当たり前だな。

「さらにただクリアだけを目指してるのかと思えば、依頼も達成して魔物素材の納品もして、新たな隠し部屋まで見つけたときた。本当に信じられない」

「隠し部屋は……偶然だったんです。ミルが掘り当てて」

マップは明かせないのでミルの功績にしようと頭を撫でると、ミルは意図を理解してくれたようでドヤ顔で尻尾を振った。

――ミル、マップを隠すのに協力してくれるのは嬉しいんだけど、ドヤ顔をするのも人間の会話を正確に理解するのも、確実に白狼には無理だからもう少し人間らしさを減らそうか。

俺はミルの自慢げな顔を見て、思わず苦笑を浮かべてしまった。ビクトルさんは瞳を見開いてミルを凝視しているので、やっぱりミルは一般的な従魔からはかなり外れているのだろう。

ミルなら白狼らしくしてと言えばそうしてくれるんだろうけど、俺はミルの行動にできる限り制限をつけたくないのだ。ミルにはのびのびと自由に暮らして欲しい。

「それで、今日は何のお話でしょうか?」

ちょっと強引だけどミルの話にならないようにと本題を促すと、ビクトルさんは俺が話したくないと思ったのが伝わったのか、ミルのことは追求せずに視線を俺達に戻してくれた。

「すまない、話が逸れたな。今日はお前達を見込んで相談があるんだ。……先ほどお前達が報告してくれた初心者狩りだが、こいつを捕まえる手助けをしてもらいたいと思っている。よろしく頼む！」

ビクトルさんはそう言って、ガバッと頭を下げた。その話があったからここに呼ばれたのか。でも……なんで俺達なんだろう。もっと高ランクの冒険者とか、適任はいるはずなのに。

俺達が顔を見合わせて首を傾げていると、ビクトルさんは俺達の疑問が分かったのか、もう一度口を開いた。

「お前達を信頼して依頼を……とかそういうことではなく、囮作戦をしたいと思ってるんだ。ギルドの見立てでは、次に狙われる可能性は光の桜華が一番高いと思う。だからわざと狙われやすい場所に向かい、犯人逮捕に協力してくれないか……？　よろしく頼む！」

　何だ、そういうことか。それなら納得だ。変に信頼してるからとか、活躍していて強いからとか言われるよりもすんなり理解できる。

「やっぱり俺達って狙われやすいですか？」

「ああ、確実にな。もう知っていると思うが、初心者狩りは有望な冒険者を狩るんだ。その点において、光の桜華には申し分ない実績がある」

「……あの、ビクトルさんは初心者狩りの目的はなんだと思っていますか？　それから犯人像の予想も立っているのでしょうか？」

　囮作戦を受け入れるかどうか決める前に、どうしても気になったので質問してみた。するとビクトルさんは難しい表情を浮かべ……首を横に振った。

「俺もずっと考えているが、よく分からないんだ。ただ稼げなくて金に困った冒険者が、活躍している冒険者への嫉妬と金欲しさにやっているというのが、今のところ一番有力な説だとは思っている」

　確かに、それなら辻褄が合うな。でもそんな理由で何年間も、こんな騒ぎになるほどの犯罪を犯すのだろうか。うーん、有力な説ではあるけど、絶対にそれだとしっくりくるほどではない。

「――俺の中で、冒険者の中の誰かなのだろうということはほぼ確定してるんだ。だから初心者狩りのためにも、捕まえて止めたいと思っている。ぜひ、協力して欲しい」

そう言ったロドリゴさんは、悲しげな表情を浮かべていた。

「今まで捕まえようとしたことはなかったのですか？」

「もちろん、ずっと捕まえようとしてるさ。ただ初心者狩りは一度も殺しをしてないから兵士を動かすのが難しくてな、さらに神出鬼没で現行犯逮捕はほぼ不可能だし、捕まえるのはかなり難しい。何度かアジトじゃないかって怪しい建物を調査をしているが、成果を上げられたことはない。そこで後は囮作戦しかないと思っていたところに、光の桜華が現れたんだ。今までは囮にできるほど実力がある冒険者がいなかったが、お前達になら危なげなく任せられるんじゃないかと思った。――危険なことを頼んで本当に申し訳ないと思っているが、ぜひ引き受けてもらえないだろうか」

どうするかな……俺達が狙われる危険性があるなら、ずっとそれを警戒してこの街で暮らしているよりも、協力して捕まえた方が良い気がする。でも俺達は、そんなに長くこの街にいるつもりはないんだよな。俺は皆の意見も聞こうと思い、二人に視線を向けた。

「二人ともどうする？」

『ミルの意見も聞かせて』

「うーん、私は協力しても良いと思うよ。ギルドが全面的にサポートしてくれるなら、危険も少ないだろうし。それに放っておいたらまた犠牲者が出るって思うと、何もしないのは後味が悪いからね……」

「俺もミレイアと同じ意見かなぁ。初心者狩りなんて連中をこのままにしておくのは嫌だし」

『僕も協力すべきだと思います。捕まえなかったらずっと警戒していなければなりませんし、それならこちらから仕掛けた方が良いかと』

　俺は皆の意見を聞いて、決意を固めてからビクトルさんに向き直った。

「では、協力します」

「本当か!?　ありがとう……本当に助かる。これでついに、初心者狩りを捕まえられるかもしれないな……」

　ビクトルさんは独り言のようにそう呟くと、真剣な表情で拳を握りしめた。

「じゃあさっそくだが、囮作戦の内容を考えたいと思っている。一日でも早く解決したいんだ」

「分かりました。それは俺達も同じ気持ちです」

「ありがとう。まずは誰が囮になるかだが……」

　ビクトルさんは俺達三人を見回すと、ミレイアのところで動きを止めた。まあ囮って言ったらそうなるよな。

「私が一番適任ですよね」

「すまない。もし嫌じゃなければ……」

「構いません。私が一人で路地を歩いていたら、数日で襲われる自信があります」

　ミレイアは自信ありげにそう言ったけど、それは自慢することじゃないと思う……確かにミレイアの容姿は細身で儚げな感じだから、俺達のパーティーを狙うとするならまずはミレイアだろうけど。

　アルド達は三人でいるところを狙われてたけど、それはたまたまだろうからな。確率が高いのはミレイアが一人で囮になることだ。

「大丈夫なのか？」

「うん。だって皆が助けてくれるでしょ？　それにもし怪我をしてもトーゴがいるから」

「もちろんすぐに治すよ。でもその前に絶対怪我なんてさせないから」

「ふふっ、ありがとう。信じてるよ」

そうして囮役はミレイアに決まった。後はどこの路地を通るのかと、襲われた時に捕まえる役を誰にするのか。それから捕まえる役が隠れてる場所なども決めないとだ。

「この作戦はこっそりやらなきゃ意味がないよな？　初心者狩りを捕まえるのは俺達だけか？」

「それはさすがに人数が少ないと思いますが……せめてもう一人は欲しいです」

「ああ、だから捕まえる役にもう一人冒険者を雇う予定だ。ロドリゴって知ってるよな？」

俺はその名前が出た途端に、思わず固まってしまってどうすれば良いのか分からなかった。まさか俺が一番警戒してる冒険者の名前が出るなんて。

もし万が一ロドリゴさんが初心者狩りだった場合、犯人に筒抜けではこの作戦は意味がなくなる。でもこのギルドで一番の冒険者で、アルド達の話を聞いても憧れの冒険者で、一般的には信頼できる人なんだろう。それならギルドが依頼先にロドリゴさんを選ぶのは、当然だよなぁ。

他に信頼できる冒険者を知らないし、代案を提示できないのも痛い。

どうすれば良いのかとミレイアとウィリーに視線を向けると……二人も微妙な表情を浮かべて困惑しているようだった。

「何だ、どうしたんだ？」

ビクトルさんは俺達の微妙な雰囲気に気付いたのか、そう問いかけてくれる。なんて言えば良いのか……さすがにロドリゴさんを疑ってますとは言えない。理由はって聞かれたら、マップで黒の表示なんです。以外に何もないのだから。

「あの、ロドリゴさんって俺達はよく知らないので、信頼しても良いのか分からないんですけど……」

結局はそんな曖昧な言葉になってしまった。するとその言葉を聞いたビクトルさんは、なんだそんなことかと表情を緩める。

「あいつは大丈夫だ。俺もよく知ってるし、ずっとこの街のために尽力してくれてる冒険者だからな」

「……そう、ですか」

「それにエレハルデ男爵様とも懇意なんだぞ。あいつ以上に信頼できるやつはいないさ」

ビクトルさんはそう言って俺達の不安を笑い飛ばした。ここまで言われて、さらにそれでも不安だとは言えないよな……。そう思った俺は、まだロドリゴさんを疑ってはいながらも頷いた。

「それなら安心です」

「ああ、ロドリゴとも協力して初心者狩りの逮捕に協力して欲しい。そうだな、明日には顔合わせの機会を設けよう。明日もギルドに来てくれるか？」

「分かりました。頑張ります」

「本当にありがとな！　報酬と、ランクアップの要件にも今回のことは加味させてもらう」

「ありがとうございます。よろしくお願いします」

そうしてその日は拭えない不安を抱えながらも、冒険者ギルドを後にした。

次の日の朝早く。俺達はいつも通りを装って冒険者ギルドに向かった。ギルド内に入るとすぐに受付のモニカさんに声を掛けられて、応接室に案内される。

「先ほどロドリゴさんも、ちょうどお着きになられたところです。光の桜華の皆さんと情報交換をされるとか。本当にロドリゴさんは素敵なお方ですよね」

モニカさんはそう言って、うっとりとした笑みを浮かべた。ロドリゴさんは受付の人達にまでそんな認識なのか……これは明確な証拠でもないと疑ってるなんて言えないな。

ミレイアとウィリーも俺と同じようなことを考えたのか、微妙な笑みを浮かべてモニカさんに対応している。

「光の桜華の皆さんをお連れしました」

モニカさんが扉をノックしてそう声をかけると、中からすぐに扉が開かれた。開いたのは……ロドリゴさんだ。

「待ってたぞ、よく来たな。モニカさん、案内ありがとう」

「いえいえ、仕事ですから当然です！」

ロドリゴさんの微笑みにモニカさんは顔を赤くして慌てている。もうさながらアイドルだな。

「ロドリゴさん、お久しぶりです。またお会いできて嬉しいです」

モニカさんとは分かれて応接室の中に入った俺達は、ビクトルさんに席を勧められてソファーに腰掛けた。ビクトルさんの向かいに俺達が座って、テーブルの横に置かれていた一人用のソファーにロドリゴさんの構図だ。

「俺のことを覚えてくれていたのか？」

「それはもちろん。この街で有名な方ですから。前に声を掛けてもらってから、知り合いの冒険者に話を聞いて驚きました」

俺は不自然にならないように、俺達がロドリゴさんを疑ってるなんて微塵も感じられないように、最大限に注意して話を進めていく。

「なんだ、既に面識があったのか？」

「いえ、面識というほどではないのですが、前に声を掛けてもらったことがありました」

「そうだったのか。それなら話は早いな。ロドリゴも光の桜華のことは知ってるんだろ？」

「もちろん知ってます。何せかなり有望な冒険者だって話ですから。あの後も光の桜華の噂は聞いたぞ」

そう言って俺達に向かって笑みを浮かべるロドリゴさんの表情に……なんとなく暗いものがあるようなないような。ダメだ、一度疑い出すとなんでも黒に見えてしまう。

「変な噂でなければ良いのですが」

「もちろん良い噂に決まっているだろう？　この街のこれからを背負って立つだとか言われてるぞ。そのうちエレハルデ男爵様からもお声がかかるんじゃないのか？」

……え、マジか。それは嫌だな。できる限り貴族には目をつけられず穏便に過ごしたい。いずれそれは無理になることは分かってるんだけど、さすがにまだ早い。

「いえいえ、俺達はそんなに凄いものじゃないですよ」

それからも最高に居心地の悪い雰囲気の中でロドリゴさんとビクトルさんと雑談を交わし、数分後にやっと本題に入ることになった。

「それで今日集まってもらった理由はもう知っていると思うが、初心者狩りについてだ」

「ええ、俺も初心者狩りには心を痛めていました……やっと捕まえることができるかと思うと嬉しいです。トーゴ、ミレイア、ウィリー、よろしく頼むな」

「はい。私達も狙われる危険性が高いようなので、こうして捕まえられることは嬉しいです。全力を尽くそうと思います」

　俺のその言葉を聞いたロドリゴさんは、特に大きな反応を示さずに頷くだけだ。さっきからロドリゴさんの様子を見てるけど、疑いすぎなければ特に怪しいところはないんだよな……やっぱり初心者狩りとは関係ないのだろうか。

　何か別のことで俺に良い感情を持ってないって可能性もあるよな。マップは便利だけど、その色になってる理由までは分からないところが不便だ。

「作戦の内容だが、囮役はミレイアが引き受けてくれることになっている。それで良いな？」

「はい、構いません。トーゴ達とも話し合ったのですが、相手に不自然だと思われないために昼間は普通にダンジョンへ行き、ダンジョンから戻って夕方に囮役をしようかなと思っています。事前に決めてあるルートを、買い物を装いながら歩くのはどうでしょうか？」

「そうだな。確かに不自然に思われてしまうことは、一番避けなければならない。俺はその作戦に賛成だ。ロドリゴはどう思う？」

「俺も良いと思います」

「では、その作戦でいこう。歩くのはどのルートにする？」

ビクトルさんが棚から街の地図を引っ張り出して机に広げ、全員で地図を覗き込んだ。そしてミレイアが、指で円を描くように広めの範囲を指定する。

「この辺りはどうでしょうか？　私達の宿がこっち方面にあるので、不自然ではないと思います」

「分かった。では見張りが隠れることも考えると……この通りが良いな」

「確かこの建物は、ギルド所有でしたか？」

「そうだ。だから中から見張りをすることができる」

ロドリゴさんはそんな情報も知ってるのか。もしこの人が犯人だった場合、ギルドへの打撃は相当なものだろう。

「俺は街の人達に顔が割れてるから、基本的には建物の中から見張ろう」

「俺はロドリゴほど顔は知られてないし、ミレイアを後ろからさりげなく追いかけられる」

そうしてそれぞれが役割分担を決めて、作戦の内容は決まった。後は今日から作戦通りの動きを毎日繰り返すだけだ。

「じゃあまだ時間も早いですし、俺達はいつも通りにダンジョンへ行きます」

「分かった。お前達がダンジョンからギルドに戻ってきて、ギルドを出たら作戦決行にしよう」

「了解です」

これで問題なく初心者狩りが捕まえられたら良いんだけど……こちらから仕掛けているはずなのになぜか感じる不安には目を瞑って、俺は作戦の成功を願った。

話し合いを終えていつも通りダンジョンに潜った俺達は、やっと肩の力を抜いて話をしていた。

街の中だとマップにはたくさんの人が映るので人を避けきれないけど、ダンジョンなら一キロの範囲内に誰も他の冒険者がいない場所が存在するので、隠し事がある俺達にとってはダンジョン内の方がリラックスできたりするのだ。

「ロドリゴさんのことどう思う？」

「うーん、俺はトーゴに警戒しろって言われなかったら、普通に信じるな」

「私は……警戒して見てみたら、ちょっと黒い笑顔の時がある気がするって思ったけど、先入観からの気のせいかもしれない」

やっぱりその程度だよな……俺もマップが黒の表示じゃなかったら、普通に親切な良い冒険者だとしか思わなかったと思う。

「囮作戦、ロドリゴさんが参加しても良いのかな」

『トーゴ様は、ロドリゴさんが初心者狩りだと思っているのですか？』

『……可能性はあるかなって』

「もしロドリゴさんが初心者狩りと何かしらの関係があるなら、今回の作戦は意味なくねぇか？」

「そうだよね……ロドリゴさんが犯人なら、私はずっと襲われないのかな？」

それもどうなんだろう。仲間がいて襲わせる可能性もあると思うけど、そうなったらその仲間は切り捨てるってことだ。ロドリゴさんの正体を知らない仲間を使うのか、それとも逆にロドリゴさんに傾倒してるような仲間がいるのか。

色々と考えられるけど、どうなるのかは全く予想がつかない。そもそも全てが予測でしかないんだよな……ロドリゴさんが初心者狩りと関係ない可能性の方が高いんだし。

「あぁ、考えるのは俺には向いてない！　早く魔物を倒しに行こうぜ！」

「ふふっ、そうだね。考えても結論は出ないし、依頼を達成しようか」

確かにそうだな。ダンジョンの中にいる時ぐらい難しいことは忘れよう。

「ダンジョンのクリアは、初心者狩りを捕まえるまで後回しにするんだよな？」

「うん。野営をしたら囮作戦を実行できないから」

クリアしてやるって気合いを入れてたから少し肩透かしを食らったような気分だけど、そこは仕方ないよな。ちゃんと解決してから落ち着いてクリアを目指そう。

『早くクリアした時の転移を体験してみたかったのですが、残念です』

そう言って尻尾をシュンっと垂れ下がらせたミルを見たら、今すぐクリアしに行こうか！　と言いたくなるけど、それは寸前で我慢した。

『初心者狩りを捕まえたら、すぐにクリアしよう』

『そうですね。楽しみにしています。初めての野営も楽しみです！』

俺がミルの言葉を二人に伝えたら、ミレイアが優しい笑顔でミルの頭を撫でながら口を開いた。

「快適な野営にしようね。ミルちゃんのベッドも作ってあげる」

その言葉にミルが嬉しそうに尻尾を振り、ミルの可愛さに癒されたところで俺達は受注した依頼をこなすことにした。

それから数時間は真剣にダンジョンを駆け回り依頼の魔物を討伐し、三つの依頼を問題なく達成した俺達は、いつもより時間に余裕を持ってダンジョンから地上に戻った。

「おおっ、いつもより明るい」

「凄いな」

「いつもこのぐらいの時間に戻ってきた方が良いかもね」

『美味しい匂いもたくさんする気がします！』

『いつもの時間には暗くて閉まってる屋台もやってるからかな』

皆でそんな話をしながらギルドの中に入ると、中はさすがに空いているということはなく、冒険者で溢れていた。しかしもうこの光景にも慣れたものだ。俺達は空いている受付に並び、依頼の達成報告と魔物素材の買取をお願いする。

ビクトルさんはさっきチラッと俺達の様子を窺っていたから、作戦は問題なく遂行できそうだ。ロドリゴさんは俺達がギルドに入った時から、食堂のテーブルで新人冒険者らしき三人組と話をしている。

「トーゴ、ウィリー、私はちょっと買いたいものがあるから先に行くね。二人は宿に戻ってて」

「おう、分かったぜ」

「気をつけて」

「もちろん。ミルちゃんもまたね！」

「わうんっ！」

ミレイアが皆に何気なく聞かせるように声を張ったところで、ロドリゴさんは三人と話を終えて席を立った。ビクトルさんは見えないけど、裏からギルドを出て追いかけてくれるんだろう。

「じゃあウィリー、俺達も行こうか」

「そうだな」

そうして俺達は全員で、不自然にならないようにミレイアの後を追った。途中で事前に聞いていた建物に入り、周りから隠れてミレイアの周辺を監視する。

「誰か怪しいやつはいるか？」

「うーん、今のところはいないかな」

「そんなすぐに襲ってくることはさすがにないかぁ」

マップを見ていても近くに怪しい動きをしている人や、黒い点の人はいない。……まあ、すぐ近くに黒のロドリゴさんがいるんだけど。

やっぱりロドリゴさん、怪しいよなぁ。こうして接していて黒に表示されてる理由が全く分からないし。でも今日のロドリゴさんは俺達から少し離れたところにいるけど、怪しい動きは全くしていない。これだとマップ以外で疑う理由がないんだよな。

「全く不自然じゃないし、ミレイアは凄いな」

「ミレイアって意外と肝が据わってるんだよ」

「本当だな」

それからもミレイアが買い物をしながら路地を歩いていく様子を密かに追いかけたけど、初心者狩りは現れることなく、ミレイアは事前に決めていたコースを歩ききった。

そうしてそれからは毎日、ダンジョン帰りに囮作戦を実行した。しかし俺達の努力も虚しく、初心者狩りが現れないまま——五日が過ぎた。

俺とウィリーは六日目にしてミレイアを追いかけるのにも完全に慣れ、誰にも違和感を覚えられることなく、建物の中や時には路地を歩きながら、ミレイアを尾行できている。

ビクトルさんやロドリゴさんとは完全に別行動なのでどこにいるのか分からないけど、ロドリゴさんは黒で表示されているのでマップを見ればすぐに分かる。

この五日間、ロドリゴさんに不審な点はない。

「本当に襲ってくるのかな」

「本当だよなぁ。俺はもう飽きたぜ。毎日やるのも疲れるしな」

『トーゴ様、これっていつまでやるのでしょうか？』

『どうしようか……』

そろそろ一度休止にしても良いのかな。襲われない理由としては主に三つほど考えられる。

一つ目は初心者狩りがロドリゴさんで、捕まえる側で参加してるからミレイアを襲えない場合。

二つ目は初心者狩りにとって俺達はターゲットじゃない場合。

三つ目は初心者狩りにこの作戦がバレている場合。

これらの場合はいつまで続けてたって意味がないだろう。他の方法を考えないといけない。

「今日襲われなかったらビクトルさんに……ちょっと待って」

そんな話をしていたら、マップに怪しい点が映った。色は緑なんだけど……ミレイアと一定の距離を保って、ずっと後ろに付いているのだ。

「ウィリー、ちょっと場所を移動しよう」

建物の中を移動してミレイアの様子が上から見える場所に移ると、マップに映っている怪しい人影を視界に捉えることができた。黒いローブを着てフードを深く被っているみたいだ。……明らかに怪しいな。

「あいつ、怪しいな」

　ウィリーも気付いたようで、そう言って窓から身を乗り出した。

「初心者狩りかな」

「可能性は高い気がするぞ。……トーゴはここにいてあいつを見張っててくれ。俺はあいつに近づいてみる」

「分かった。気付かれないように気をつけて。ミルは俺と一緒にいて」

『分かりました』

　ウィリーと二手に分かれてローブの人間を監視していると……ミレイアが路地を曲がった瞬間に、そいつがミレイアに近づくように足を速めた。そしてローブが翻った時に少しだけ見えた手の中には……銀色に光るナイフがある。

『ミル、あいつ危険だ』

『僕はいつでも飛びかかれるように準備しておきます。トーゴ様も魔法の準備を』

『もちろん』

　俺はアイスバインドをいつでも発動できるように準備して、ステルスで存在感を消しながら窓から身を乗り出した。ウィリーがミレイアの後ろにいるし大丈夫だと思うけど……ミレイアはまだ気付いていてなさそうだ。

『ミル、ミレイアが襲われたらすぐに飛び掛かって良いよ。襲ってくれさえすれば現行犯になるし、俺達の存在はバレても大丈夫だから』

あっ、初心者狩りがミレイアに向かって駆け出した！

『ミル！』

『分かってます！』

ミルが窓から飛び出した時には、初心者狩りはナイフを完全に取り出してミレイアに向かって振り上げていて、その後ろでウィリーが素手で初心者狩りに飛びかかろうとしていた。

さらにお店の陰からはビクトルさんが現れて、近くの建物からロドリゴさんが出てくる。

そうして三人の男とミルに全方位から飛び掛かられた初心者狩りは……なすすべもなく地に伏した。地面にうつ伏せで倒された男の背中にはウィリーが乗っている。

俺はその様子を見てホッと安堵の息を吐き、監視のために入っていた建物から出て皆のところに向かった。

「やっと捕まえたぞ！　さあて、初心者狩りの面を拝ませてもらおうじゃねぇか！」

ビクトルさんがそう言ってローブを剥ぎ取ると……中にいたのは、初めて見る男だった。細身でなんだか不気味な笑みを浮かべた男は、俺達の顔を順に見回すと突然声を上げて笑い出す。

「はははははっ、やっと俺を捕まえたのか！　冒険者ギルドっていうのは無能な組織なんだな」

「な、なんだと!?」

「ビクトルさん、落ち着いてください」

ビクトルさんはやっと捕まえられた初心者狩りに興奮しているようだったので、落ち着いている俺達が話を進める。

「それで、この人は冒険者ですか？」

「……いや、俺は見たことがないな。ロドリゴは知ってるか？」

「いえ、初めて見る顔です」

そう言ったロドリゴさんは初心者狩りの顔を凝視していて、初心者狩りの方もロドリゴさんを見つめていて……しかし二人は何も言葉を交わさない。

一般的にはなんの問題もないんだろうけど……やっぱりなんとなく怪しい気がする。ロドリゴさんが黒で疑いのフィルターがかかってるから、そう見えるだけなのだろうか。

「トーゴ、この人が初心者狩りなの？」

俺達のところにやって来て男の顔を覗き込んだミレイアは、強そうでもないひょろっとした男に首を傾げた。

「あなたは初心者狩り？」

「ああ、そうだ。俺様に狙われたんだぞ、光栄に思うがいい！　ははははっ」

なんとなくさっきからわざとらしい気がするし、何よりも普通は自分が捕まったら驚くものだと思うけど、この人は一度も驚きを見せていない。

それに……なんだろう、この違和感は。なんとなくこの人の言葉はただ発されているだけというか、心がこもっていないというか、そういう印象を受ける……気がする。

「とりあえず、お前には冒険者ギルドに来てもらう。その後は兵士に引き渡すからな。仲間の存在や逃走ルートを全部吐いてもらうぞ」

ビクトルさんに腕を掴んで立たされた男は、不気味なほどに従順だった。

「トーゴ達、こいつをギルドまで運ぶのを手伝ってくれるか？　逃げられたら大変だからな。それが終わったら依頼達成だ。ギルドで報酬をもらってくれ」

「分かりました。この縄を使ってください」

「ああ、ありがとな」

それから俺達は不気味な男を連れてギルドに戻り、報酬を受け取って今度は三人でギルドを出た。

ギルドを出た俺達は人通りが少ない路地に入ってから、小声でさっき捕まえた初心者狩りについて話をする。

「なあ、あいつが初心者狩りだと思うか？」

「私は……違う気がした」

『僕もです』

「俺もそうかな……」

やっぱりあいつは違う気がしたよな……俺達がミルも入れて四人全員が同じ結論に達したってことは、さっき捕まえた男にはなにかしらがあるのだろう。

「どうする？　このまま解決ってことになっちゃうと思うけど」

「私達はダンジョンをクリアして街を出ていけば良いけど……このまま手を引いたら、ずっと気になっちゃうよね」

「そうだよなぁ。でもだからってなにをすれば良いのか分からなくねぇか？　そもそもあいつってなんだったんだ？」

そこが分からないんだよな……あのさっき捕まえた男がロドリゴさんの仲間だったとして、ロドリゴさんのことを知ってるならあいつが口を滑らせたら終わりなはずだ。

考えられるとすればロドリゴさんの狂信者とか……あとは洗脳してるとか？　それともロドリゴさんがトップにいることを知らない下っ端で、本当に今までの実行犯だったとか。

そもそもロドリゴさんはなんの関係もないって可能性も捨てきれないし……ああ、ダメだ。考えても分からない！　これはもう行動に移そうかな。

「皆、ロドリゴさんを尾行しようと思うんだけど……」

俺が小声でそう告げると、二人とミルは心配そうな表情で俺の顔を覗き込んだ。

「バレたりしない？」

「もしロドリゴさんが関わってるなら、今は警戒してるだろ？」

「うん。でも俺はマップで一キロ離れたところから尾行できるから」

ロドリゴさんが黒の表示で分かりやすいからこそできることだ。さすがに一キロ離れたところからなら、警戒してる相手からも気付かれることはないだろう。

「確かにな……じゃあ、やってみるか？」

「うん。ロドリゴさんはビクトルさんと話をするって言ってたし、今ならまだギルドにいるだろうから、すぐ戻ろうかな」

「分かった。じゃあ戻ろうか」

ミレイアが俺の言葉に頷いてギルドに引き返そうとしたのを、俺は手を掴んで止めた。

「ごめん。今回は俺一人で行こうかなと思ってるんだ。一緒でも良いかもしれないけど……大人数だと目立つから」

「確かに一人の方が良いか……分かった。でも絶対に無謀なことはしないでね」

「トーゴ、気をつけろよ」

『トーゴ様……絶対にご無事で戻ってきてください』

「もちろん。無理せずに尾行してみるよ」

俺は皆と分かれてギルドに戻った。初心者狩りを捕まえる第二の作戦開始だ。

ギルドの近くにある建物の陰に身を潜めながらマップを確認すると、ギルド内に黒い点が二つあることが分かる。まだロドリゴさんはギルドの中みたいだ。もう一つの黒い点はさっき捕まえた初心者狩りだろう。初心者狩りの男は捕まえるまで色は緑だったけど、俺達が姿を現してからは黒になった。

そこもあの男を疑ってるポイントなんだよな……初心者狩りとして俺達を狙ってたなら、元々黒でも良いはずなのだ。

「あっ、動いた」

一つの黒い点が冒険者ギルドの出口に向かって動いたので、それがロドリゴさんだと確認するためにギルド出入り口をこっそり覗いた。すると出てきたのは……案の定ロドリゴさんだ。

それを確認した俺はすぐにその場を離れ、ロドリゴさんから数百メートル距離を取って尾行を開始する。一キロのギリギリだと見失う可能性があるので、少し余裕を持って追いかける。

「そこのお兄さん！　うちの野菜は美味しいよ～」

「ありがとうございます。でも宿暮らしなんですよ」

「その宿に土産っていうのはどうだい？」

「確かに……じゃあいくつかもらいます」

「毎度あり！」

たまにそんな会話をこなして、不自然じゃないように尾行をしていく。そうして歩くこと三十分ほど。普段は全く来ない街の端まで来たところで……俺はピタッと足を止めた。

ロドリゴさんが建物の中に入っていったのだ。そしてその建物の中には……黒い点がいくつもある。

「マジか……」

本当にあの人が黒幕なのかもしれない。どうしよう、アジトらしき場所を見つけただけで大収穫だし、このまま帰る？　でもどうせなら、どんな建物なのか確認しておきたいよな。それに中の様子を覗けるようなら、仲間の容姿とかを把握しておきたいし……。

闇魔法のステルスに魔力を注ぎ込めば、バレることはないだろうか。確かミルが、そこに俺がいると知っていなければ分からないって言ってたよな……。それならもうちょっと、探ってみるかな。

俺はそう決めて、ロドリゴさんが入った建物に向かうことにした。

その建物があるのは街の端で、いわゆるスラム街とでも言われるような……まあそれほどではないのかもしれないけど、でも明らかに荒れた様子から、後ろ暗い人達が集まりやすそうな場所だった。

そんな場所にある建物は、三階建ての古い住宅だ。表のドアは朽ちていて、もう誰も使ってはいないようにカモフラージュされてるけど、裏口はしっかりとしている。さらに表のドアから入った先にある廊下に続くドアは、新しいものに変えられていて施錠されていた。

どこか上に登れる場所がないかな。ステルスで気配を消してたとしても、さすがに扉を開けたら気付かれる。外からよじ登れるところとか……。

そう考えて外観を見て回っていると、二階にベランダのようなものがあることに気付いた。マップを見てみるとロドリゴさんが他の数人といるのは……ちょうどあのベランダがある部屋だ。あそこに登れたら中の様子が確認できて、話も聞けるかもしれない。

『トーゴ様、何か分かりましたか？』

隣の建物の陰に潜んで悩んでいたら、ミルからの念話が聞こえてきた。

『ミル、ロドリゴさんが街の端で黒表示の何人かと会ってるのが分かったよ。アジトみたいなところだと思う』

『え、本当ですか⁉　ということは、やっぱりロドリゴさんが初心者狩りなんでしょうか？』

『多分そうだと思うんだけど確証がないから、中の様子を確認できないか考えてるところ』

『中の様子って……その建物に向かったのですか⁉　危ないからやめてください！』

おぅ……ミルからめちゃくちゃでかい声の念話がきた。心配してくれてるのは嬉しいけど、俺の力があれば万が一があっても切り抜けられるはずだ。魔法だけは得意だから。

『無理はしないから心配しないで』

『本当ですか？　絶対ですよ？』

『分かってるよ。大丈夫』

俺はそこまで話をしたところでミルとの念話を終わらせて、ベランダの真下にこっそり向かった。そして氷魔法のアイスウォールを静かに発動して、足場を作っていく。

ロックウォールじゃなくてアイスウォールにしたのは、アイスの方が半透明でステルスによって隠しやすいからだ。自分にもアイスウォールにもステルスをかけ、侵入準備を完了させる。

静かにゆっくりと足場を登り……ベランダへの侵入に成功したところでアイスウォールをアイテムボックスに仕舞ったら、証拠隠滅も完璧だ。

「ど……すか？　また……いま……か？」

おっ、少しだけ声が聞こえる。もっと鮮明に声を聞き取れるようにと窓に近づいてしゃがみ込み、聞き耳を立てた。ちなみに窓には分厚いカーテンが掛かっていて中の様子は窺えない。

「ダメだ。あいつらからは手を引く」

ここまで近づけば、なんとか声が聞き取れるみたいだ。今のは……ロドリゴさんの声だな。

「なんでですか？　あいつらの快進撃はヤバいですよ？」

「そうだが、あいつらはダンジョンをクリアしたら街を出て行くらしい。それなら俺の脅威にはならない」

「え、そうなんすか……？」

「ああ、そうだ。それに今回は切り札だったダンジョン産の洗脳アイテムを使ったし、しばらくは大人しくしていた方が良い。ここにも数ヶ月は来ないことにする」

「それじゃあ、俺達の金はどうなるんすか？」

「もちろん払うさ。だから変なことを喋るなよ」

「へへっ、金がもらえるんなら喋りませんよ」

ロドリゴさんは男達を金で雇ってるのか……実行犯はこの男達なのかもしれないな。

それからダンジョン産の洗脳アイテムって言葉からして……ほぼ確実に、あの捕まえた男に使ったのだろう。ということは、やっぱりロドリゴさんが初心者狩りの黒幕なのか。そしてあの捕まえた男に感じた違和感は、洗脳されていたことによるものだったんだな。

「とりあえず数ヶ月は接触禁止だ。お前達もここには来るなよ」

「へ～い」

「数ヶ月後にまた連絡する。その時に今後の方針を話す。……受け取れ」

「おおっ、こんなにもらっていいんすか⁉」

「また数ヶ月後にそれと同額をやる。だから俺を裏切るなよ」

「へへへっ、こんなにもらえて裏切るわけないじゃないっすか。俺達は一生ついていきますよ」

男達の媚びるような声が聞こえた数秒後に、カツカツと足音が聞こえた。しかしその足音はすぐに止まり、また声が聞こえてくる。

「そうだ、あの男の処分は任せた。確実に殺しておけよ」

「分かってますよ。いつ正気に戻るか分からないですからね」

「自殺に見せかけろよ。あのアイテムは強力だから、急がず慎重にやれ」

その言葉を最後にまた足音が聞こえて――ローブで顔と体を隠しているロドリゴさんが建物から出てきた。ロドリゴさんは俺に気付くことなく、足早に立ち去っていく。

「数ヶ月何もしないで金が手に入るとか最高だな」

「本当だよな。それにしても街の英雄が初心者狩りをやってるとか、このスキャンダルをどこかに持ち込んだらもっと稼げるんじゃねぇか？」

「お前は馬鹿か？　実行してんのは俺達なんだから捕まるに決まってるだろ」

「……それもそうだな。このままあいつの下にいれば、楽に金が手に入るしいいか」

「そうだ。馬鹿なことはするなよ？」

「分かってんよ」

数人の男達はそんな会話をしてから、ロドリゴさんと同じように建物から出てきた。そして黒い点で表示されている人達は全員いなくなり……俺は大きく息を吐き出した。

あの男達、はっきりと初心者狩りって言ってたな。これでロドリゴさんが初心者狩りなのは確定だ。そして実行してるのはさっきの男達で、捕まえた男はダンジョン産のアイテムで洗脳されてたんだよな。確実に殺せとか言ってたし、あの人がただの被害者なら助けたいよな……。

それにしてもなんでロドリゴさんは、初心者狩りなんてやってるのだろうか。俺達が街を出るなら脅威にならないとか言ってたし、この街のトップの地位を守りたいから……とか？　でもそんなことのために犯罪を犯すかな。冒険者の中のトップでいたって、別にそこまでのメリットはない気がするんだけど。

――この先は、帰ってから皆に相談かな。一緒に考えれば良い考えが浮かぶかもしれないし。

『ミル、偵察終わったよ』

『トーゴ様、ご無事でしたか!?』

『問題なかったよ。それに色々と重大な話を聞けたから、帰ったら皆に話すね』

『はい！　すぐに帰ってきてくださ い！』

『もう建物の中には誰もいないし、中を一応見て回ってからすぐに帰るよ。ちょっと待ってて』

『気をつけてくださいね』

それから俺は何か証拠になるようなものがないかと建物を隅々まで見て回り、しかし何も発見できずに建物を後にした。さすがにそう都合よく、証拠なんて残してくれてないみたいだ。

はぁ……なんか疲れたな。帰ってミルに癒されたい。


「トーゴ様っ……！」

宿に戻って皆が集まっているミレイアの部屋に向かうと、扉を開けた瞬間に小さいミルが飛びついてきた。俺が後ろ手にドアを閉めると、ミルは千切れんばかりに尻尾を振って俺の顔をぺろぺろと舐める。

「心配しました。ご無事で良かったです……！」

「ははっ、ミルくすぐったいよ。心配かけてごめんね」

ミルをギュッと抱きしめていると、さっきまで感じていた疲れがスッと消えていく。やっぱりミルは凄いな……そして何よりも可愛い。

「待たせてごめん。ミルから聞いたかもしれないけど、ロドリゴさんが初心者狩りだったよ」

「やっぱりそうだったんだね。アジトがあったんでしょう？」

「何か分かったのか？」

「うん。なんとか少しだけ話を盗聴できたんだけど……」

それから俺は、覚えてる限りでロドリゴさんと男達が話していたことを二人に伝えた。

「完全に黒幕はロドリゴさんだね……他の人達はお金で雇われてるだけで、さらに今回捕まえた人なんて犯人っていうより被害者ってこと？」

「それなら捕まえたあいつは助けたいな。それにしても、ロドリゴさんはなんで初心者狩りなんかしてるんだろうな」

そこがよく分からないんだよな……やっぱり俺が考えたように、この街で一番でいたいからなのだろうか。

「俺達が街から出ていくなら放置って考え方なら、この街に有望な冒険者がいるのが不都合ってことだろ？　でも冒険者ってそこまでライバルとか関係なくないか？」

「これは予想だけど……エレハルデ男爵様に懇意にされてる立場を逃したくないんじゃないかな。色々と便宜を図ってもらえてるんだって噂で聞いたの」

俺はミレイアのその言葉を聞いて、ロドリゴさんの動機にやっと納得がいった。この街でトップ冒険者でいると、街を治める貴族と関係を持てるのか。それは確かに身分とか地位を重視する人からしたら、離したくない立場だろう。

「俺達はその立場を奪い取ろうなんて考えてないのにな」

「本当だよ。貴族となんて距離を取りたいぐらいなのに」

「ロドリゴさんからしたら、貴族と近づきたくない人なんていないと思ってるんだろうね」

ロドリゴさんのそんな私的な目的で、今まで怪我をさせられてきた冒険者が本当に可哀想だ。

初心者狩りが騒がれ始めた時期と街中で聞いたロドリゴさんの情報をまとめると、ロドリゴさんは最初こそ実力でこの街のトップにのし上がったはずなのに。なんで自分の力を高めるんじゃなくて、他人を落とす方にシフトしちゃったんだろう。

「これからどうする？　私達の証言だけじゃ弱いよね？」

「うん。証拠がないからな……」

あの仲間の男達から証言を得るのも難しいだろう。会話の内容からしてかなりのお金をもらってるようだったし、何よりもあいつらが実行犯だから、証言したら自分も捕まるって思ったら何も言わないに決まっている。

「トーゴ様、ロドリゴさんを捕まえるには現行犯しかないですよね？」

「そうだね。それが一番かな」

「それならば、僕達を襲いたくなるように仕向けるのはどうでしょうか。皆さんがこの街を気に入ったからここを拠点にしようと思ってると、いろんなところで話をするんです。さらにダンジョンも早めにクリアして、僕達を有名にしましょう。そうしてこの街での存在感を高めたら、さすがにロドリゴさんも手を出してくるんじゃないでしょうか？」

確かに……それが一番可能性が高いかもしれない。洗脳のアイテムはかなり希少だって話だったし、次に俺達を襲うのなら使い捨てのコマじゃなくてあの実行犯の男達か、もしかしたら失敗を恐れてロドリゴさん本人が襲ってくる可能性もある。

それならどちらでも、最終的にはロドリゴさんを逮捕できるだろう。実行犯の男達はロドリゴさんを庇うなんてことはしないだろうし、それどころか少しでも自分の罪を軽くしようとロドリゴさんに唆されたとまで言いそうだ。

「ミルちゃん賢いね！」

「町中で襲われれば目撃者もいるだろうし、どっちが襲ったかも客観的に判断してもらえるはず……うん、良い作戦かも。ロドリゴさんが行動しそうになったらまた尾行すれば完璧かな。いつ襲われるのかが分かれば、捕まえ損ねるってことはないだろうし」

「そうだね。私達がこの街で目立つようになってきたら、また尾行をしようか」

まずは噂を広めるより先にダンジョンクリアかな。最速でのダンジョンクリアと騒がれて、そこでこの街を拠点に考えてるとでも宣言したら一気にロドリゴさんは動くかもしれない。

「野営道具は揃ってるし、さっそく明日からクリア目指してダンジョンに潜る？」

「おうっ、そうだな！」

「ダンジョンの最終層には最後のボスがいるんだよね？　どんな宝箱を落とすかな」

「また鑑定が必要な珍しいやつだったら良いな」

「そういえば、そもそも最終ボスってなんでしたっけ？」

「確かオーガとその手下にオークが三体って話だよ」

どっちもまだ戦ったことがないんだよな……一応情報は本から得てるけど、慎重に戦うべきだろう。

オーガは筋骨隆々の剣を持った大男で、オークはかなり太ってるから動きは遅いけど、とにかく力が強い魔物らしい。さらにオークは脂肪が壁になって剣が通らなくて、オーガは筋肉が硬すぎて剣が通らないことで苦戦する人が多いそうだ。

「オークってオーガに従うのか？」

「どうなんだろう。ダンジョンの中だから特殊とか？」

「あんまりそういう話は聞いたことないよね」

「だよな。まあとにかく、俺達は全部倒すだけだな」

「そうだね」

それからも俺達は明日から向かうダンジョンの深層について話をして、夕食の時間になったところで食堂に下りた。今日も夕食は絶品だった。

第五話 ダンジョンクリア

ロドリゴさんが初心者狩りだと判明した次の日。俺達はダンジョンをクリアしに行くということで、ここ数日よりも倍ほどテンション高く宿を出た。

「やっぱり悪いやつらには関わりたくないな」

「本当だよね。今日はなんだか楽しいよ」

「分かる。昨日まではダンジョンの中にいても、これからまた作戦をやらないといけないのかって憂鬱《ゆううつ》だったから」

ダンジョンの深層に行くのが楽しいという俺達は、ちょっとズレてるんじゃないかって一瞬頭をよぎったけど、その考えはすぐに振り払った。楽しいのは良いことだよな。命の危険がほとんどないレベルだからというのが、大いに関係してると思うけど。

『早く下に行きましょう！』

ダンジョンの下層に行くのが凄く楽しみらしいミルは、俺達を鼻先で押して早く早くと急かしている。

「分かったよ。急ごうか」

ミルからの要望もあったのでマップを駆使して最短距離を進むことしばらく、俺達は二十五層に辿り着いていた。時間は夕食の時間を少し過ぎた頃だ。もう辺りは真っ暗で、少し前からランタンで光源を確保している。

二十五層までは二十一層、二十二層と環境は同じなので今日中に進んでしまいたいと張り切ったんだけど、思っていたよりも時間がかかった。やっぱり二十一層以降は広くなるから、移動時間だけでかなりの時間を消費する。でもここまで今日中に来られたし、早ければ明日の夕方ごろには最下層まで辿り着けるかな。

「結構疲れたね」

「うん。早めに野営に適した場所を探そうか」

「そうだな。こういう森の中だと、どこが適してるんだ？」

このダンジョンの二十五層は鬱蒼と生い茂った森の中だ。ちなみに二十六層から三十層までは岩ばかりの荒野になるらしい。

「できれば開けてる場所が良いかな。死角があると魔物に近づかれた時に気付きにくいから」

マップでこのフロアを端から確認すると……たまに森が途切れてるところがある。目指すならこういう場所かな。後は大きな岩があるところも候補の一つだ。背後を岩に守ってもらえるのは見張りが楽になる。

「とりあえず、ここに向かってみる？」

マップを皆にも見えるようにして森が途切れている場所を示すと、二人とミルは大きく頷いてくれた。

「こんな場所があるんだな」

「魔物はいないのかな」

「どうだろう。もう少し進んで一キロ以内になったら見てみるよ」

「そうだね。とりあえず向かってみようか」

『行きましょう！』

　それから魔物を倒しながら進むこと三十分、俺達の目の前には森の中に突然ぽっかりと空いた丸い円があった。ちなみに魔物の数は他の場所と同様で、多くも少なくもない。

「これってさ、何かの罠だと思う？」

「明らかに罠っぽいけど……マップでは特に何もないんだよね？」

「うん。それに地図にもダンジョンに関する本にも、ただの森が途切れた場所ってなってた気がする」

「じゃあ、本当にそうなんだろうな」

　ダンジョンって不思議だ。こういう地上ではあり得ない環境があるところも面白いところだよな。もしかしたらこの穴って、何かあるかもしれないと冒険者を足止めすることこそが真の目的なのかも。

　俺達はマップがあるからすぐに何もないって分かっちゃうけど、普通の冒険者なら魔物がいないか警戒しつつ、隠し部屋や宝箱を探したりするんだろう。その末に何もなかったらどっと疲れそうだ。

「ここで野営をしようか。この円の真ん中なら魔物が隠れる場所がなくて、見張りもしやすいだろうし」

「そうだな」

「じゃあまずはテントから張ろう」

『わくわくしますね！』

ミルはまるでキャンプでもするかのようにうきうきだ。確かにここでならキャンプみたいなものだよな……ボスロックモンキーが群れになって襲ってくるから、弱い冒険者にとっては死地に等しいのかもしれないけど、もうボスロックモンキーも倒し慣れちゃったし。

「ミル、周辺に他の冒険者はいないし、ここに来るまで誰にも会わなかったから、野営の最中は普通に話して良いよ。というか多分、この先は普通に話して大丈夫だと思う。冒険者がいたら教えるから、その時は念話にしてくれる？」

「分かりました！」

ミルは普通に話せると聞いてますますテンションが上がったらしい。やっぱりミレイアとウィリーと、俺を介さなくても会話ができるのが嬉しいのだろう。

「トーゴ、テントを張る前に地面を平らに均した方が良いんじゃない？」

「確かにちょっと石とかあるしゴツゴツしてるか。魔法でやっちゃうよ。うーん……土よ動け」

地面を平らにする魔法の呪文に心当たりがなかったので適当に唱えてみると、発動はしたけどかなり魔力の消費量が多くなってしまった。やっぱりちゃんと最適な呪文じゃないとダメだな。今度土魔法についての本を読んで確認しておこう。

「これで大丈夫？」

「うん、問題なさそう。じゃあテントを張ろうか」

「今出すよ」

テントは値段を気にせず快適そうなやつを買ったので、アイテムボックスから取り出してみると結構な大きさだ。でも冒険者用で組み立てやすいやつを選んだから、張るのは簡単なはず。

「まずは、側面から出てる紐を引くらしいよ。そうすると畳まれてるテントが広がるんだって」

「これか？　……おおっ、広がったぞ！」

「凄いね。こうして広げるとかなり大きいかも」

「ミレイア、そっちの支柱みたいなやつを立ててくれる？　指を挟まないように気をつけて」

組み立ての説明書に従って数分テントと格闘していると、問題なく大きなテントを完成させることができた。これなら夜も快適に眠れそうだ。

『なんだかキャンプみたいで楽しいですね！』

ミルはキャンプという文化がこの国にはないので配慮したのか、念話で俺にそう伝えてきた。

やっぱりキャンプっぽいって思っちゃうよな……。

『これでバーベキューもしたら完璧じゃない？』

『バーベキュー、やりたいです！』

『せっかくだし……やろうか。必要なものは全部あるし』

『本当ですか!?』

『うん。バーベキューだけじゃなくて、キャンプ飯的な感じで色々と料理をしようか。お米を外で炊くのとか雰囲気でない？　おこげとか作ってさ』

俺のその提案にミルは嬉しすぎたのか、体を小さく変化させて俺の腕の中に飛び込んでくる。

『トーゴ様、それやりましょう！』

「ふふっ、ミル、くすぐったいって」

「二人で何か話してたの？」

「うん。外で料理をしたら楽しそうじゃないかって。どう思う？　そんな余裕あるかな？」

俺のその問いかけにミレイアは楽しそうに微笑んで、ウィリーは凄い勢いで何度も頷いた。

「もちろんあるに決まってる！　色々と作って食べようぜ！」

「ははっ、じゃあそうしようか」

「ウィリーさん、たくさん食べましょう！」

そうして俺達はこれから料理をすることに決めて、まずはテントの外に調理場を作るところから始めることにした。

アイテムボックスの中には色々と買い揃えているので、急遽バーベキューをすることになっても問題なく道具や食材は揃っている。俺はまず低めの椅子とテーブルを取り出してテントの側に設置し、テントに火が燃え移らないように少し離れたところで火を燃やすことにした。

皆で近くにある乾いた木と枯れ草を集め、そこに火魔法のファイヤーで火をつける。そして野営の時に使えると購入した、鉄製の調理台を火の上に設置した。これは下で火をつければ、フライパンや鍋などが火にかけられるから便利だと言われて買ったものだ。買った時は必要ないと思ったけど、今となっては買って良かったな。

「まずは何から作るんだ？」

「火にかけられるのは二つだけだから、片方には鉄板を置いて肉を焼こうか。もう片方では米を炊いて良い？　焼いた肉と一緒に米を食べたら最高じゃない？」

「最高すぎる！」

俺の提案は皆にすぐ了承してもらえたので、俺は鉄板と大きな鍋を取り出して、鉄板はそのまま火の上に置いた。鍋は米の準備をしてからだ。

「俺が米を炊くから、二人には肉をお願いしても良い？」

「もちろん。どんどん焼くよ」

「俺も頑張って食べるぞっ！」

「ははっ、ウィリーは食べることに関しては頑張らなくても大丈夫」

「では僕が頑張ります！」

ミルも頑張る必要はないほどにいつも食べてるよな……そう思いつつ、キリッとした表情のミルが可愛くて否定できなかった。

「じゃあお肉は色々とここに出しておくから、自由に取って焼いてくれる？　タレとか塩、後は香辛料も出しておくよ」

「ありがとう。トーゴは米をよろしくね」

肉はダメにならないようにと氷で冷やすようにして二人に渡し、俺は米をアイテムボックスから大量に取り出した。大きなボウルに入れて水で何度か洗い、綺麗にしてから鍋に入れる。

一応米の炊き方はソフィアさんに聞いてあるので、なんとか上手くできるはずだ。水の量は米の量よりも少し多いぐらいで、鍋の蓋は少し開けるぐらいがちょうど良い。でも火力にもよるから、途中で確認しつつやってみよう。

「うおぉぉぉ、めっちゃ良い匂いがしてきたぞ！」

「それってレッドカウ？」

「うん。ウィリーがステーキを食べたいっていうから。とりあえず一人一枚で焼いてるよ」

ウィリーとミルはもう待ちきれないようで、鉄板に近づいて焼ける時を今か今かと待ち構えている。

「トーゴ、米は炊けたか？」

「まだ火にかけたところ。数十分は待ってて」

「そんなにかかるのか！」

「料理には時間がかかるんだよ。……あっ、ウィリー、あっちからちょうどよく魔物が近づいてきてるみたい。倒してるうちに肉が焼き上がってるんじゃない？」

俺のその言葉にウィリーは空腹だからか、捕食者のような目をして魔物がいるだろう方向を見つめた。そしてニヤリと笑みを浮かべる。

「俺が倒してくるぜ！」

「ありがと。ミルも一緒に行ってくれる？　さすがに一人は危険だから」

「分かりました！　トーゴ様とミレイアさんは料理をお願いします！」

そうして凄い勢いで駆けて行った二人はすぐに魔物と出会い、ほとんど時間をかけずに倒したらしい。マップに映る魔物の反応が一瞬で消えた。

「ミレイア、もう倒したみたい」

「え、もう⁉　まだ全然お肉は焼けないよ？」

「時間稼ぎにならなかったね」

俺とミレイアがそんな話をして苦笑を浮かべながら顔を見合わせていると、二人が駆けて戻ってくる音が聞こえた。

「もう焼けたか⁉」

「まだ全然。早すぎるって」

「えぇ～トーゴ、他に魔物はいないか？」

「今のところはいないみたい。じゃあウィリー、米が炊けたらスープを作るから野菜を切ってくれる？」

「分かったぜ！」

ウィリーは意外にも素直に頷いたので、俺はまな板といくつかの野菜を出してウィリーに渡した。さらに切れ味の悪いナイフも渡す。ウィリーは力が強いので、切れ味が良いものを渡すとまな板まで切ってしまう恐れがあるのだ。

まあ切れ味が悪くても、ウィリーなら素手でまな板をバキッと割れるだろうし、あんまり関係ないかもしれないけど。

「ウィリーって料理できるの？　というか私達って、一緒に料理するの初めてだよね」

「確かに言われてみれば」

「いつも買ってばかりですもんね！」

「俺は料理できるぞ。家でたまにやってたんだ」

そうなんだ……確かに手付きは悪くないかも。まな板も切れてないし大丈夫そうだ。

「ウィリー、ついでにこのお肉も切ってくれる？　これは一口サイズに切って焼こうかと思って」

「おうっ、分かったぜ」

それからは皆で分担して調理を進めて、ウィリーが野菜と肉を切り終わった時にちょうどステーキが焼き終わり、さらには米も炊き上がった。米は火力が強かったのか、予想より早くに完成だ。多分おこげがかなりできてるけど、まあそれも美味いから良いよな。

「さっそく食べようか」

「おうっ、もう腹が減りすぎて倒れそうだ」

俺はウィリーのその言葉を聞いて、アイテムボックスからまずはウィリー用の大きな器を取り出し、白米を何人前だろうってほどによそった。そしてミレイアに頼んで、その上に一口サイズに切り分けたステーキを載せてもらう。これで……ステーキ丼の完成だ！

全員分のステーキ丼を作り終えたところで、皆で声を揃えて食前の祈りを済ませ、ステーキ丼にスプーンを差し込む。零さないように大きな口を開けて食べると……焼きたて熱々のステーキから、旨味が詰まった肉汁が溢れ出てきた。

少し強めに効かせてある塩味がレッドボアの肉と最高に合っているし、米は噛めば噛むほどに甘みが出てきて、さらに少しだけ香ばしい香りがついているのも最高だ。

「これはヤバい、二十杯はいける」

「凄く美味しいね……レッドボアのお肉ってこんなに美味しかったっけ？」

「なんか今までで一番美味しい気がする」

「美味しすぎます！　僕も十杯はいけます！」

やっぱり自分達で調理してっていうのが違うんだろうな。それに外で食べてるっていうのも、

美味しさを増す理由になってるだろう。

「もっと肉を焼こうぜ！」

「そうだね。ちょっと待ってて」

それからの俺達は食欲が爆発し、作ったものを食べながら次に食べるものの調理をすることにした。ステーキ丼の次は焼肉だ。ミレイアが次々と一口大に切ったお肉を鉄板に載せていき、それをウィリーがひっくり返す。

「こっちはスープを作るよ」

俺はスープ作りだ。ウィリーが喜ぶように肉を入れようかな。ビッグバードの……あんまり脂がない部位を大量に。さすがに脂身多めの肉ばっかりは、しつこく感じてくる。

「野営ってこんなに楽しいんだな。もっとやりたいぜ」

「普通はもっと厳しいものなんだけど、私達がこのレベルのダンジョンでやると楽しいだけになるね」

野営が楽しいなんて、大多数の冒険者に首を傾げられて睨まれて眉を顰《ひそ》められる、そんな発言だろう。普通は野営なんて、全く気が休まらないただただ夜を明かすためだけの疲れる時間だから。

「確かに楽しい」

でも、ウィリーの発言には同意せざるを得ない。もうこれは野営じゃなくてキャンプだ。これがおいしくない保存食を少し食べるだけとかなら嫌だなって思うんだろうけど、バーベキューを開催してるからな……。

「ウィリーさん、そのお肉焼けてませんか⁉」

肉の様子を確認するために大きくなったミルに指摘されると、ウィリーは慌ててトングを手に取った。

「危なかったぜ、ミルありがとな」

「いえ、お肉のためなら当然です！」

俺達はそれからも、途中で襲ってきた魔物を瞬殺しつつ夕食を楽しみ、大満足でバーベキューを終えた。

「幸せすぎたな……」

「本当ですね。美味しすぎました」

「二人とも、一応ここはダンジョンなんだからね。夜の見張りはやらないとだよ？」

「おうっ、分かってるぜ！」

ウィリーはさっきまでのゆるゆるな表情から一気に真剣な表情になり、自分の斧を叩いた。

「じゃあ見張りだけど、俺とウィリー、ミルとミレイアのペアで良い？」

「うん。私は良いよ」

「俺も良いぜ」

「僕もです！」

テントは一つしかなくてミレイアは女性だから、俺達と一緒に寝るのはさすがに微妙かなと思ってこのペアにしたのだ。ミルはミレイアと一緒に寝られるとあって、尻尾を高速で振って喜んでいる。ミレイアもいつかはミルと一緒に寝てみたかったようで嬉しそうだ。

「テントの中に布を敷いたりしようか」

「そうだね。ミルちゃんに快適なベッドを作ってあげないと」

大量に買い込んだ敷き布や毛布をアイテムボックスから出すと、ミレイアが楽しそうにテントの中に運んでいく。そうしてでき上がった寝床は……宿のベッドよりも明らかに豪華なものだった。もうダンジョンの中だなんて信じられないな。

「どう？　良い感じじゃない？」

「すげぇな、快適そうだ」

「思いっきりダイブしたいです！」

「じゃあミル、足を綺麗にしようか」

「よろしくお願いします！」

小型犬サイズになったミルを抱き上げて濡らした布で綺麗に足を拭き、テントの入り口に立った。するとミルは俺の腕から思いっきり寝床の中に飛び込む。

ぼふっとふかふかの布に着地したミルは、さいっこうに可愛い。

「凄いです！　ふかふかです！」

「ミルちゃん、可愛いねぇ～！」

ミルの可愛さにやられたらしいミレイアは、靴を脱いでテントの中に入るとミルを抱き上げた。

「じゃあ一応、魔物除けの香水を振りかけておくよ」

幻光華を主原料として作られる魔物除けの香水は、試しに一本だけ買ってみたのだ。ミルに嗅いでもらっても特に問題はなさそうだったので、効果は定かじゃないけど使ってみる。

「ありがとう。見張りをよろしくね」

「もちろん。安心して休んで」

「任せとけ！」

ミレイアとミルと挨拶をしてからテントの入り口を閉め、俺達は火がある場所に戻った。

見張りをやってる時間は暇だから料理でもしてようかな……多分ウィリーが全部食べてくれるし、残ってもアイテムボックスに入れておけば良い。

「トーゴ、魔物は近くにいるか？」

「ううん、いないみたい」

「じゃあ俺は武器の手入れをするな。魔物が現れたら教えてくれ」

「了解。俺は料理をしてるけど気にしないで」

「マジか！　味見は俺に任せてくれ！」

「ははっ、分かったよ」

料理と聞いて突然瞳を輝かせたウィリーに苦笑しつつ、俺はまた米を炊くために鍋を取り出した。これから作るのは多種多様なおにぎりだ。俺は中に肉が入ったおにぎりとか野菜炒めが入ったやつとか、そういうちょっと特殊なのが好きなのだ。

「米を炊きながら中に入れるものを作るかな」

それからの俺達は各々好きな時間を過ごしながら見張りをし、途中で三匹の魔物を倒してミレイアとミルと見張りを替わった。数時間で三匹しか魔物が来なかったことを考えると、魔物除けの香水はかなりの効果があるようだ。

そしてそこからは短い時間だけど快適な寝床の中で眠りに落ちて……特に問題はないまま、朝を迎えた。

外が明るくなったことで目が覚めた俺とウィリーは、テントから出て大きく伸びをする。するとミレイアの横に大きくなったミルが寝そべっていた。

「あっ、二人ともおはよう」

「おはよう。夜は大丈夫だった？」

「うん。ミルちゃんが匂いと音で魔物が近づいてくるとすぐに教えてくれたから、問題なかったよ。魔物もミルちゃんが倒してくれて、私は弓で補助するぐらいで」

ミレイアのその言葉を聞きながら、ミルは隣でドヤ顔だ。褒めて欲しいのか耳がぴくぴく動いている。

「ミル、凄いな。ありがとう」

俺がミルの首元にギュッと抱きつきながらそう告げると、ミルは途端に尻尾を高速で振って喜びを露わにした。本当に分かりやすくて可愛いなぁ。

「朝ご飯食べようぜ！」

全くブレないウィリーのその言葉によって、俺達はテントを片付けて朝食の時間にすることにした。朝ご飯を作るのは大変なので、アイテムボックスに入っているサンドウィッチだ。

「何個食べる？」

「私は二個で」

「僕は五個食べます！」

「俺はとりあえず十個だな！」

「はーい。俺はミレイアと同じで二個かな」

　お気に入りの屋台で大量に購入していたサンドウィッチから各々好きなものを選んで、フルーツジュースやお茶などの飲み物と共に食べる。俺が選んだのはマヨネーズみたいなソースが使われた、淡白な肉が入っているサンドウィッチだ。これが一番さっぱりしていて、でも美味しくて気に入っている。

「今日はすぐ次の層に行くよな？」

「うん。その予定だよ」

「次の層からは荒野なんだよね？」

「そうみたい。サンドスコーピオンとかゴーレムとかいるらしいから、気を引き締めようか」

　ここまでこのダンジョンは基本的に草原や森林だったけど、ここに来て荒野に変わる。環境が変わると気をつけないといけないことや魔物の種類も大幅に変わるし、とにかく慎重にだな。

　サンドスコーピオンとか、毒持ちらしいから特に気をつけないと。というかサンドスコーピオンって、砂漠にいるイメージだけど荒野にもいるんだな。

「新しい魔物と出会えるなんて楽しみだな！」

「そうですね。僕の爪が通るのか楽しみです！」

　ウィリーとミルは期待に瞳を輝かせている。この調子だと、二人が大活躍してくれて後衛の俺とミレイアはあんまり出番がなさそうだ。でも油断しないようにしないと。

「そろそろ行こうか」

「そうだね」

「おうっ」

「行きましょう！」

それからマップですぐに階段を見つけて、もう一つ下の階に下りると……そこに広がっていたのは、どこまでも続くような果てしない荒野だった。

「うわぁ、広いね」

「これはアイテムボックスがなかったら、食料を運ぶだけで苦戦しそうだ」

「すげぇな。何回も言ってるけど、ここ地下だぞ？」

「魔物がたくさんいますね」

ミルが言っているように、上の階とは比べ物にならないほど魔物の密度が高い。多分ここまで来られる冒険者が少なくて、魔物があんまり狩られないからなんだろう。

「魔物と戦いながら進む？　できる限り避ける？」

「そりゃあ決まってる、戦いながらだ！」

「ははっ、りょーかい。じゃああっちに行こう」

すぐ近くに見える魔物を指差すと、皆が楽しそうな表情で一斉に頷いた。俺達のパーティーって意外と戦いが好きだよな。……意外でもないか？

「あれってサンドスコーピオンだよな？」

「多分そうだと思う。動きが素早いのと尻尾に毒針があること、それからあのハサミに気をつけて。あのハサミはめちゃくちゃ切れ味が良いらしいから」

「毒針はできる限り私が結界で防ぐよ」

「頼んだぜ。じゃあミル行くぞ」

「はいっ！」

俺とミレイアは二人がサンドスコーピオンに駆けていったのを見送りつつ、それぞれ攻撃の準備をした。ミレイアは弓を構えながら結界をいつでも発動できるようにして、俺はアイスピアを宙にいくつか浮かせる。

「おりゃあぁ！」

先陣切ってウィリーが斧で切り掛かると、サンドスコーピオンは素早い動きでそれを避けた。そしてウィリーの胴体を真っ二つに切ろうとするようにハサミを掲げるも、そのハサミに対してミルが攻撃を仕掛ける。

ミルの爪での攻撃はサンドスコーピオンの殻をものともしないようで、サンドスコーピオンはかなり苦しんでいる様子だ。これで右のハサミは使えない。

「ミルやるな！　俺だってっ」

ウィリーがそう言って左のハサミに斬りかかろうとすると、サンドスコーピオンも学習したのか、ハサミではなく尻尾の毒針でウィリーに攻撃を仕掛けた。しかしその毒針はミレイアの結界に阻まれ、サンドスコーピオンはその衝撃で少しだけ体が硬直しているところを……ウィリーの斧が襲った。

ウィリーの斧で胴体に深い傷をつけられたサンドスコーピオンは苦しみから暴れ回ろうとするが、俺のアイスピアが傷口に追い打ちをかけて、すぐに動かなくなった。

「よしっ、俺達なら問題なく勝てるな！」

「誰も怪我してない？」

「してません！」

「私も大丈夫だよ。倒せて良かったね」

マップでサンドスコーピオンが映らなくなったことを確認してから近づくと、かなりの大きさだと分かる。それに……殻は相当硬い。ダンジョンの本には、この殻に阻まれて攻撃が通らなくて苦戦するって書かれてたけど、それも納得の固さだな。

俺達にとっては問題なかったけど。

「仕舞っちゃうよ。どんどん行こうか」

「うん！」

サンドスコーピオンをアイテムボックスに仕舞った俺は、次の魔物を定めるためにマップに意識を向けた。

そうして楽しみながら魔物との戦闘に明け暮れ、昼休憩をして午後も魔物との戦いに身を投じ……またお腹が空いて夕方になったことに気付いた頃には、三十層に続く階段に辿り着いていた。

やっぱり広いと言っても階段の場所が正確に分かるし、ミルに大きくなってもらって全員で乗って移動もしたので、かなりの速度で進むことができたみたいだ。

「この下が最後か……」

「確か三十層は、最終ボスがいるフロアがあるだけなんだよね？」

「そうだよ。どうする？　今日はここで一晩休んで明日の朝に最終ボスと戦うか、このまま戦っちゃうか」

「うーん、悩むけど一応一晩休んでおく？　慢心は良くないだろうし、できれば疲れがない状態で臨みたいかな」

　確かに油断するのは危険だな。俺の魔力もかなり減ってるし、ここは明日にしよう。

「じゃあ野営をしよう。今日は屋台飯でも食べて早めに寝ようか」

「そうだな」

「分かりました！」

　それから素早く野営準備をして夕食を食べた俺達は、順番にぐっすりと眠った。

　そして次の日の朝、全員が万全の体調だ。朝食を食べて少し休んだら、三十層に続く階段へ向かう。ミルは大きくなってやる気十分な様子だ。

「下りたらすぐに戦闘開始か？」

「その可能性もあると思う。だから気を引き締めていこう」

　最後のボスはオーガとオーク。問題なく倒せると信じたいけど、初めて戦う魔物だから少し怖いのも事実だ。あとは……姿形が人に近い魔物だから嫌だなと思っている。

　でもそんなことはこの世界で言ってられないよな。俺はバシっと自分の頬を叩き気合いを入れて、皆の顔を見回した。

「行こうか」

「そうだね。油断せずに頑張ろう」

「おうっ、まずは俺とミルが行くので良いか？」

「うん。お願いしても良い？」

「もちろんだ」

「僕が皆さんをお守りします！」

ウィリーとミルのそんな頼もしい言葉に、俺とミレイアはよろしくねと返答して二人を送り出した。そしてその後すぐに俺達も続く。

階段を下りた先にあったのは……久しぶりの洞窟だった。かなり広い洞窟の中にはオーガが一体とオークが三体いて、俺達が広場に足を踏み入れた瞬間に、洞窟全体が震えるほどの雄叫びをあげて一斉に飛び掛かってくる。

「結界！」

「うわっ、あんなにデカくて素早いのかよ!?」

ガキンッとオーガの剣がミレイアの結界にぶつかる音が響き、その数秒後にはオークが持つ棍棒が結界に当たる鈍い音も響き渡った。

「アイススピアァッ」

結界に阻まれて動きを止めている間に先制攻撃を……そう思ってかなり魔力を込めたアイススピアを放ったけど、それはオーガの剣で簡単に薙ぎ払われてしまう。

「マジか……」

「オーガってすげぇな！　次は俺だ！」

オーガの腕を上手く足場に使って飛び上がったウィリーは、オーガの肩に向けて斧を思いっきり振り下ろすもオーガの剣で止められてしまった。ただオーガの方が力が弱いようで、ウィリーはすぐに剣を弾いてオーガにもう一度斧を振り下ろす。

　すると今度は止める間もなかったらしく、ウィリーの斧はオーガの肩にめり込んだ。

「ウィリーさすが！」

　やっぱりウィリーの怪力って凄いな。スピード勝負の敵には少し弱いところもあるけど、力勝負なら負けることはない気がする。

「ウォォォォォォォォォ‼」

　オーガはウィリーの攻撃がかなりのダメージだったのか、雄叫びを上げながらその場に膝をついた。そしてそんな隙を見逃すウィリーではない。

「もう一回いくぞっ！」

　気合いを入れるためかそう叫びながらオーガに向かって飛び掛かり……首を正確に狙ったその攻撃は、オーガの首を胴体から切り離した。

　マジで凄いな……オーガってかなり強くて硬くて、時間をかけて少しずつダメージを与えていくしかないって書いてあったのに。

「アイススピア」

　ウィリーの勢いに煽られて、俺も魔力を注ぎ込んだ大きなアイススピアをオークに向けて放つと、アイススピアはオークの眉間にピンポイントで突き刺さり、オークをそのまま絶命させた。

　さらにあと二体のオークもミルの風魔法で切り刻まれ、ミレイアの矢が的確に瞳に突き刺さり、それぞれ絶命している。

「——終わった、ね？」

ミレイアのその呟きを聞いて、俺はゆっくりと頷いた。もっと苦戦するかもって思ってたんだけど、予想以上に早く終わってしまった。やっぱり俺達って強くなってるんだな……。

それにこのダンジョンは、少しレベルが低すぎたのかもしれない。

「もっと手応えがある敵が良かったな。サンドスコーピオンの方が強くないか？」

「僕もそう思いました……」

このレベル差だと、素早い敵の方が強敵に感じるんだろう。これは早めにロドリゴさんの件を解決して、次のダンジョンに移った方が良い気がする。この楽勝モードに慣れるのは良くない。

「このダンジョンは中級者向けだから、次はもっと強い敵がいるところに行こうか」

「そうだな。……おっ、あれ宝箱だぞ！」

「本当だ。何が入ってるのかな」

「開けてみようか」

皆で宝箱に駆け寄って代表して俺が蓋を開けると……中にあったのは、角だった。さっきまで戦っていたオーガの頭に付いていた角だ。

「え～、またハズレだね」

「本当だな。これってなんか良い効果があるのか？」

「どうなんだろう。調べるのも大変だしギルドで聞こうか」

「そうだね。じゃあ、ついに転移だね」

「やっとですね！　ダンジョンコアに触れれば良いんですよね？」

この広場の奥には赤く輝く宝石が壁に埋まっている。あれがダンジョンコアだろう。俺達は少し緊張しながら、全員でダンジョンコアに近づいた。ミルはいつ転移をしても良いように、体を中型に変化させたみたいだ。

「綺麗だけど普通の石に見えるね」

「本当だな……」

『トーゴ様、ダンジョンコアに話しかけたり干渉したりできないのですか？』

『そう思ってやってみてるんだけど、特に何も応答はないんだ』

　このぐらいの弱いダンジョンだとダンジョンコアが持つ権限も弱いけど、意思疎通ぐらいはできないのかな……念話じゃ通じないのだろうか。

『ミル、ちょっと二人を他の場所に誘導してくれない？　普通に話しかけてみたい』

『分かりました。やってみます！』

　俺のお願いに頼もしく頷いてくれたミルは、何かが聞こえたように耳をぴくぴくと動かしてから、突然ダンジョンコアから離れた場所に駆け出した。

「皆さん、こっちに何かあるかもしれません！」

　すると好奇心旺盛なウィリーはすぐにミルを追いかけて、ミルが大好きで心配性なミレイアも、慌ててミルを追いかける。そうして二人が離れたことを確認して……。

「ダンジョンコア、応答しろ。俺はこの世界の神だ」

　命令口調で話しかけてみたけど、特に何の反応もない。それからも色々と試してみたけど、全く反応はなかった。ダンジョンコアと意思疎通をするのは難しいのかな……少なくとも、このレベルのダンジョンでは無理なんだろう。

『ミル、無理みたいだからもう良いよ。ありがとう』

『かしこまりました！』

「何かあると思ったんですが違ったみたいです。トーゴ様のところに戻りましょう」

「なんだ、ミルでもそんなことがあるんだな」

「もうミルちゃん、心配だから突然どこかに行かないでね？」

皆はそんな会話をしながら、少し残念そうにダンジョンコアの近くまで戻ってくる。

「何もなかったんだ」

「はい。何か聞こえた気がしたのですが、気のせいでした。すみません」

「ううん、気になるところがあったらいつでも言ってくれて良いよ」

『ミルごめんね。ありがとう』

『お役に立てて良かったです！』

それからは皆でミルを慰めるように、俺は労うように頭を撫でて、ついに転移を試してみることにした。

「一斉に触ろうか」

「おうっ」

「良いよ。トーゴが合図してね」

「了解。——三、二、一、っ！」

俺の掛け声によって全員が同じタイミングでダンジョンコアに触れると、目の前が突然真っ白になり……数秒後にはダンジョンの入り口近くに戻っていた。

瞳をぱちぱちと瞬かせながら周囲の状況を確認すると、ダンジョンの入り口にいつもいる二人の男性が、俺達のことを驚愕の表情で見つめているのが目に入った。

「お、お前達……もしかして、ダンジョンをクリアしたのか⁉」

「クリアしたぜ！」

「マジかよ、まだこの街に来て数週間じゃねぇか！　凄すぎるだろ！」

「へへっ、まあな」

ウィリーは褒められて得意げな笑みを浮かべている。これからは目立たないといけないんだから、謙遜するんじゃなくてこのぐらいがちょうど良いよな。

ミレイアもそう思ったのか、笑顔で男性達の称賛に応えた。

「ありがとう。頑張って鍛錬してるからかな」

「それでも才能がなきゃ無理だろ。お前達は凄い冒険者になるかもしれないな！」

「そうなれたら嬉しいよ」

「お前達みたいなのがずっといてくれると、この街はもっと安心だなぁ」

一人の男性が発したその言葉に、俺はにっこりと笑みを浮かべて口を開いた。

「実はそのつもりなんだ。本当はクリアしたら別の街に行こうかと思ってたんだけど、この街は良い街だから拠点にしても良いかもって話し合ってて」

「本当か？　そりゃあいい話だな」

素直に喜んでくれている二人には申し訳ない気持ちになるけど、これもロドリゴさんを捕まえるためだと自分に言い聞かせる。

「ダンジョンを初めてクリアしたやつが出たらギルドに報告する決まりなんだ。俺が一緒に行ってもいいか？」

「え、そうなんだ。もちろん良いよ」

「じゃあさっそく行こうぜ。皆に驚かれるぞ！」

そう言ってウィリーの肩に腕を回した男性は、楽しそうに俺達を連れてギルドに向かった。

ダンジョンの入り口にいつもいる男性と一緒にギルドに入ると、俺達に視線が集まった。まさか……という視線の中で男性が一歩前に出て、高らかに宣言する。

「光の桜華がダンジョンをクリアしたぞ！　数週間でのクリアは快挙だ！」

するとそれによってギルド内は騒然となった。今までは俺達のことを特に気に留めてなかった人達が、あいつらは誰だってそこかしこで話をしている。

これは予想以上に知名度を上げられそうだ。まずはダンジョンをクリアしようって決めたのは正解だったかも。それにクリアした時間も良かったな。まだ朝早い時間だから、ダンジョンに潜る前の冒険者がたくさんいる。

「この街にまた最高の冒険者が生まれたな。ロドリゴさんに続いてこの街は安泰だ」

男性が何気なく口にしたその言葉を受けて、ちょうどギルドの奥にいたロドリゴさんが俺達の下に近づいてきた。おじさん、ナイス！

「トーゴ達、もうクリアしたのか？　本当に凄いな。俺がお前達に教えることなんて何もなかったな」

「いえ、ロドリゴさんには及びません。でもクリアできて嬉しいです」

俺が笑顔でそう返すと、少しだけ沈黙が流れてからロドリゴさんが口を開く。

「お前達がずっとこの街にいてくれたら嬉しかったんだが残念だな。他の街に行くんだろう？」

来たっ！　これでこの街にいようか悩んでるって、本人に直接告げられる。

「いえ、それが悩んでいるんです。この街は居心地が良いので、拠点にしようかって話し合っていて」

「……そうなのか？　それは、嬉しいな。だがお前達ならもっと上のダンジョンクリアを目指せるんじゃないか？　まだ若いことだしな」

「それも考えたのですが、ここを拠点にしてたまに他のダンジョンへ遠征という形でも良いかなと思っているんです」

俺のその言葉を聞いたロドリゴさんは、目の前にいる俺にしか分からない程度に顔を引き攣らせた。よしっ、動揺してるっぽい。

「そ、そうか、まあ、そんなにすぐ決めなくても悩めば良い」

「はい。そうしたいと思います」

そこまで話したところでロドリゴさんは別の冒険者に話しかけられ、俺達から離れていった。

すると今度はアルド達が笑顔で近づいてきてくれる。

「トーゴ、ウィリー、ミレイア、すげぇな！」

「まさかもうクリアしちゃうなんて、驚きだよ」

「おめでとうございます」

「皆ありがとう。アルドはもう大丈夫？」

俺がそう聞くと、アルドは腕をぐるぐる回して全く問題ないぜと笑みを浮かべた。ちゃんと治せたみたいで良かった……アルドとは治癒の後に何度か会ったんだけど、まだフラフラするって言ってたから心配してたのだ。多分血を流しすぎたことによる、貧血とかだったんだろう。

「そういえば、初心者狩りが捕まったんだってな！」

「さっきそのニュースを聞いて、皆で喜んでたんだ。そこに皆のダンジョンクリアのニュースも舞い込んできて、今日は最高の日だよ！」

「お祝いをしなければなりませんね」

アルド達の心からの笑みを見て、俺達は微妙な感情になる。初心者狩り、まだ捕まってないんだよなぁ。

というか今気付いたけど、アルドのことは俺が完璧に治癒したから、もしかしたらまたロドリゴさんに狙われるって可能性もあるのか。そんなことにならないように、早く捕まえないと。

「本当に捕まって良かったよ。俺達も狙われる可能性が高いと思ってたから」

まさかロドリゴさんが本当の初心者狩りなんだと言えるわけもなく、不自然に思われないように笑みを浮かべて返答する。

「そうだよなぁ。本当に良かったぜ。そうだ、今日これから一緒に祝いをやらねぇか？」

「それいいね！」

「うーん、嬉しいんだけど、今日はちょっと疲れてるからまた今度でも良い？　やっぱりダンジョン内での野営は疲れるみたい。荒野は暑くて体力を奪われるし」

本当は野営はキャンプさながらの楽しさで、荒野は新しい魔物に楽しんでたんだけど、少しだけ嘘をついて断った。アルド達ごめん……この後はロドリゴさんの様子を監視したいから、食事をしてる場合じゃないんだ。

「確かにそうだよな。じゃあまた今度な！」

「うん。ありがと」

そこまで話したところで俺達はギルドマスターであるビクトルさんに呼ばれ、ギルドの応接室に向かった。そしてそこで三十分近く拘束され、やっとギルドを出ることができた。

「トーゴ、ロドリゴさんは？」

ギルドから少し離れたところで小声でそう聞いてきたミレイアに、俺も小声で返答する。

「ずっとマップを見てたんだけど向こうの方向に進んで、十分前ぐらいにマップの範囲から消えたところ。とりあえず、ロドリゴさんが消えた場所に向かうので良い？」

「もちろんだ。今回は皆で行くので良いよな？」

「とりあえずそうしようか。目立たないように、宿へのお土産を探してるって設定にしよう」

「分かったぜ」

『任せてください！』

それからは不自然に思われない程度に急ぎながら、お腹を空かせたウィリーとミルの食べ物を買って食べ歩きをしつつ進むこと三十分、やっとロドリゴさんをマップに捕らえた。

「居場所が分かったよ。高級な宿屋にいるみたい」

「ということは、今日は何か企んだりしてるんじゃなくて定宿に戻ったってことか？」

「多分そうだと思う。あの宿は……暁の双子亭からは一キロ以上離れてるのか。とりあえず夜まではこの周辺で監視して、動きがなかったらまた明日の朝早くにあの宿が範囲に入るところに行って、ロドリゴさんを尾行しよう」

「そうだね。私も一緒に行くよ」

「もちろん俺も行くぜ！」

『僕もです！』

そう言った皆の瞳を見ると意志は固そうだったので、俺は苦笑しつつ頷いた。

「分かった。じゃあ皆で尾行しよう。しばらくはダンジョンをクリアした休みってことで違和感ないと思うし……この街の観光をする設定でいこうか」

「了解！」

「食べ歩きぐらいは良いよな？」

「そのぐらいは全然できると思うよ」

「よしっ！」

食べ歩きオッケーの言葉にウィリーがグッと拳を握ってミルも尻尾を高速で振って、そんないつも通りの光景に皆で笑顔になった。

それから俺達はロドリゴさんの定宿周辺で買い物を楽しみ、何も動きがないことを確認してから宿に戻り、明日に備えて早めに眠りについた。

第六話　現行犯逮捕と危機

　ロドリゴさんを尾行する毎日を過ごして三日が過ぎ、その間に何も動きがなかったので作戦失敗か……そう思い始めた四日目の夜。ロドリゴさんがいつもの定宿じゃなく、別の方向に向かって歩き始めた。

　これは……あのアジトがある方向だ！　もしかしたらあの男達とまた会って、何か行動を起こすのかもしれない。

「ミレイア、ウィリー、ミル」

　皆に近づいてもらってロドリゴさんの行動を伝えると、皆は真剣な表情になった。ここからが正念場だろう。できればまた会話を盗聴したい。俺達を襲うタイミングが分かれば、色々と事前に準備できる。

「大人数であそこに行くのは目立つから、俺だけで行ってくる。皆はこの辺で買い物でもして待ってて」

「……分かった。気をつけてね」

「何かあったらミルを通してすぐ呼べよ」

「もちろん」

『トーゴ様、絶対にご無事で帰ってきてください』

『もちろん。分かってるよ』

俺は不安そうなミルをギュッと抱きしめて頭を撫でてから、ちょっと見てきたい店があるからと言って、自然に皆と別れてロドリゴさんを追った。

マップを駆使して誰もいない通りを全力で駆け抜ける。もちろんステルスは既に自分にかけた状態だ。これは……ほぼ確実にあのアジトだな。俺はロドリゴさんにかなり近づいたところで走るのを止めて、一定の距離をとって後ろに付いた。

そうして歩くこと十分ほど、ロドリゴさんはアジトに入っていき、俺は前回と同じようにベランダに登って息を潜めた。

「なんで俺らを呼んだんすか？　数ヶ月はここに来るな、連絡するなって言ってたのに」

「事情が変わったんだ。光の桜華がいるだろう？　あいつらがこの街を拠点にするとか言い出しやがった」

「うわぁ……そりゃあ最悪ですね」

「ああ、だからあいつらを初心者狩りとして襲いたいが、それじゃあ貴重なアイテムを使って身代わりを捕まえさせた意味がない。だから——光の桜華は、ダンジョン内で殺すつもりだ」

え、殺すの⁉　しかもダンジョン内って……それじゃあ目撃者が期待できない。

「殺しをやるんすか？　でも俺らはダンジョンに入れないですよ？」

「そうだな。お前達をギルド登録させるのはリスクが高い。だから——俺が自分でやる」

「ロドリゴさんが……大丈夫なんすか？　せめて殺さずに、足を使えなくするとかにした方がいいんじゃ……」

「それはダメだ。生きてたら誰かに襲われたと証言するだろ？　それじゃあ初心者狩りが他にいるとバレる。あくまでもあいつらは、魔物に殺されて行方不明になるんだ」

　確かに……ダンジョン内で殺しをしたって、目撃されない限りバレる可能性は低いな。魔物にやられてダンジョンから帰ってこない冒険者なんて、かなりの数がいるんだろうし。

　うわぁ……俺達が目立てば初心者狩りとして街中で襲ってくれるだろう、なんて安易な考えだった。まさか初心者狩りの復活を悟らせずに俺達を消すために、ダンジョン内で殺そうとしてくるなんて。

　ダンジョン怖いな。というよりも、人って怖い。

「確かにそうっすね。でもそれならなんで俺達を呼んだんすか？　ロドリゴさんがやるなら俺達は関係ないんじゃ」

「いや、お前達には罠の調達を頼みたい。さすがにあいつらを正攻法で俺一人で殺すのは難しいからな。待ち伏せして罠にかけて、残ったやつは俺が殺る」

「あぁ、そういうことなら了解です！　どんな罠がいいとかありますか。闇ルートで手に入りやすいのは……落とし穴を一瞬で作るアイテムとかですが」

「それも良いが、毒霧を準備しろ」

「うわぁ、それは高いっすよ？　ダンジョン産のやつですか？」

「そうだ。どこかにぶつかったら一瞬で広がって、すぐ死ぬ強いやつが良い。毒を防げるマスクも準備しろ」

　毒霧とか……そんなのあるのか。ダンジョンの宝箱から出てくるのって、凶悪なものもあるんだな。魔物の群れに使ったらめちゃくちゃ強いはずなのに、なんで人間同士で使うのか。

毒の霧なんてどう防げば良いんだろう。とりあえず、投げつけられたらミレイアの結界で完全に囲うのが良いか、それとも俺が氷魔法で凍らせるのが良いか、風魔法だと周囲に毒を撒き散らすよな……。

やっぱり確実なのは結界かな。ミレイアには投げつけられたものを結界で囲う練習をしてもらおう。

「どのぐらいで準備できる?」

「そうっすね……一週間はかかります」

「じゃあ一週間後の夜にまたここに来い。そこで毒霧を受け取る。金はこれだけあれば足りるだろ?　ちゃんと毒霧を手に入れたら、またそれと同額をやる」

「え、こんなにいいんすか!　ありがとうございます!」

「じゃあ頼んだぞ」

そこでロドリゴさんと男達は話を終えてこの建物から去っていき、声は聞こえなくなった。俺はマップで黒い点が遠く離れたところで、やっと潜めていた息を吐き出す。

「はぁ……殺しを計画されてるなんて、怖いな」

相手を殺しても良いって考えてる人は、何をするか分からない。事前に計画を知ってるからって油断せず、最大限に警戒すべきだ。

とりあえず、宿に戻って皆と話し合いだな。

『ミル、盗聴できたからこれから戻るよ』

『トーゴ様!　ご無事で良かったです!』

『皆はどうしてる？』

『普通に買い物をしています。暁の双子亭に向かう路地の近くに広場があると思いますが、そこの屋台です。ウィリーさんがお腹が空いたと串焼きを食べています』

『ははっ、ウィリーらしいや。じゃあそこに向かうから待ってて』

『かしこまりました！』

それから俺はミルとの念話を頼りに皆と合流し、宿に戻った。

宿に戻った俺達は、俺の部屋に集まって話し合いの態勢に入る。最近は初心者狩り騒動で、宿での話し合いばっかりしてる気がするな。

「それで、何の話が聞けたの？」

俺はミレイアのその言葉を聞いてから皆の顔を見回して、一度だけ深く深呼吸をして口を開いた。

「俺達の、暗殺計画」

「……はぁ？　暗殺って、俺達は殺されんのか⁉」

「ロドリゴさんはそう考えてるみたい。初心者狩りはせっかく囮を捕まえさせたから、やるならダンジョン内で魔物に殺されたように偽装するんだって。そのために毒霧っていうアイテムを手に入れるように話をしてたよ」

俺のその言葉を聞いて、宿の一室には沈黙が流れた。その沈黙を破ったのはミレイアだ。

「毒は怖いね……しかも霧状なんて、どうやって防げば良いんだろう」

「一応考えてるのは、ミレイアの結界で囲っちゃうことなんだけど……できる？」

「どうだろう。ちょっと何かを投げてみてくれる？」

ミレイアのその言葉を受けて、俺はアイテムボックスに入っていた布を縛って丸めて投げてみた。するとミレイアは……上空で布を正確に結界の中に収めた。

「おおっ、すげぇな」

「意外と簡単かも。でも問題は結界を解除する時だよね。解除して毒が散布されちゃったら意味ないし」

「そこはキュアで解毒できるかなと思ってるんだけど、万が一解毒できなかった場合は……俺が氷魔法で凍らせるのが一番かな。氷になればとりあえず広がることはないし、アイテムボックスに仕舞っておけるだろうから」

毒霧が無色って可能性もあるし、その場合は問答無用で氷魔法だけど。

「確かにそれなら対処できそうだね。じゃあ毒に関してはそれで良いとして……一番の問題は目撃者が不在なことかな。ダンジョン内でロドリゴさんを捕まえられたとしても、私達の言い分を信じてもらえるかどうか……」

そうなんだよな。そこが一番の難題だ。

これから一週間後にロドリゴさんがまたあの男達と会うだろうから、そこも盗聴して俺達を襲う日程を聞き出すことはできる。後はその日にどうにかして、ダンジョン内に目撃者を作らないと。

「もうさ、ビクトルさんに全部打ち明けて協力を頼もうぜ」

俺とミレイアが頭を悩ませているところに、ウィリーがそんな提案をした。

「確かにそれが、一番かもしれませんね……」

するとミルもその意見に賛成みたいだ。それしかないかなぁ。ビクトルさん本人が目撃するぐらいじゃないと、ロドリゴさんに襲われたなんてことを信じてもらえない気がするし。

「話を、してみようか」

「……そうだね。頑張って信じてもらえるように話をしようか。ビクトルさん、驚くよね」

「驚くというよりも、笑い飛ばされる気がする」

「もし信じてもらえなかったとしても、ロドリゴさんに直接聞いてみるとか、そんな馬鹿なことはさせないように気をつけようぜ」

「最悪はビクトルさんを拘束ですね。それでまた別の人、例えば兵士とかに話をしてみるしかない気がします。ただ知り合いもいないですからね……」

俺達に人望があればもっと楽なんだろうけど、ただの最近やって来た冒険者だからな。

「とりあえず、ビクトルさんに話をしてみようか。今日はもう夜だから明日かな。ロドリゴさんがギルドにいない時に話をしよう」

「じゃあ、今日はさっさと休むか」

「そうだね」

「でもその前に夕食ですね！　早く下に行かないと、食べられる時間が終わっちゃいます」

俺達はミルのその言葉に顔を見合わせて笑い合い、皆で部屋を出て下の食堂に向かった。

そして次の日。俺達はロドリゴさんがいないのをしっかりと確認して、ビクトルさんに話があると時間を取ってもらった。ビクトルさんは俺達が初心者狩り逮捕に協力したからか、前よりもかなり好意的だ。

「ビクトルさん、あの男はどうなりましたか？」

「初心者狩りのことか？　兵士詰所でまだ尋問中と聞いている」

「そうですか」

殺されてないのなら良かった。ビクトルさんが俺達の話を信じてくれたら、あの男の警備強化もお願いしよう。

「今日はその話が聞きたかったのか？」

「……いえ、とても重要な話があって、時間をとってもらいました」

俺のその言葉を聞いたビクトルさんは、雰囲気をピリッとしたものに変えた。

「悪い話なんだな」

「はい。信じられない話だと思いますが……聞いていただけたら嬉しいです。これから話すことは全て真実です」

俺はそう前置きをしてじっとビクトルさんの瞳を見つめ、ゆっくりと口を開いた。

「初心者狩りとして捕まえたあの男はダミーです。本当の初心者狩りは――ロドリゴさんです」

ビクトルさんは俺のその言葉を聞くと、しばらく沈黙を貫いた。そして俺達にとっては何時間にも思えるほどの、居心地が悪い数分間を耐えていると……。

「はぁぁぁ」

突然大きく息を吐き出して、髪の毛をぐしゃぐしゃっとかき混ぜた。そして困惑の表情で、俺の顔を見つめる。

「そんな馬鹿なと言いたいが、お前達がそんな嘘をつく意味がないよな……」

「はい。嘘じゃないです」

「何でお前達はそれを知ったんだ？」

「実はロドリゴさんが怪しいと思って、尾行したんです。そしたら街の外れにアジトがあって、俺は闇魔法が使えるのでステルスで気配を消して、二階のベランダに登りました。それで中の話を聞くことができたのですが……」

そこから俺は、ロドリゴさんを尾行して得た情報を全て話した。俺達が毒霧で狙われていることや、初心者狩りの男に対して洗脳のアイテムを使ったらしいこと、さらには証拠隠滅のためにその男を殺そうとしていることなど、全部だ。

「これが本当なら、大変なことだぞ……」

ビクトルさんは俺の話を最後まで聞くと、憔悴した様子でソファーに身を委ねている。全く信じてもらえない可能性も視野に入れてたけど、悩んでくれてるってことは少しは信じてくれているのだろう。とりあえず良かったな。

「今までは金で雇った男達がやってたが、今度はロドリゴ本人がお前達を狙うんだな」

「はい。なのでそこを、現行犯で捕まえたいです」

「――信じられないというよりも、信じたくない話だが……ギルドマスターとして無視することはできない。ロドリゴが光の桜華を襲うだろう現場には――俺も同行する」

「本当ですか⁉」

良かった……！　これでロドリゴさんを逮捕できる。後は本番までに作戦がバレるようなことをしなければ大丈夫だ。

「ああ、後は兵士にも内密に話をして一緒に来てもらおう。証人は複数いた方がいいし、逮捕の権限があるのは兵士だからな。街中での囮作戦ではいつ襲ってくるか分からなかったから兵士の同行は諦めたが、できればいてもらった方がいい。街中ならば俺ら以外にも目撃者が多数いるだろうと踏んでたが、ダンジョン内でそれは望めないだろうからな」

　ビクトルさんがそう言うってことは、ビクトルさん一人の目撃証言だけじゃ弱いってことか。確かによく考えたら……、一人だけの目撃証言は参考程度にしかならないよな。特に加害者とも被害者とも知り合いの第三者なんて、無条件に信じられないだろう。

　こういうのは、本人達に全く関係ない第三者の証言が複数あるのが一番だ。

「よろしくお願いします」

「ギルドマスター、ありがとな」

　ビクトルさんはウィリーに感謝されて微妙な笑顔だ。ビクトルさんの心中は複雑だろう。

「では、約一週間後にアジトでロドリゴさんが男達と会うので、その後でまた連絡に来ます。それまでに絶対ロドリゴさんにバレないよう、秘密裏に兵士と連携をお願いします」

「――分かった。そこは信用してくれ。俺はロドリゴと付き合いは長いがギルドマスターだ。お前達を蔑ろにすることはしない」

　俺達はビクトルさんのその言葉を信じることにして、よろしくお願いしますと頭を下げて応接室を後にした。

ビクトルさんに打ち明けてからの一週間は、ひたすらいつも通りにダンジョンで依頼をこなしながら過ごした。そして昨日の夜遅くにロドリゴさんがまたアジトに向かったのでそこを尾行し……俺達を暗殺する日程を聞き出すことに成功した。

その日程とは、今日の午後だ。しかも運良く場所まで話してくれて、冒険者の数がかなり減る二十一層で待ち伏せをするらしい。俺達がいつもその辺まで潜ってることを、買取に出してる素材や受けてる依頼で把握したのだろう。

ちなみにロドリゴさんは、男達から毒霧を受け取るとその足でダンジョンに入ったので、そろそろ二十一層に到着する頃だと思う。

「俺達もダンジョンに入る時間だな」

複雑な表情でそう呟いたのはビクトルさんだ。今はロドリゴさんがダンジョンに入ってから一夜が明けた朝早くで、俺達はギルドの応接室にいる。

ビクトルさんには昨日の夜にロドリゴさんがダンジョンに入るのを見届けてから連絡をしたので、兵士達への伝達も終わり準備は整っているらしい。

「そうですね。ロドリゴさんは二十一層で待ち伏せしているようなので、そこまでは魔物を避けつつ一気に下りようと思います。二十一層に入ったらロドリゴさんが俺達を襲いやすいような場所に向かうので、そこからは特に警戒をお願いします」

「分かった。ダンジョンに入るということで実力ある兵士が派遣されてるし、後ろのことは気にしなくていい。お前達は自分の身を守ることに専念して欲しい」

「ありがとうございます。ではよろしくお願いします」

そうして最後の打ち合わせを終わらせると、俺達は応接室を出てダンジョンに向かった。

ビクトルさん達が問題なく付いてこられる速度で、魔物を不自然じゃない程度に倒しつつ、いつもよりゆっくり目なペースで下層に下りていくと……夕方と言うには少し早い時間に、二十一層に到着した。

「皆、いつも通りにしながら聞いて。ロドリゴさんがいた。右斜め前の森の中。数十メートルぐらいしか離れてない」

「……すぐに襲ってくるかな？」

「いや、もう少し開けてる場所でだと思う。ここだと剣も振りにくいだろうし。さりげなく誘導しよう」

「分かった」

それからロドリゴさんのことを警戒しつつ、さらにはビクトルさん達が付いてきているかも確認しながら歩みを進めていると……森と森の間にある草原に足を踏み入れたところで、ロドリゴさんがさっきまでとは違う動きを見せた。これは……襲ってくるかもしれない。

「ミレイア、右斜め前」

とにかく毒霧だけは確実に防がないといけないのでミレイアに方向を伝えると、ミレイアはさりげなく俺が示した方向に視線を向けた。

するとその数秒後、俺達に向かって紫色の何かが相当な速度で飛んでくるのが視界に入る。

ミレイアが防いでくれると信じているとはいえ、咄嗟に身構えると……結界にぶつかって中に封じられた毒霧が、ボンッという何かが爆発するような音を響かせて、結界の中を真っ黒に染めた。

うわぁ、めっちゃドス黒い。こんなの吸い込んだら一瞬で命が終わりそうだ。

「ミレイアさすが！」

俺はミレイアを労いながら毒霧を閉じ込めた結界に駆け寄り、中にキュアをかけてみた。色があるからこれが消えれば……。

「おおっ、解毒成功！」

どす黒かった結界内には、毒霧が閉じ込められていた紫色の容器だけが転がっている。

俺はそれを確認してすぐに、視線を森から飛び出してきていたロドリゴさんに向けた。ロドリゴさんは毒霧が完璧に防がれたことで数秒だけ動きを止めたけど、すぐに切り替えて腰に差してあった剣を抜く。

顔の大半を覆っていたガスマスクを乱暴に外して投げ捨てたロドリゴさんは、今まで見てきたのと同一人物だとは思えないほどに冷え冷えとした表情だった。

あの親しみやすいロドリゴさんは見る影もないな……。

「うわっ」

ロドリゴさんがまず標的にしたのは俺だ。予想以上の速度で距離を詰めたロドリゴさんは、重く鋭い一撃を俺に向けて振り下ろす。その攻撃を剣で受け止めたけど、かなりの衝撃に手が痺れて足が少し地面に沈んだ。

こんなに重いのか……B級冒険者っていうのは、やっぱり凄いんだな。なんで初心者狩りなんかに手を染めたんだろう。

「お前達、なぜ防げた⁉　事前に知ってなきゃ毒霧なんて防げるわけがない！」

俺に剣を弾かれたロドリゴさんは一度後ろに下がり、俺達を睨みつけた。

「もう全部知ってるぜ？　お前が初心者狩りの黒幕だってことも、俺達を殺そうとしてたことも な」

ウィリーがニヤッと笑みを浮かべて挑発するようにそう告げると、ロドリゴさんは全てがバレていると悟ったのか口が軽くなる。

「なんでバレたのかは知らねぇが、知っててダンジョンに潜るとか馬鹿なやつらだな」

「お前を捕まえるために決まってるだろ？」

「はっ、俺はエレハルデ男爵様と親しい間柄なんだぞ。お前らが俺を捕まえたところで、俺の言い分が通るんだよ！　身分ってのはそういうもんだ！」

ロドリゴさんは勝ち誇ったような醜い笑みを浮かべると、剣を握り直して低く構えた。

「それにな、お前らに俺を捕まえられるわけが……ねぇだろ！」

低く構えたところから俺に向かって一気に距離を詰めたロドリゴさんは、急所を狙ったのか俺の首元に刃を向ける。しかしそれが俺の首を捉えることはなかった。

「なっ……ビクトル、さん」

ロドリゴさんを止めたのはビクトルさんだ。寂しそうな横顔で、しかし覚悟を決めた様子で剣を握っている。

「お前がこんなことをしていたなんて、残念だ。お前とはいい友人関係を築けていると思っていたんだがな」

　静かに告げたビクトルさんのその言葉に、ロドリゴさんは動揺を見せる。

　ビクトルさんが姿を現したことで兵士達も周囲の森から姿を現し、一気にロドリゴさんは複数人に囲まれることとなった。

「もう終わりだ。せめて素直に捕まってくれ」

「お、俺は……俺は、捕まらねぇ！　こんなところで終わってたまるか‼」

　ロドリゴさんは目を血走らせてそう叫ぶと、懐からガラス玉のようなものを取り出した。

　また毒かと身構えた瞬間、ロドリゴさんがその玉を剣で叩き切って……パリンッという無機質な音が響き渡り、地面に巨大な魔法陣が現れる。

「な、なんだこれ？」

「これは……しょ、召喚のアイテムだ！　しかもこのデカさ、ヤバいやつが来るぞ⁉　早く魔法陣から離れろ‼」

　ビクトルさんのその声を聞いて反射的に魔法陣の上から逃れたその瞬間、魔法陣が眩い光を放ち――――巨大な魔物が姿を現した。

　三階建ての建物にも匹敵するような大きさの魔物は、蛇の形をしていて頭が九個もある。

「グォォォォォォォォ‼」

　その魔物が叫び声を上げると、衝撃波のようなものが全身を襲った。

「皆、こっちに来て！」

　ミレイアの叫びが辛うじて聞こえたのでそちらに駆けると、ミレイアが結界を大きく展開していた。その後ろに滑り込んで、とりあえずの安全を確保する。

「ビクトルさん達もこっちに来てください！」

「分かったっ」

全員が結界の後ろに避難したところで、もう一度召喚された魔物に視線を向けた。

こんな形の魔物を作った記憶がある。名前は何だったかな……確か九個の頭のうち一つが本物で、それ以外は何度倒されても復活するんだ。

「ビクトルさん、あの魔物を知ってますか？」

「いや、あんなやつ知らねぇよ！　ただ、さっきのガラス玉みたいなやつは、ダンジョンの宝箱からごく稀に出る魔物召喚のアイテムだ。召喚される魔物の強さはピンキリだが、召喚陣がデカいほどに魔物は強いらしい」

「さっきの大きさは……」

「多分、相当でけえ。それこそ五大ダンジョンの奥にいるような魔物の可能性が……」

ビクトルさんのその言葉を聞いて全員が絶望を感じていたその時、魔物を召喚した張本人であるロドリゴさんが血走った瞳で高笑いを響かせた。

「フハハハハッ、これで、これで皆殺しだ！　誰も俺の正体を知るやつはいなくなる‼　ヒュドラ、やっちまえ！」

ヒュドラ……思い出した！　確かに俺が設定した魔物だ。本物の頭以外はそれぞれの魔法属性を持っていて、ちょうど八つだからヒュドラ全体では全属性なんだ。

「グォォォォォォォォォ‼」

ロドリゴさんの声に反応するように叫んだヒュドラは、いくつかの頭を動かしてロドリゴさんを標的に捉えた。そして躊躇う様子もなく攻撃魔法は放たれ……ロドリゴさんは、相当な勢いで森の奥まで吹き飛ばされた。死んでない……よな？

「しょ、召喚者は襲わないとか、そんな決まりはないんですか？」

「ない。だからこそ召喚のアイテムは、使用に関して制限が設けられているんだ。ただこうやって、たまに馬鹿なやつが大事件を起こす」

「ま、マジでこれからどうなるんだよ！　逃げるしかないんじゃないか⁉」

一人の兵士がそう叫ぶと、他の兵士達もそれに賛同するように頷いて、魔物から遠ざかるように後退った。

「結界から離れるな！」

そう叫んだけど既に遅く、何人かの兵士はヒュドラに背中を向けて足をもつれさせながら逃げていて……そんな兵士を、ヒュドラが標的にしたのが分かった。

「ミレイア、できる限り結界で魔法を防いで！　ミルは兵士を安全な場所に、大きくなって良いから！　ウィリーは俺とヒュドラを牽制して兵士達から意識を逸らす！　ビクトルさんは兵士達を安全な場所に誘導してください！」

俺は瞬時に状況を判断してそう叫んだ。

「分かったぜ！」

「防御は任せて！」

『お任せください！』

皆の頼もしい声を聞いてから、俺はヒュドラに対してアイスバインドを発動した。これで少しは動きが鈍れば……。

「トーゴ、俺も戦えるぞ！」

ビクトルさんの方をチラッと窺うと、決意の籠った真剣な表情だ。

「では兵士を避難させてから戻ってきてください。弱い援軍は入りません。邪魔なだけなので」

「わ、分かった」

こいつと戦うからには能力を隠してるわけにはいかない。そんなことを考えてたら、間違いなく大怪我をするか最悪は命を失う。

全力で戦っても勝てるかどうか……微妙かもしれないな。まだ俺の剣術はそこまで自慢できるほどのものではないし、武器だってこんな強いやつと戦えるようなものじゃない。

『トーゴ様！　魔法も使って良いですか⁉』

『良いよ。ミルは言葉を発さないようにだけ気を付けてくれれば、あとは何をしても良いから。とにかく犠牲者を出さずにヒュドラを倒すことを考えて！』

『かしこまりました！』

ミルの念話が届いた瞬間にアイスバインドが粉々に砕け散って、ヒュドラから魔法が放たれた。火と風の魔法が同時に放たれ、二つの魔法は互いに効果を増幅させあっているのか大きさを増していく。まるで炎の竜巻だ。

「ウォーターウォール！」

「結界！　――トーゴ！　範囲攻撃を結界で防ぐのは無理かも……！」

このままだと炎の竜巻が逃げてる兵士達を襲って甚大な被害が出る。魔法を止めるにはヒュドラを攻撃するしか……。

「ウィリー、炎を吐いてるやつを攻撃して！　俺は風のやつを止める……！」

「了解！」

「ミレイアはウィリーの結界に集中して欲しい！　俺は自分で魔法を使って防ぐから！」

他の頭からも魔法が放たれる可能性があり、さらに近づけば蛇のような胴体で締め殺される危険も踏み潰される危険もある。でも俺が行くしかないんだ。

俺は炎から身を守るために自分の体に水を纏わせて、ヒュドラに向かって駆けた。そしてヒュドラの長い首に土魔法で簡易の足場を作って、頭まで駆け上がる。

繊細な魔法発動と高い身体能力が要求される動きだけど、人は極限状態だと限界を越えられるらしい。なんとか思い通りに風魔法を使うヒュドラの頭まで駆け上り……思いっきり剣を振り下ろした。

するとヒュドラの攻撃は止まり、ウィリーの方も成功したことで魔法はふっと消え去る。

「やった……！」

そう安堵するも束の間、攻撃されたことで暴れたヒュドラに振り回されて足を滑らせた。

ヒュドラの頭があるのは約三階程度の高さだ。こんなところから落ちたらヤバいかも……身を縮こまらせて衝撃に備えたその時、俺の体がもふもふの毛に触れてふわっと浮き上がった。

目を開くと……そこにいたのはミルだ。

『トーゴ様、無理しないでください！』

『ミル、本当にありがとう……！』

最大まで大きくなっているミルは、凄い跳躍力で落下する俺を受け止めてくれたのだ。

『ミル、兵士達は？』

『全員森の中です。腰が抜けてる人も咥えて運んでおきました』

『ありがとう。助かったよ』

ミルは着地するとヒュドラから遠ざかり、ミレイアの近くで止まる。ウィリーも一度下がってきたみたいだ。

「これはヤバくないか？　どうやって倒せば良いんだよ」

「さっき二人が攻撃した頭を見てたんだけど、自己回復をして途中からは他の頭が治癒してたと思う。だからもしかしたら、それぞれの頭が違う属性の魔法を使えるのかも。それに普通の魔物なら息絶えるような攻撃を受けても復活してたから、例えば……全部の頭を同時に倒さないとダメとか、属性は八つで頭は九つだから一つだけ本物の頭があるとか、そういうことなのかも」

俺はミレイアのその考察を聞いて、驚きのあまり一瞬固まってしまった。少し観察しただけで相手の特性や弱点がそこまで分かるとか、かなり稀有な才能だよな。

ヒュドラの情報をどうやって二人に不自然じゃなく伝えようか悩んでたんだけど、ミレイアのおかげで解決だ。

「ミレイア、それ当たりかも。ヒュドラって名前は前に何かの本で読んだことがあるんだけど、確かそこには……本物の首は一つだけって書かれてた気がする」

「おおっ、ミレイアすげぇな！　じゃあ本物の首を倒せば良いんだな」

ウィリーは明るい表情でヒュドラをじっと見つめ……しかし次第に眉間の皺を濃くしていった。

「どれが本物だ？」

「他の首が守ってるやつだと思うんだけど……」

「多分あれじゃないかな。今は右後ろにいるやつ。左に移動した」

ミレイアが示している頭をじっと観察していると、確かにさりげなく他の頭の後ろに隠れるように動いている。

「そうかも」

「とりあえず、本物に何か印が欲しいな」

分かりづらいもんな……怪我をさせても光魔法を使うやつがすぐに治すだろうから、ペンキとか色が付いてすぐには落とせないやつが良い。そういえば、ミルの食事台をオシャレにしようかなって前に買ったペンキがアイテムボックスに入っている。あれにするか。

「皆、これどう？　黄色なんだけど」

「おおっ、それ良いな！　じゃあ俺が本物にかけてくる。トーゴとミレイアは援護を頼む。特にどの頭が本物か教えてくれ」

「分かった。気をつけて」

「ミルは一緒に来てくれるか？」

「わんっ！」

二人はそれぞれ別の方向からヒュドラに向かい、ウィリーは攻撃を斧で弾きながら並外れた脚力と腕力を駆使して、ミルはヒュドラの鱗に爪が引っかかるのか、軽く駆けるようにして首を登っていく。

「ミルちゃん凄いね」

「ヒュドラは意外とゴッゴツの鱗が体表にあったんだ。あれならミルは登りやすいんだと思う」

結界と魔法で二人を援護していると、ウィリーが一つの頭の上に乗って斧を叩きつけた。

「ウィリー！　多分二つ右にいるやつ！」

「了解！」

ウィリーはペンキを塗るよりも倒せるならと欲が出たのか、指示した頭にペンキを投げるのではなく、そちらに向かって飛んで斧を振り下ろし……しかしその斧が届く前に、他の頭からの一斉攻撃を受けた。

「結界っ！」

「ウィリー、大丈夫⁉」

魔法攻撃によって悪くなった視界が晴れると……そこには服が焦げたり凍ったりと、かなり酷い見た目のウィリーがいた。しかし大きな怪我はしていないようだ。

「ミレイア、マジで助かった！」

攻撃されたことによって体勢を崩したウィリーをミルが上手く受け止め、そのまま俺達が指定した本物の頭の頭上に向かって跳躍する。そしてそこからウィリーがペンキを放って……無事に本物の頭が分かりやすく黄色に染まったところで、ミルはウィリーを乗せたまま後ろに下がった。

「ミル～、マジでありがとな。お前も命の恩人だ」

「わんっ！」

成功の喜びに浸る暇もなくまたヒュドラに視線を向けると、ペンキは落ちないみたいだ。その事実に少し安堵しつつ、どうやって倒せば良いのかを真剣に考える。

「すまない、待たせた！」

魔法と結界でヒュドラを牽制しつつ攻撃を防いでいると、ビクトルさんが息を切らせながら俺達の下に戻ってきた。

「ビクトルさん。本当に戦うんですか？」

ギルドマスターにこんなことを言うのは失礼なのかもしれないけど、遠慮して命取りになるのは避けたいので、ストレートに疑問をぶつける。

「ああ、俺は現役時代はBランクだった。剣と火魔法が使える」

「分かりました。じゃあとっさに連携は無理なので、ビクトルさんは後ろから胴体部分への攻撃をしてもらえませんか？　魔法攻撃の矛先を分散したいのと、体部分が傷付けば少しは動きが鈍ると思うんです」

「分かった」

俺達は……とにかく本物を守る他の頭の攻撃を防いで、本物に攻撃を当てるしかない。

「一撃で倒せないと回復されるだけだから、本物に攻撃するのはウィリーに任せる。ウィリーはミルに乗ってヒュドラに向かって欲しい。ミレイアと俺は結界と魔法で、二人に向かう攻撃を防御。それで良い？」

「分かった。ミル、頼んだぞ」

ウィリーはミルに飛び乗って、凄い速度でヒュドラに駆けていった。ビクトルさんも少し遅れてヒュドラの後ろ側に回り込む。

それを見送った俺は、ミレイアが結界を発動してウォーターボールを打ち消したのを確認してから、魔法を撃った頭に向けてサンダーボールを放った。すると水魔法を何度も放ち水に濡れていたヒュドラの頭には雷がかなりの威力を発したようで、一撃でその頭がガクッと力を失う。

水には雷が強いっていう安易な知識だったけど、意外と効果あるかも！

頭が一つ動かなくなったところを突破口に、ミルとウィリーは本物の頭に着実に近づいていく。

次々と襲いかかってくる攻撃をミレイアが結界で防いでウィリーが斧でいなして、ミルが風魔法で吹き飛ばし、俺は皆に対処が難しい魔法を見極めて相殺していく。

そしてそれぞれが隙を見つけてはヒュドラにダメージを加えていき……ついにミルが本物に向かって飛び掛かった。

すると何かしらの本能なのか、ビクトルさんの方に向かっていた二つの頭がぐるんっと方向を変えて、八つの頭が全て同時に攻撃を仕掛けてきた。

ミレイアが三つ、俺が二つ、ウィリーとミルが一つずつ咄嗟に防いだけど一つだけ、自己回復しながら素早い頭突きを繰り出してきた光魔法を使う頭だけは止められずに、ミルがモロに攻撃を受けてしまう。

それによってミルは吹き飛ばされたけど、直前でミルから飛び下りていたウィリーは本物の頭に辿り着き……ウィリーの渾身の一撃は、頭を縦に真っ二つにした。

「ギュォォォォォォォォ」

ヒュドラは断末魔の叫び声をあげて、ドシンッという爆音と土煙、さらには地面の揺れを起こしてその場に倒れる。

「ミル‼」

しかし俺はそれどころじゃなかった。ミルは横腹に攻撃をモロに喰らっていた。あれは絶対にヤバい、内臓が損傷してるかもしれない。

吹き飛ばされたミルの下に駆け寄った俺は、ミルをヒールをかけながら魔力回復薬を呷った。不味いなんて言っていられない。これを治すためには魔力がもっと必要だ。

ミルは口から血を吐いて、不規則な荒い呼吸をしている。

「ミル！　大丈夫⁉　頑張って……！」

魔力回復薬はアルドを治した時に万が一の時は必要だと思い直し、かなり大量に買ってある。だから魔力が足りないということはない。ミルは、絶対に助かる。

俺は自分にそう言い聞かせて、何とか平静を保ちながら魔法を使い続けた。

まずはミルに少ない魔力を何度も注ぎ込んで死の境から引き戻し、少し容体が落ち着いたところで半分ほど魔力を溜めてミルの延命を図る。これで俺の魔力が全回復するまでミルが耐えられそうになったら、パーフェクトヒールを使えば助かるはずだ。

焦るな、タイミングを間違えたら終わりだ。

「ミルちゃん！　頑張って……！」

「ミル、絶対治るからな！　大丈夫だからな！」

いつの間にかミレイアとウィリーも周りにいて、ミルを励ましてくれている。

俺はさらに何度か半分ほどの魔力でヒールを発動し、一時的にだけどミルの容体が落ち着いたのを確認してから、魔力回復薬を何本も飲み干しパーフェクトヒールを発動させた。

するとと今までのヒールとは比較にならないほどの眩い光がミルの体を包み込み――ミルの呼吸が普通に戻って、ゆっくりと瞼が開いた。

「ミル……！　大丈夫⁉　もう痛くない？　苦しくない？」

ミルの顔を覗き込んで慌ててそう聞くと、ミルはゆっくりと、しかし確実に頷いてくれた。そして恐る恐る体を動かしてその場で立ち上がると、最大サイズだった体を一番小さくする。

『トーゴ様……！』

俺の腕の中に飛び込んできたミルは、尻尾を高速で振って俺の顔に流れる涙を舐め取ってくれた。

『ミル……無事で良かった‼』

『トーゴ様のおかげです！　ありがとうございます！』

『ううん、俺達こそミルのおかげでヒュドラを倒せたよ。ありがとう』

それからミルはウィリーとミレイアにも抱き上げられて、一通り喜びを噛み締めてから中型犬サイズに戻った。

俺達が落ち着いたのを見計らい、少し離れたところに集まっていたビクトルさんと兵士達が俺達の下にやってくる。

「なんだかいろんなことが起こりすぎてよく分からねぇが……とりあえず、ヒュドラを倒せたのはお前達のおかげだ。しかも誰も死んでない。本当にありがとう、感謝する」

「ありがとうございます」

ビクトルさんと兵士達が一斉に頭を下げたので、俺はすぐに頭を上げてもらった。

「本当に倒せて良かったです。色々と気になることはあると思うのですが……とりあえずかなり疲れたので、また後日話をするので良いでしょうか？」

今すぐ宿に戻って寝たい気分なのでそう提案すると、ビクトルさんは素直に頷いてくれた。

「ありがとうございます。ではロドリゴさんのこともよろしくお願いします」

ロドリゴさんは最初にヒュドラに吹き飛ばされてたけど、運が良ければ生きてるだろう。もし命を落としていたとしても、それは自業自得だ。

俺はこんな目に遭わされたロドリゴさんを治癒する気持ちにはなれず、全て任せることにした。

「任せてくれ。ヒュドラも運ばなければいけないな……」

「あっ、それは俺がアイテムボックスに入れて持ち帰ります。必要な時に言ってください。俺のアイテムボックスって特殊で時間停止なので、いつまでも保存できるるので安心してください」

馬鹿でかいヒュドラが一瞬で仕舞われたことにも、時間停止とかいうあり得ない性能にも皆は驚き呆然としていたけど、俺は後で全て話せば良いやとその場を後にした。

とにかくまずは帰ろう。そして寝よう。

エピローグ

　ヒュドラと死闘を繰り広げた三日後。俺達はやっと疲れが癒えたこともあり、冒険者ギルドにやって来た。受付にいたモニカさんに声を掛けると、すぐに応接室へと通される。

「待っていたぞ」

「お待たせしました」

　ソファーを勧められて腰掛けると、ビクトルさんは真剣な表情で居住まいを正す。

「まずは改めて礼を言わせて欲しい。ロドリゴの逮捕に協力してくれたこと、さらには俺達の命を救ってくれたこと。本当に感謝している。ありがとう」

「いえ、こちらこそビクトルさんには協力していただいて助かりました」

　ビクトルさんは深く頭を下げて、最大限の感謝を伝えてくれた。

「顔をあげてください。それで、ロドリゴさんに関してはどうなりましたか?」

「あいつは辛うじて息があり、とりあえず死ぬことはない程度に治癒された。そして尋問の末、王都に護送されている。初心者狩りをしていた罪はもちろんだが、それよりもヒュドラを召喚して国を危機に陥れたということで、国家反逆罪の疑いがかけられている」

　国家反逆罪……それは、大変だな。でも言われてみればそうだよな。ヒュドラを倒せる人材なんてほとんどいないだろうし、最悪はダンジョンから出てきてアーネストを壊滅し、そのまま国を壊滅させる恐れまであったんだ。

運良く生き残ったみたいだけど、どのみち近いうちに死ぬ運命だな。

「逆に光の桜華は救国の英雄扱いだ」

「俺達のことって……どんな内容がどこまで報告されているのでしょうか？」

「俺はギルドマスターとはいえ国から見れば下っ端だ。情報を隠せるはずもない。俺が見たものを全て正確に話しただけだ」

ということは、俺がいろんな属性魔法を使えることも、瀕死のミルを治癒できたことも、ミルが体の大きさを変えられることも、明らかに白狼が使う魔法とは違う魔法を使っていたことも、ミレイアの結界の有用性も、ウィリーの常人にはあり得ない力と身体能力も、全てが報告されたということか。

「はぁ……やっぱり、そうですよね」

「やはり隠したかったのか？　だがあれほどに強い力をなぜ隠す？」

「いや、別に一生隠し通したいと思っていたわけじゃないんです。ただ、もう少し平穏に普通の冒険者として暮らしたかったなと……それに、報告ってやっぱり貴族とか関わってきますよね？ちょっと、いやかなり面倒だなぁと」

俺が本音を口にすると、ビクトルさんは珍獣でも見るような表情だ。

「普通は貴族様に関われるとなれば、大喜びするんだぞ？　莫大な報酬の依頼が舞い込んでくる可能性が高いんだからな」

「まあそうなんですけど、俺達はお金に困ってませんし……」

でももう報告されちゃったんだし、仕方ないよな。これからのことを考えないと。

「それで報告されたって、どこまで情報は広まっているのでしょうか」

「とりあえず上は国王陛下まで一気にだな。ただ横の広がりはほとんどないと思うぞ。兵士達も言いふらしたりはしていないようだしな」

こ、国王陛下⁉　予想以上に上だった……この領地を治める貴族かなと思ってたのに。

「国王とか、俺は敬語もまだ全然なんだけど大丈夫か？」

「ウィリー、大丈夫じゃないよ。ちゃんと勉強しないと」

「マジか……」

「これからの予定だが、まずはここアーネストの街を含めた一帯を治めていらっしゃる、エレハルデ男爵様に会ってもらう。そしてそこで光の桜華からも直接事件のことを聞きたいらしい。まあ能力のこともだろうな。そしてその後は男爵様と一緒に王都へ向かい、国王陛下に謁見となる可能性が高いそうだ。陛下でなくても、宰相様とは会うことになるだろう」

これからの予定って、俺達の意思は関係なしに決まってるのか。まあそうだよな、それが王族とか貴族だよな。だから関わりたくなかったんだ……。

「謁見の目的とかって、分かりますか？」

「救国の英雄を讃え、褒美を与えてくださるんだと思うぞ。たぶんエレハルデ男爵様からも褒美がいただける。そしてこれは俺の予想だが、この先の展望を聞かれるんじゃないか？」

「国のお抱えになれとか、言われるんでしょうか」

「……いや、陛下は賢いお方だと聞いている。無理に嫌がることはしないだろう。国の依頼を受けて欲しい、ぐらいじゃないか？　それにお前達は五大ダンジョンを目指してるんだよな。ならそれの手助けをしてもらえる可能性もある。五大ダンジョンのクリアは国の悲願だからな」

そうなのか……それなら悪いことばかりじゃないのかもしれない。もう決意を固めて、この関わりを上手く使うぐらいの心持ちでいくか。

「分かりました。エレハルデ男爵様とはいつお会いできますか？」

「それがな、ちょうど今この街の別荘にいらっしゃるんだ。トーゴ達が来たら俺が別荘に連絡することになっていて、連絡があった次の日の午前十時に、獣車を宿まで迎えに行かせてくださるそうだ」

「ということは……明日、ですか？」

「俺が連絡をすればな。一日ぐらいは遅らせることもできるがどうする？」

ビクトルさんのその問いかけを聞いて、俺はミレイアとウィリー、ミルに視線を向けた。三人は俺と同じように困惑している様子だ。

「どうする？」

「急すぎるけど……」

「遅らせても一日、なんだよな？」

『あまり意味がないですよね……』

「ビクトルさんにリスクを負わせるのも悪いし、明日で良いか」

俺のその呟きに皆が頷いてくれたところで、ビクトルさんにその旨を伝えた。

「それはありがたい。じゃあこの後すぐに連絡をしておく。明日はよろしく頼むな」

「分かりました」

そこで一度話に区切りがついたところで、ビクトルさんは少しだけ楽な姿勢に変えてまた口を開いた。

「冒険者ギルドからも一つ話があるんだが、光の桜華は全員Cランクにランクアップすることにした。実力的にはもっと上げてもいいんだが、規則で一気に上げるのは難しくてすまないな。今日この後、ランクアップの手続きをして欲しい」

「え、本当ですか⁉」

これは素直に嬉しい。ついにCランクだ。ここまで来ると上位の冒険者へ仲間入りを果たせたような気分になる。それに実力的にはもっと上げても良いなんて、かなり嬉しい言葉だ。

「やったな！」

「嬉しいね！」

『Cランクなんて、凄いですね！』

皆も今までの話は反応が鈍かったけど、ランクアップの話は嬉しそうだ。

「ここは喜んでもらえて良かった。じゃあ職員を呼ぶから少し待て」

それから俺達は全員Cランクの冒険者ギルドカードを受け取り、ビクトルさんと少し雑談をしてからギルドを後にした。

「ついに貴族と、さらに王様とまで会うことになっちゃったね」

「面倒くさいよなぁ」

「ウィリー、絶対にタメ口で話さないで。そこだけはお願い。やり取りは全部俺達がやるから」

貴族の中にはタメ口で話しかけられただけで不敬罪だって騒ぐ人とか、絶対にいると思うんだ。

そういう危険を避けるためにも貴族と関わりたくないんだよな……。

「分かった。明日は声をかけられた時以外、何も話さないことにする」

「それが良いね。後は挨拶とかよく使う受け答えとか、今日の夜に頑張って覚えようか」

ミレイアが笑顔で言ったその言葉に、ウィリーは顔を引き攣《つ》らせつつも頷いた。今日の夜は勉強会だな。


そして次の日。昨日の夜はウィリーに敬語や礼儀作法の知識をできる限り詰め込んでもらい、ウィリーが頭を使いすぎて寝落ちしたところで勉強会は終了となった。

迎えが来るまではあと数時間だ。なんか緊張してきたな。

「俺、あんまり食欲ないかも」

朝食を食べていたら、ウィリーがそう言ってスプーンを置いた。普通はそのセリフを言われたら大丈夫かって心配するところだけど……ウィリーの前には空になった十人前の朝ご飯のお皿がある。

「それだけ食べてれば大丈夫だよ」

確かにいつもの半分しか食べてないけど、普通の人の三日分を食べてるから。

「ウィリー、昨日の夜に教えたことを覚えてる？」

「お……ぼえてるぜ！　ま、まあ、喋らなきゃ大丈夫だよな」

「それ、絶対に忘れてるでしょ」

『ウィリーさん、心配ですね』

『本当だよ……』

皆でどこか落ち着かない雰囲気で時間が過ぎるのを待ち、ついに時間は午前十時となった。

時間ぴったりにエレハルデ男爵家の使用人だという男性が迎えに来てくれて、獣車が入れないから少し歩いていただきますと案内してくれる。

案内された場所にあった獣車は……今まで見たことがないほどに豪華な獣車だった。なんだかよく分からない模様が側面に描かれていて、金や宝石などでキラキラと輝いている。

エレハルデ男爵って、男爵なのにかなりお金を持ってるみたいだな……この国の貴族はこれが普通なのだろうか。

「うわぁ……すげぇな」

「クッションがふかふかだね」

皆で獣車に乗り込むと、中もかなり豪華だった。ただ中はさすがにキラキラはしてなくて、居心地は悪くない作りだ。中までキラキラしてたら目が疲れるもんな。

「乗合獣車との差が凄いな」

「あれとは比べるのも申し訳ないよ」

「もう違う乗り物だよね」

「皆様、獣車が動きますのでお気をつけください」

使用人の男性のその言葉から数秒後、獣車がゆっくりと動き始めた。ふぅ……やっぱり緊張が抜けないな。とにかく不敬なことをしないように頑張ろう。

獣車は俺達がいつも暮らしている場所から高級店が立ち並ぶ通りへ向かい、そこも通り越して街の奥に向かった。

そして辿り着いたのは……かなり大きな屋敷だ。縦にも横にも大きいその屋敷は、一体何十部屋あるのだろうと圧倒されてしまう。これが別荘とか、貴族って規格外だな。というか、別荘にこの大きさはいらないだろ。金の無駄遣いだ。

「皆様、こちらへどうぞ」

獣車から降りると、使用人の男性に屋敷の中へ案内された。ミルも一緒で良いようで、いつもより少し緊張した様子のミルは俺の隣にぴたりとくっついている。

案内されたのは、豪華な応接室だった。

「こちらでお待ちください。旦那様を呼んで参ります」

「分かりました」

部屋の中に俺達だけになったところで、「はぁ」と大きく息を吐き出して緊張を少しでも解こうと努力する。

「トーゴ、大丈夫?」

「なんとか……ミレイアは？」

「かなり緊張してる。でも、頑張るよ」

「お、俺は、とにかく黙ってるな」

ウィリーも相当緊張しているようで、いつもの威勢はどこへやら。借りてきた猫のようにカチコチに固まってソファーに腰掛けている。

そうして皆で良いのか悪いのか緊張を共有していると、部屋の扉が開かれて……豪華な衣装を身に纏った中年の男性が、応接室に入ってきた。かなり太っていて歩くのが大変そうだけど、表情はとても明るく機嫌が良さそうな笑みを浮かべている。

「光の桜華の皆さんかな？　よく来てくれたね」

「こ、こちらこそ。お招きありがとうございます」

「そんなに緊張しなくても良いよ。座って座って」

「失礼いたします」

ソファーに腰掛けると、エレハルデ男爵はニコニコと楽しそうな笑みを浮かべながら、俺達の顔を順に見回した。そして最後にミルを優しい表情で見つめたところで、ゆっくりと口を開く。

「今回はアーネストの街を、そして国の危機を救ってくれてありがとう」

「お役に立てたのならば、一冒険者として誇らしい気持ちです」

「君達がいなかったらこの街は壊滅していたかもしれないと聞いているよ。私こそ君達のような冒険者がアーネストで活動してくれていたのがとても誇らしい。友人達に自慢しないといけないね」

なんか……エレハルデ男爵って、イメージとかなり違ったな。平民だと見下してるタイプの人か、国王陛下から興味を持たれている俺らに擦り寄ろうとするタイプか、良くてにこやかだけどこちらを試すようなタイプの人か、そう思ってたのに——その辺にいる親切な、お喋り好きのおじさんって感じだ。ニコニコと笑みを浮かべている様子は、とても演技だとは思えない。

「それからロドリゴのことも本当に助かったよ。私は昔から言われてるんだけど、人を見る目がなくてね。簡単に信用しすぎるのがいけないとは分かっているんだ。でも皆を疑っていたら、誰とも仲良くなれないだろう？　君もそう思わないかい？」

「は、はぁ、確かに……疑うのは大変ですね」

俺がなんとかそう返すと、エレハルデ男爵は「そうだろう、そうだろう」と嬉しそうに笑った。

人を信用しすぎるって貴族としたらどうなんだろう。致命的な弱点な気がするんだけど……。

「だから君達には本当に感謝してるんだ。今日は色々と話を聞かなければいけないことがあるんだけど……、まずは褒美を用意したからそれを受け取ってくれると嬉しい」

男爵はそう言って後ろにいる従者なのか執事なのか、そんな感じの男性に合図を送った。するとその男性は俺に目録を手渡してくれる。

「そこに書いてあるんだけど、まず君達には獣車をあげようと思うんだ。まだ持ってないって聞いたんだけど、どうかな？」

「ありがとうございます。とても嬉しいです」

獣車、いつかは買いたいと思ってたんだよな。

欲しいものをピンポイントでもらえる嬉しさに思わず頬を緩めると、エレハルデ男爵も嬉しそうに笑った。この人ってめちゃくちゃ良い人なんだな。だからこそ騙されたり利用されたりもするんだろうけど。

「喜んでもらえると嬉しいよ。獣車には一角獣が二頭付いてるから、可愛がってあげて欲しい。そうだ、既に聞いていると思うけど君達には私と一緒に王都へ向かってもらう。その道中はこの褒美の獣車で移動してもらうから、そのつもりでね。出発は明日の午前九時だよ」

「かしこま………え？」

今、明日って言った？　しかも午前九時？　一週間後とかの間違いじゃなくて？

「あの……いつ出発になるのか、もう一度お聞きしてもよろしいでしょうか？」

「明日の午前九時だよ。ちょっと急だけど、王宮から急かされていてね。陛下との謁見のスケジュール調整もあるみたいで」

いやいやいや、ちょっとじゃないから！　かなり急すぎるって！

でも王宮から急かされてるとか、陛下との謁見のスケジュールだとか、そんなこと言われたら断れるわけないよな……できる限り上とは良好な関係を保ちたい。

「かしこまり、ました。今日中に準備を整えておきます」

「よろしくね。じゃあもう一つの褒美なんだけど、次の項目にある通りアイテムバッグを一つ渡そうと思うんだ。トーゴ君はアイテムボックスが使えるらしいけど、他の二人もあったら便利だと思ってね」

これもありがたい褒美だな……ミレイア用のアイテムバッグが欲しかったんだ。エレハルデ男爵が俺達にとって本当に必要なものや欲しいものを褒美として選んでくれていることが分かって、凄くありがたい。

「とても助かります。それぞれあったら便利だって話をしていたんです」

「本当かい？　それなら良かった」

そこで褒美に関する話が終わると、次はダンジョン内で起こった出来事の聞き取りと俺達の能力についての話になった。

俺はマップとミルが人の言葉を操れること、その二つは隠してそれ以外は全てを打ち明けた。

使ってない魔法属性も隠しておけたんだけど、それはいつかバレそうだから明かすことに決めたのだ。後から隠していたことがバレると、大変なことになりそうだからな。

「これで聞きたいことは全部かな。話してくれてありがとう」

エレハルデ男爵のその言葉を受けて、後ろでメモを取っていた男性がメモとペンを懐にしまう。

「いえ、こちらこそ丁寧に話を聞いてくださってありがとうございました」

「今日聞いた内容は全て王宮に送るんだけど、王宮でもまた同じような質問をされると思うからよろしくね。――じゃあ、これで重要な話は全て終わりかな」

エレハルデ男爵のその言葉に後ろに控える男性が頷いて答え、応接室の中はお開きのムードが漂った。しかし男爵にそのつもりはないらしく、瞳を輝かせて少し前のめりで口を開く。

「この後なんだけど、ぜひ君達を昼食の席に招待したいと思ってるんだ。どうかな？　私は食べることが大好きでね、この国だけでなく世界中の美味しいものを集めているんだ。その中でも特におすすめのものをご馳走するよ」

「それ、本当か⁉」

男爵の言葉に真っ先に反応したのはウィリーだった。ここまでは黙って我慢してたのに、男爵が予想以上に親しみやすかったからか、世界中の美味しいものという魅力に抗えなかったのか、ソファーから立ち上がって顔を期待に輝かせている。

「ちょっとウィリー、タメ口はダメって言ったでしょ！　それに突然立ち上がらない！」

ミレイアがウィリーの服を素早く掴んで小声で怒ると、それが聞こえたのか男爵は「気にしなくて良いよ」と立ち上がってウィリーに視線を向けた。

「君はウィリー君だったね？　食べることが好きなのかい？」

「ああ、大好きだ！　めっちゃたくさん食べられるぞ」

「それは楽しみだね。じゃあさっそく食堂へ向かおうか」

「おうっ！」

俺とミレイアが不敬だと顔色を悪くして慌てている間に、エレハルデ男爵とウィリーは意気投合して応接室を出て行ってしまった。

「ミレイア……大丈夫、なのかな？」

「わ、分からない……」

「申し訳ございません。旦那様は貴族様の中では自由なお方でして……ただ不敬だなどと罰することは絶対にありませんので、ご安心ください。皆様も食堂へご案内いたします」

使用人の男性が苦笑しつつそう伝えてくれたので、俺達は少し安心してソファーから立ち上がった。

とりあえず……ウィリーにはエレハルデ男爵がめちゃくちゃ特殊だってことは、伝えておかないとダメだな。あの感じで他の貴族に話しかけたら、命がいくつあっても足りないだろう。

俺達がエレハルデ男爵家の屋敷を後にしたのは、屋敷を訪れてから二時間後のことだった。

昼食会は主に男爵とウィリーが盛りに盛り上がり、最後にはなぜか二人が大親友みたいになって終わった。なんかもうよく分からない。

エレハルデ男爵はかなりお金を持っている男爵みたいで、この国だけじゃなくて他国の美食や珍味なども大量に出してもらえて、全て本当に美味しかったんだけど……ウィリーがタメ口で話しかけるのが許されているとは聞いても心臓に悪く、なんだか疲れた。

「トーゴ様、大丈夫ですか？」

「うん、なんとか……」

「めちゃくちゃ楽しかったな！」

獣車で宿に送り届けてもらった俺達は、これからのことを話し合うために俺の部屋に皆で集まっている。

「明日出発になっちゃったけど、どうする？」

そう発言したのは疲れた顔のミレイアだ。ミレイアも礼儀作法をしっかりと理解してるからこそ、今日の男爵家での時間は無駄に疲れたんだろう。

「本当に急だよなぁ……とりあえず、知り合った皆に無言で出発するのは避けたいかな」

「そうだよね。となると、今日これから回らないとだよね」

「アルド達とビクトルさんのとこには行きたいな。あとは、モニカさんとイレーネさん達か？」

「うん。イレーネさん達には今日の夜に伝えれば良いとして……とりあえず、ギルドに行ってみようか」

そう決めた俺達は、宿を出てギルドに向かって通い慣れた道を歩いた。この道を歩くのも最後か……アーネストの街、数ヶ月はいる予定だったんだけど、たった数週間とは予想外すぎる。

「そうだ、獣車をもらえるのなら、一角獣の餌も買わないとじゃない？」

「確かに。あとブラッシングしてあげるブラシとか、色々と必要なものがあるよ」

「仲間が増えるようなものだよな！　そうだ、名前考えようぜ、一角獣の名前」

名前、確かに必要だな。一角獣だからそのまま、いっくんとか？　それともいっちゃんとか？　うーん、なんかセンスない。こういうのはミレイアがセンスあるんだよな。俺はあんまり口出ししないようにしよう。

「あとで決めようか。会ったらピンとくる名前があるかもしれないし」

「確かにな。明日会うのが楽しみだな」

そんな話で盛り上がっていると、すぐ冒険者ギルドに到着する。ギルドに入ると……中は閑散としていて、受付にはちょうどモニカさんがいた。

「光の桜華の皆さん、こんにちは」

「こんにちは」

「本日はお早いお帰りですか？」

「いえ、今日は依頼を受けているんじゃなくて、モニカさんとビクトルさんに挨拶をと思って来ました。実は……明日この街を出ることになりました」

俺のその言葉を聞いて、モニカさんは少しだけ寂しそうにしながらもにっこりと笑みを浮かべてくれた。やっぱり冒険者の受付はこういうことにも慣れてるんだろう。

「そうでしたか。短い間でしたが、アーネストの街へのお力添えをありがとうございました。光の桜華の皆さんの、ますますのご活躍を楽しみにしています」

「こちらこそ、色々と相談に乗っていただきありがとうございました」

「ギルドマスターは現在二階におりますので、案内させていただきます」

案内された応接室には、ビクトルさんがソファーに座って俺達を待っていた。

「男爵様の屋敷への訪問は問題なく終わったか？」

「はい。褒美として獣車とアイテムバッグをいただきました。そして王都に向けて出発する日時ですが、明日の午前九時ということになりました」

「それはまた急だな。そっか、明日かぁ。ギルドマスターとして、最後にお前達みたいな有望な冒険者と知り合えて良かったぜ。俺は多分責任を取って辞職することになるからな」

「そうなのですね……じゃあ、もし暇になったら王都に来てください。一緒にご飯でも食べましょう」

俺のその言葉に、ビクトルさんは嬉しそうに笑って頷いてくれた。

それからビクトルさんとの話を終えて一階に戻ると、そろそろダンジョンから戻ってくる冒険者も増える時間帯なのか、さっきまでよりも人が増えている。

「アルド達はいるかな」

「まだ日帰りで行けるところまでしか行かないようにしてるって言ってたから、戻ってくると思うんだけど」

「あっ、あれじゃねぇか？」

ウィリーが指差したのは魔物の買取受付の近くだった。ちょうど列に並ぼうとしてるところだったらしい。

「アルド、ロサ、スサーナ！」

ガヤガヤとうるさくなったギルド内で声を張ると、三人は気付いてくれたようだ。列に並ぶのを止めてこっちに来てくれる。

「トーゴ、ミレイア、ウィリー、ミルも。どうしたんだ？」

「実は俺達、明日にはこの街を出て王都に向かうことになったんだ。だから挨拶をと思って」

「え⁉　それはまた急だな……」

アルドは驚いた様子でそう声を上げたあと、少しだけ迷ってから俺達に顔を近づけた。そして小声でボソッと呟く。

「ロドリゴさんが捕まったらしいってやつと、関係あるのか？　ロドリゴさんが初心者狩りだったって噂が広まってるんだ」

俺はその質問にどう答えようか少しだけ悩んだけど、すぐに隠しても仕方がないかと思って頷いた。

「そうなんだ。実は俺達がロドリゴさん逮捕に協力して、そしたら男爵様から感謝と褒美をもらえて、その関係で王都に」

「やっぱりそうだったんか～。うん、スッキリしたぜ。教えてくれてありがとな」

アルドがそう言って笑みを浮かべると、ロサとスサーナも俺達に向かって笑みを浮かべた。

三人はこの街出身だし、ロドリゴさんのことを昔から知ってて複雑だろうな。

「トーゴ達がいなくなっちゃうのは寂しいね」

「せっかく仲良くなれたと思っていたのですが……」

「永遠の別れってわけじゃないから。俺達がここに戻ってくるかもしれないし、皆が王都に来ることもあるかもしれない。その時は一緒にご飯でも食べようよ」

俺が暗い雰囲気にならないようにそう伝えると、三人は瞳の奥に炎を燃やして、グッと拳を握りしめた。

「そうだよな。俺もトーゴ達に追いつけるような凄い冒険者になるぜ」

「そうだね！　私達も頑張るか！」

「ふふっ、そうですね」

そうして俺達は、アルド達とまた会おうと約束してギルドを後にした。


そして次の日の朝。出発の少し前、俺達はイレーネさんとソフィアさんと向き合っていた。二人には昨日のうちに今日出発することを伝え、昨日の夕食にはいつもより高級なご馳走を出してもらった。今思い出しても美味しかったな……。

「改めて、イレーネさん、ソフィアさん、今までありがとう。またこの街に来たら宿を使わせてもらうよ」

俺のその言葉を聞いた二人は、嬉しそうな笑みを浮かべて口を開く。

「おうっ、また絶対に来いよな」

「その時は美味しいご飯を作るわ」

「ソフィアさんのご飯、マジで美味しかった！　ありがとな！」

「とても快適な部屋で寛げたよ。ありがとう」

「わんわうんっ！」

皆でイレーネさんとソフィアさんに挨拶をして、最後には笑顔で宿を後にした。

昨日決めた獣車の受け取り場所に向かうと……そこには既に、立派な獣車が何台も鎮座していた。その中でも一際目立つやつにエレハルデ男爵が乗ってるのかな。それともカモフラージュで、意外と後ろの小さいやつとかに乗ってるんだろうか。

「光の桜華の皆様、お待ちしておりました」

「お待たせしてすみません」

「いえ、まだ約束のお時間よりも前ですから、問題ございません。皆様の獣車はこちらですので、中の様子などを確認していただけますか？」

「分かりました」

俺達の獣車もかなり立派なものだ。一角獣はとても大きな二頭立てで、車部分も大きく頑丈な作りだというのが分かる。男爵家の獣車みたいにキラキラはしてないんだけど、とにかくしっかりとした重厚な作りだった。

ドアを開いて乗ってみると……椅子部分はソファーのように背もたれまでふかふかで、床にも絨毯が敷かれている。

「すげぇな」

「長旅でも快適に過ごせるね」

移動の快適さを考えたら、凄くありがたい贈り物だな。これって土足厳禁にしたらこの床がベッドになりそうだ。いや、でも万が一襲われた時のために靴は履いてた方が良いか。

「あの、この絨毯って取り外せますか？」

「もちろんでございます」

それならベッドとして使いたい時だけ、違う絨毯に変えるのもありだな。

「問題なければこちらの受領書にサインをいただければと思います」

「分かりました。この一角獣達って、普通のご飯で良いんですよね？」

「はい。しかしこちらの子は野菜が、こちらの子は果物を好みます。今回はこの子達の分の餌も持ってきてありますのでご安心ください」

「そうなのですね。ありがとうございます」

それから俺達は受領書にサインをして、正式に獣車を手に入れた。

「男爵様を待たせてるからまず乗ろうか。御者はウィリーで良いの？」

「ああ、俺は村で獣車に乗ってたからな」

「じゃあ頼むね。ありがとう」

「おうっ、任せとけ！」

獣車に乗り込んで御者席と繋がる小窓を開けたら出発準備完了だ。俺達は隊列の二番目だったので、一つ前の獣車が動き出したところでウィリーが軽く一角獣に指示を出す。

「おおっ、こいつら頭が良いな」

「そうなんだ。そういえば名前ってどうする？」

「名前な！　俺一つ思いついたんだけど、こっちの茶色い方はカレーが良くないか？」

「……それってもしかして、色から連想して？」

「おうっ！」

——ダメだ。ウィリーも俺と同レベルの、いやそれ以下のネーミングセンスだ。ここはミレイアに任せた方が良い。

「ミレイアはどんな名前が良いと思う？」

「昨日から考えてたんだけど、光の桜華ってパーティーに入ってくれる一角獣でしょ？　だから花とか植物の名前が良いんじゃないかと思って。例えばこっちの茶色の子はリーリット、こっちの白い色の子はミスネールとかどう？」

「おおっ、なんかめちゃくちゃおしゃれ！　もうそれにしよう！」

全然どんな花なのか分からないけど、多分この世界で独自に進化した花なんだろう。ミレイアが選ぶんだから可愛くて綺麗なはずだ。

「でもちょっと呼びにくくないか？」

「うーん、そうかなぁ。じゃあ愛称も決めようか」

『ではリーちゃんとミールくんはどうですか？』

ミルが可愛い笑顔で言ったその言葉を二人に伝えると、二人はそれにしようかと頷いてくれた。茶色の方が女の子で白い方が男の子らしいので、それを名前にも反映したみたいだ。

「リーとミール、これからよろしくな！」

「ちょっとウィリー、ちゃんとくんは？」

「ない方が短くて良くないか？」

「もうっ、あった方が可愛いのに。リーちゃんもミールくんもこっちの方が良いよね？」

ミレイアのその言葉に二頭の一角獣は理解してるのかしてないのか、ヒヒンッと軽く嘶《いなな》き嬉しそうだ。仲間ができたことが嬉しいのかな。

「途中で止まったら美味しいご飯をあげるからね」

「数時間おきに休憩するって話だったよな。早く休憩にならねぇかな」

「まだまだ先だよ。王都までは結構遠いんだっけ？」

「急げば一週間って話だけど、基本的には十日前後は掛かるらしいよ」

「遠いなぁ」

意外と時間がかかるんだよな。でも道中でいろんな街に寄ったりするらしいし、王都に着くまでも楽しみはある。王都も陛下との謁見は憂鬱だけど、国で一番の街に行けるっていうのは楽しみだよな。

「そういえば、俺達ってアーネストの街の次は上級ダンジョンに行く予定だったよな？　それってどうするんだ？」

「色々と予定は狂ってるからね」

「謁見してみないと決められないけど……五大ダンジョンに挑めるのなら、もう挑んじゃっても良いと思うんだ。ヒュドラを倒せたわけだし、やっぱり強敵と戦うと成長すると思わない？」

俺のその言葉に三人が一斉に頷いた。

「本当にそれは実感したよ。一気に結界の扱いが上手くなった気がする」

『僕も戦いの勘が冴えた気がします！』

「俺も力の使い方がより分かってきたな」

やっぱりそうだよな……上級ダンジョンも下層は敵が強いんだろうけど、上の方は中級ダンジョンの下層程度の難易度だって聞いたことがある。それだとまた鍛錬にならない。

「やっぱり次の目的は五大ダンジョンにしようか」

「そうだな！　なんかワクワクしてきたぜ」

「予想より早く挑めるね」

『楽しみです……！』

それからの俺達はこの先の冒険に心を躍らせ、賑やかで楽しい道中を過ごした。

陛下との謁見は緊張するけど、王都に着くのが楽しみだ。それからやっぱり五大ダンジョン、早く挑戦してみたいな！

番外編

目立ちまくりのトーゴ達

「あいつら、もう行ったかな……」

「光の桜華の皆さんですか？」

　ギルドマスターの執務室でビクトルが思わず呟いたその言葉に、ちょうど資料を探すために執務室を訪れていたモニカが反応する。

「ああ、そうだ。なんだか嵐のようなやつらだったな」

「ああいう方達が、いずれは国中に名が知られているような冒険者になるのでしょうね。いや、今回のことで既にそうなるかもしれませんが。……最初にギルドに来た時は、年齢が若く華奢な見た目から心配したものです」

「お前が最初に対応したのか？」

「はい。従魔のミルちゃんが目立っていたので覚えています」

　そこまで話をしたところでモニカは目的の書類を見つけたようで、「失礼します」と一言告げてから、ソファーに腰掛けた。

「最初にこいつらやばいなと思ったのは隠し部屋だよな……このダンジョンの歴史は何十年とあるのに、今まで誰も見つけられなかったんだぞ？　それをこの街に来てほんの一週間のやつらが発見しやがった」

「隠し部屋には驚きましたね……どうやって見つけたのでしょうか？」

「調査を依頼した冒険者によると、ダンジョンの地面を全て掘り返す勢いで見つけない限り、見つかることはない場所にスイッチがあったらしい」

　ビクトルはそう告げると、机の引き出しから数枚の紙を取り出した。それは隠し部屋の調査を頼んでいる冒険者からの調査書だ。

「これを見ろ」

「これは……完全に埋まっているのですか？」

　ビクトルが示したのは冒険者が描いた簡易の図で、それによると隠し部屋への入り口を開くスイッチの場所が示されている。それはなんの変哲もない森の中にある一本の木の根本。そこに埋まっているスイッチなど……普通は見つけることなど不可能だろう。

「そうだ。本当にどうやって見つけたんだろうな。従魔が優秀なんだと言っていたが……」

「あの従魔もとても不思議な存在でしたね。元々普通じゃないとは思っていましたが、まさか体の大きさを自由に変化させられて、さらには風魔法と水魔法を操れるだなんて、さすがに驚きました」

　しみじみとミルのことを思い出すようにそう言ったモニカの言葉に、ビクトルは何度も頷いてから天井を見上げる。

「大きさを変化させているところを実際に見た時には本当に驚いた。腰を抜かすかと思ったぞ。それにあの従魔はそれだけじゃなくて、確実に人の言葉を理解している。それも二言三言じゃない、多分全ての言葉を完璧に理解している。さらにドヤ顔をしたり笑ったり悲しそうにしたり、感情表現がまるで人間だ」

「やはりマスターもそう思われていましたか。私もあの子からいつもキラキラした瞳で見つめられて、私の言葉によって表情を変えたり動いたりするので、これは……と思っていたのです」

二人はそこまで話をすると、同じタイミングで窓から外を眺めた。

「近いうちに大活躍の噂が流れてくるだろうな」

「そうでしょうね。もしかしたら、五大ダンジョンを初めてクリアする存在となるかもしれません」

「あの強さだとあり得るな……俺はあいつらの活躍を楽しみに、これからの余生を過ごすかな」

そう言って苦笑を浮かべたビクトルに、モニカは呆れた様子で口を開いた。

「まだ余生というには若いではないですか。私達はマスターに、これからも続投していただきたいと思っています」

「俺はロドリゴの正体を見抜けなかった。そんな俺にギルドマスターをやる資格はねぇよ。ちょうど優秀な後継もいるしな」

モニカのことを見つめながらビクトルが発したその言葉に、モニカは嫌そうに顔を歪める。

「私は嫌ですよ。受付業務が気に入っているのですから」

「その受付業務を完璧にこなしながら、副ギルドマスターとしての仕事にも全く手を抜いてないんだから凄いよな。俺なんかよりよっぽどお前の方がマスター向きだろ」

「頑固な方ですね……ロドリゴさんの正体を暴けなかったのは、このギルドで働く皆の責任です。その責任を取るために辞めるのではなく、これからもマスターを続けてこの街に尽くしてください」

　モニカはそこまでを告げると、ソファーから立ち上がって資料を棚に戻した。そして澄まし顔で「失礼しました」と執務室を後にする。

「あいつ……言いたいことをズバズバ言いやがって。冒険者に向けてる笑顔の一割でも上司の俺に向けろってんだ。——はぁ、でもああ言われちゃあな。逃げるわけにはいかねぇよなぁ」

　ビクトルはそう呟くと、頬を思いっきり叩いてまたペンを手に取った。そしてそれから夜遅くまで、執務室には明かりが灯っていた。

番外編　ナルシーナでは

「今日も鍛錬してから帰るよな？」

「当たり前だろ。俺らの目標は高いんだからな」

ナルシーナの冒険者ギルドに、今日の成果なのだろう魔物素材を抱えて買取受付に並ぶ三人の男がいた。マテオ、パブロ、サージの三人だ。

「今日は技術面ではなく体力作りを重視したい。二人はどうする？」

「俺は弓を使うようになったからな。やっぱりその練習は毎日やりてぇ。あとは短剣もまだ今までの剣より馴染んでねぇんだよな。マテオ、弓の練習が終わったら手合わせしねぇか？」

「もちろん良いぞ。じゃあ俺はサージと筋トレやってからパブロと手合わせするか」

これからの予定がまとまったところで買取受付の列が前に進み、三人の順番となった。

「あれ、なんでリタがこっちにいるんだ？　いつもは仕事受付だろう？」

「今日はこちらで休みが多くて応援に駆り出されているんです。買取はそちら全てですか？」

「ああ、ハーデンシープの毛とカウの肉と皮、それからホーンラビットの肉が少しだ」

「随分とたくさん運んできましたね。全てお預かりいたします」

リタは大きなトレーに山盛り置かれた素材を軽く確認して、トレーごと奥に持っていく。素材の状態を確認するのは別の人間だ。

「素材をたくさん運ぶと筋トレになるからな。効率的だろ？」

リタが受付に戻ってきたところで、パブロが腕にグッと力を入れて筋肉を盛り上がらせた。確かに前よりは筋肉量が増えている。

「最近は頑張られていますね」

「ああ、トーゴ達に追いつかないといけねぇからな。あいつら、アーネストの街で活躍してんのかなぁ。向こうに着いた時に一度手紙を寄越したきり、音沙汰ねぇよな」

「トーゴ達のことだ。早い段階でのダンジョンクリアを目指して、長期間潜ってるのかもしれないぞ」

「それはあり得るな。いろんな魔法が使えるトーゴがいれば、ダンジョン内での生活も問題ないだろう」

　マテオ達三人のその会話を聞いて、リタがハッと何かを思い出したように顔を上げて後ろに下がった。そしてすぐに手紙を二通持って戻ってくる。

「こちらの手紙が届いていたことを忘れておりました。こちらはトーゴさんから皆さんに、そしてこちらは差出人不明ですがマテオさんに」

「おおっ、マジか！　トーゴ達からの手紙、読んでみようぜ」

「早く開けよう」

「そうだな」


　――皆、元気にしてる？　あんまり手紙を送れてなくてごめん。実は色々とバタバタしてて。今も忙しいから簡潔な手紙になっちゃうんだけど、とりあえず俺達、アーネストのダンジョンはクリアしたよ。アーネストのダンジョンはそこまで難易度が高くないし、皆でも十分通用すると思うから、皆もアーネストに来ても良いかも。

ただ俺達は明日、もうこの手紙が届く頃には出発してると思うんだけど、王都に向かうことになったんだ。それもエレハルデ男爵様と一緒に。

(この事実はそのうち広まると思うからここに書くんだけど、実は俺達アーネストの街で長年捕まってなかった犯罪者の正体を暴くことに成功したんだ。そこでその人が俺達を殺す計画を立ててたから、それを逆手に取って現行犯で逮捕しようと作戦を立ててたんだけど……その犯罪者が捕まりそうになったところで召喚のアイテムを使って、ヒュドラって魔物を召喚したんだ。ヒュドラ、本気で死ぬかと思ったぐらい強かったよ。でもなんとかヒュドラを倒したら、救国の英雄とか言われちゃって、王都で陛下に謁見しないといけなくなってさ。それで男爵様と王都に向かってるんだ。あっ、ヒュドラはダンジョン内で倒したから街への被害はないよ。ただ現行犯逮捕の作戦中だったからギルドマスターや兵士達がいて、目撃者がたくさんいたんだよ……だから誤魔化せなくて全部報告されちゃって)

まあそういうことで王都に向かってるから、次から手紙は王都に向けてお願い。また移動することになったら知らせるよ。皆も街を移動する時は教えて欲しい。

なんだかまとまりのない手紙になっちゃったけど、急いで書いたからごめん。じゃあまた!


「——じょ、情報量多いわ!」

「どういうことだ?」

「俺に聞かれても困る。とりあえず……この魔物を倒したことで王都に向かうというか、呼ばれたって感じだろうな」

　周囲への配慮でマテオがヒュドラという名前を指差しながらそう言うと、パブロが頭を抱えてその場にしゃがみ込んだ。

「俺らの目標が高すぎる！　その魔物を倒せるとか、どんな超人だよ！」

「……想像もできないほどに凄いことだな」

「俺はその魔物を知らないんだが、そんなに強いのか？」

「こいつはな……上級ダンジョンの最終ボスが、何体も一緒に襲いかかってくるレベルだって話だぞ。前に読んだ本に載ってた」

　パブロが小声で発したその言葉に、サージが驚きを露わにする。

「パブロ、本とか読むんだな」

「いや、そっちに驚いてたのかよ⁉　魔物に驚けよ、魔物に！」

「冗談だ。驚いてる……が、異次元すぎてよく分からない」

「まあ、それも仕方ないよな……確かある五大ダンジョンで、到達できた一番深い階層にいたって話だったような気がするぜ」

　三人がトーゴ達の予想以上の活躍に言葉を失ったその時、リタが戻ってきて買取金額を受け取った。そしてこのまま鍛錬をする気持ちにもなれず食堂の椅子に腰掛けたところで……パブロがもう一つの手紙に視線を向ける。

「そっちは誰からなんだ？　マテオに手紙とか珍しくねぇ？」

「ああ、俺も気になってたんだ。開けてみる」

「俺らに隠れて彼女を作ってたとかじゃねぇよな！」

「ははっ、パブロじゃあるまいし、そんなわけないだろ？　えっと……」

手紙の内容に目を通したその瞬間、マテオの表情が一気に強張った。

「どうしたんだ……？」

「嫌なことでも書かれてたか？」

マテオは二人の問いかけにも答えず、手紙に書かれた文言に繰り返し目を通す。

そしてどこか張り詰めた雰囲気のまま数分が過ぎ……やっと、マテオが口を開いた。

「なんで居場所がバレたんだろうな…………パブロ、サージ、俺も王都に行かないといけなくなった」

「どういうことだよ。その手紙にそう書いてあるのか？」

「ああ、そうだ。これから頑張ろうって時に、本当にすまない」

マテオが辛そうな表情で発した謝罪の言葉に、パブロは怒りの形相を浮かべる。

「それ、俺達と離れるって聞こえんだけど？」

「そういう……ことになるな」

「なんでだよ！　その手紙の送り主がそんなに大事なのか⁉　というかお前、そんなに嫌そうな顔してるじゃねぇか！」

「俺にも行きたくなさそうに見える。それならば無視すればいい」

二人のその言葉を聞いて、マテオはゆっくりと首を横に振った。

「それは、無理だ。これに逆らったら強制的に連れ戻されるだけだ」

「どういうことだよ。その送り主、誰なんだよ」

パブロが苛立ちをそのままにマテオに問いかけると、マテオは少し悩むそぶりを見せたあと、大きく深呼吸をして二人に顔を近づけた。そして送り主の名前を、口にする。

「――フォルネル侯爵だ」

「それって……国の守護神って言われてる、フォルネル侯爵家か？」

「ああ、そうだ」

「なんでそんな凄い人と、繋がりがあるんだよ」

「……父上だからだ」

マテオが発したその言葉の意味がしばらく理解できなかったのか、異様なほどの沈黙が三人を包み込み……その雰囲気に耐えられなかったマテオが再度口を開いた。

「俺は家出したんだ。だがこうして見つかったら、帰らないわけにはいかない。お前達にも迷惑がかかるしな。……また冒険者を続けられるってなったら、一緒にパーティーを組んでくれたら嬉しい」

「ちょ、ちょ、ちょっと待て！　まだ全然理解できてねぇし！　……お前は、貴族ってことか？」

また顔を近づけて小声で発したパブロのその言葉に、マテオはすぐに頷く。

「まあ一般的な認識ではそうなるな」

「侯爵家の、息子ってことか？」

「五男だ」

「なんで家出なんか……」

「そうだな……その話は随分と長くなるぞ？」

「じゃあいい。えっと……ああもう！　何が言いたいのか分からねぇ！　とりあえず、俺はお前とパーティーを解消するつもりはない。お前が王都に行くっていうなら、俺らも行けばいいじゃねぇか！」

「パブロの言う通りだ。王都にはいずれ行ってみたかった」

二人のその意見に困惑したのはマテオだ。

「いや、一緒に来てもらっても、どうなるか分からないし」

「別に何年かかってもいいぞ。ただその間に俺とサージはランクアップしてるだろうけどな。王都で有名な冒険者になってるかもしれねぇ。それが嫌なら早く片つけて戻ってくるんだな！」

マテオはパブロのその言葉を聞いて、感動で瞳を潤ませた。しかし、涙は我慢して力の抜けた笑みを浮かべる。

「二人とも、ありがとうな」

「王都に行けるなんて、いいことじゃねぇか。王都で馬鹿にされないためにも、今日も鍛錬するぞ！」

「そうだな」

「ああ、頑張るか」

訓練場に向かう三人の表情は、晴れやかな笑顔だった。

あとがき

皆様お久しぶりです。蒼井美紗です。

二巻で皆様とまたお会いできたこと、とても嬉しく思っています！　お手に取ってくださって本当にありがとうございます。

二巻はいかがだったでしょうか。トーゴ達の冒険の舞台がダンジョン都市に移り、一巻とはまた違う雰囲気の物語を楽しんでいただけたのではないかなと思います。今までトーゴ達が過ごしていたナルシーナの街の長閑な雰囲気とは違って、アーネストの街には熱気が籠っています。そんな暑苦しい様子を感じ取っていただけたのであれば嬉しいです。

そしてイラストも見ていただけましたか？　イラスト、本当に素敵ですよね……！　まずはミルが可愛い、何においてもミルが可愛いです。皆様はすでにお気づきかもしれませんが、この物語はミルを愛でる物語です（本当はトーゴ達の冒険を楽しんでいただく物語です）。二巻でもミルの魅力が皆様に余すところなく伝わっていれば良いなと思います！

さて、そろそろ一巻のあとがきでも書かせていただいた、今巻のキャラクターで誰が一番好きかを発表したいと思います。

私が一番気に入っているキャラクターは――――ウィリーです！

もちろんミルは殿堂入りです。そしてトーゴも主人公なので、私の中では好きなキャラクターとは別次元の存在です。

そうなるとやっぱりミレイアとウィリーのどちらかになるのですが、私は食いしん坊キャラが好きなんですよね。皆さんすでにお気づきだと思いますが。なのでここはウィリーを選ばせていただきました。

もし二巻で初登場のキャラから選ぶとすれば……エレハルデ男爵になると思います。最後の方に少ししか出てこないのですが、貴族としては少し珍しいキャラで好きなんです。そしてやっぱり美食家というところが良いですね。

皆様の好きなキャラクターも感想などで教えていただけたら嬉しいです！　そしてもしよろしければ、この小説をご家族やご友人などにお勧めしていただけたらと思います。ミルの可愛さに悶える人達を増やしましょう！

では今回はこの辺で失礼いたします。あとがきまで読んでくださって、本当にありがとうございました。また皆様とお会いできることを、心より願っております。

私の小説を書籍という形にしてくださった双葉社の皆様、より良い作品とするために尽力してくださった担当の編集者様、とっても素敵なイラストを描いてくださった成瀬ちさと様、そしてこの本を手に取ってくださった読者の皆様、本当にありがとうございます！

二〇二三年四月　蒼井美紗

本書に対するご意見、ご感想をお寄せください。

あて先

〒162-8540 東京都新宿区東五軒町3-28
双葉社　モンスター文庫編集部
「蒼井美紗先生」係／「成瀬ちさと先生」係
もしくは monster@futabasha.co.jp まで

ノベルス

神《かみ》に転生《てんせい》した少年《しょうねん》がもふもふと異《い》世界《せかい》を旅《たび》します②

2023年5月31日　第1刷発行

著　者　蒼井美紗《あおいみさ》

発行者　島野浩二

発行所　株式会社双葉社

〒162-8540　東京都新宿区東五軒町3番28号

［電話］03-5261-4818（営業）　03-5261-4851（編集）

http://www.futabasha.co.jp/（双葉社の書籍・コミック・ムックが買えます）

印刷・製本所　三晃印刷株式会社

［電話］03-5261-4822（製作部）

ISBN 978-4-575-24633-9 C0093　

Mノベルス

雑用付与術師が自分の最強に気付くまで
〜迷惑をかけないようにしてきましたが、追放されたので好きに生きることにしました〜
戸倉 儚
画 白井鋭利
付与術師としてサポートと雑用に徹するヴィム＝シュトラウス。しかし階層主を倒してしまい、プライドを傷つけられたリーダーによってパーティーから追放されてしまう。途方に暮れるヴィムだったが、幼馴染（兼ヴィムのストーカー）のハイデマリーによって見出され、最大手パーティー『夜蜻蛉』の勧誘を受けることになる。『奇跡みたいなものだし……へへへ』本人は自身の功績を偶然と言い張るが、周囲がその実力に気づくのは時間の問題だった。
Mノベルス

発行・株式会社　双葉社

モンスター文庫

異世界最強の嫁ですが、夜の戦いは俺の方が強いようです

～知略を活かして成り上がるハーレム戦記～

1

シンギョウ ガク
ill をん

異世界に転生したアルベルトはアレクサ王国で安泰な生活を目指していた。しかし、地上最強生物で鮮血鬼と呼ばれる鬼人族の女性マリーダに攫われ、しかも襲撃の手引きしたとして、王国から指名手配されてしまう。元の国に帰れなくなったアルベルトはエランシア帝国で生活していくことを決める。魅力的な肉体を持つマリーダとの営みなど良い思いをしつつ、現代知識を活かして、内政、軍事、謀略などで大きな功績を挙げる!? ちょっとエッチなハーレムコメディー開幕！

モンスター文庫

発行・株式会社　双葉社